A Garota dos Pesadelos

KENDARE BLAKE

A GAROTA DOS PESADELOS

Tradução
Cecília Camargo Bartalotti

1ª edição
Rio de Janeiro-RJ / Campinas-SP, 2018

VERUS
EDITORA

Editora
Raïssa Castro

Coordenadora editorial
Ana Paula Gomes

Copidesque
Ligia Alves

Revisão
Raquel de Sena Rodrigues Tersi

Capa
Adaptação da original (© Nekro/Tor Teen)

Ilustração da capa
© Nekro

Arte-final da capa
Idée Arte e Comunicação

Projeto gráfico e diagramação
André S. Tavares da Silva

Título original
Girl of Nightmares

ISBN: 978-85-7686-677-0

Verus Editora Ltda.
Rua Benedicto Aristides Ribeiro, 41, Jd. Santa Genebra II, Campinas/SP, 13084-753
Fone/Fax: (19) 3249-0001 | www.veruseditora.com.br

CIP-BRASIL. CATALOGAÇÃO NA FONTE
SINDICATO NACIONAL DOS EDITORES DE LIVROS, RJ

B568g

Blake, Kendare, 1981-
A garota dos pesadelos / Kendare Blake ; tradução Cecília Camargo Bartalotti. - 1. ed. - Campinas, SP: Verus, 2018.
23 cm.

Tradução de: Girl of Nightmares
ISBN 978-85-7686-677-0

1. Ficção infantojuvenil americana. I. Bartalotti, Cecília Camargo. II. Título.

18-47627 CDD: 028.5
CDU: 087.5

Revisado conforme o novo acordo ortográfico

Seja um leitor preferencial Record.
Cadastre-se no site www.record.com.br e receba informações sobre nossos lançamentos e nossas promoções.

Atendimento e venda direta ao leitor:
mdireto@record.com.br ou (21) 2585-2002

I

Acho que matei uma menina parecida com esta uma vez.

É. O nome dela era Emily Danagger. Tinha sido assassinada no começo da adolescência por um pedreiro que trabalhava na casa de seus pais. O corpo foi enfiado na parede do sótão e coberto de argamassa.

Pisco e murmuro uma resposta vaga para a pergunta da garota ao meu lado, que nem ouvi direito. As faces de Emily eram mais altas. E o nariz é diferente. Mas a forma do rosto é tão parecida... É como se eu estivesse olhando para a menina que cacei até o quarto de hóspedes do andar superior. Demorei quase uma hora golpeando com o athame uma parede após outra enquanto ela escapava com fluidez de cada uma delas e tentava silenciosamente se esconder atrás de mim.

— Eu adoro filmes de monstros — diz a garota ao meu lado, de quem não consigo lembrar o nome. — Jigsaw e Jason são definitivamente os meus favoritos. E você?

— Não ligo muito para filmes de monstros — respondo, e não menciono que nem Jigsaw nem Jason são tecnicamente monstros. — Gosto mais de explosões, efeitos especiais.

Cait Hecht. É esse o nome da menina. Ela também está no penúltimo ano do ensino médio na Winston Churchill. Tem olhos cor de avelã, meio grandes demais para seu rosto, mas bonitos. Não sei de que cor eram os olhos de Emily Danagger. Quando a conheci, todo o sangue já havia escoado deles. Eu me lembro de seu rosto, pálido mas não transparente, materializando-se através do papel de parede florido desbotado. Agora parece bobo, mas, na ocasião, foi o mais intenso jogo de acerte-a-menina-morta de todos os tempos. Fiquei molhado de suor. Isso aconteceu muito tempo atrás, quando eu era mais novo e mais facilmente manipulável. Ainda ia levar muitos anos até eu começar a enfrentar fantasmas realmente fortes — fantasmas como Anna Korlov, a menina que poderia ter quebrado minha coluna na hora em que tivesse vontade, mas que, em vez disso, acabou salvando minha vida.

Estou sentado em uma mesa de canto de um café em uma travessa da Bay Street. Carmel está à minha frente com seus amigos Jo e Chad, que acho que são um casal desde o sétimo ano. Que podre. Ao meu lado, Cait Hecht deveria ser a menina com quem estou saindo hoje. Acabamos de ver um filme; não lembro sobre o que era, mas acho que havia cachorros gigantes nele. Ela está falando comigo com gestos exagerados, sobrancelhas erguidas e dentes perfeitos depois de uma infância cheia de aparelhos odontológicos, tentando prender minha atenção. Mas eu só consigo pensar em quanto ela se parece com Emily Danagger, só que muito menos interessante.

— Então — diz ela, um pouco constrangida —, como está seu café?

— Está bom — respondo. Tento sorrir. Nada disso é culpa dela. Foi Carmel quem me convenceu a entrar nesta farsa, e acabei concordando para ver se ela parava de falar. Eu me sinto um canalha por ficar desperdiçando o tempo de Cait. Me sinto um canalha maior ainda por compará-la secretamente com uma menina morta que eu matei quatro anos atrás.

A conversa não avança. Tomo um longo gole do meu café, que está mesmo bom. Cheio de açúcar, chantili e avelã. Por baixo da mesa, Carmel me dá um chute e eu quase deixo o café escorrer pelo queixo. Quando me viro, ela está conversando com Jo e Chad, mas sei que fez de propósito. Não estou sendo uma companhia adequada. Vejo um pequeno tremor começar sob o olho esquerdo dela.

Penso por um instante em manter uma conversa educada. Mas não quero estimular essa situação, ou iludir Cait. Já é um mistério que ela quisesse sair comigo. Depois do que aconteceu com Mike, Will e Chase no ano passado — Mike assassinado por Anna, Will e Chase devorados pelo fantasma que matou meu pai —, eu sou o pária da Winston Churchill. Nunca fui associado aos assassinatos deles, mas todos desconfiam. Eles sabem que aqueles caras me odiavam, e que acabaram mortos.

Há teorias sobre o que pode ter acontecido, grandes e confusos rumores que circulam e crescem até finalmente atingirem proporções epicamente ridículas e morrerem. Foram drogas, as pessoas murmuram. Não, não, foi uma rede clandestina de abuso sexual. Cas fornecia anfetaminas a eles para melhorar seu desempenho. Ele é como um cafetão noiado.

As pessoas passam por mim nos corredores e evitam me olhar. Murmuram pelas minhas costas. Às vezes eu questiono minha decisão de terminar o ensino médio em Thunder Bay. Não suporto ver esses idiotas criarem tantas teorias, a maioria delas maluca ao extremo, e nenhum deles ter pensado em mencionar a história de fantasma que todos conheciam. Ninguém jamais falou sobre Anna Vestida de Sangue. Isso, pelo menos, teria sido um boato que valeria a pena ouvir.

Tem dias em que chego a abrir a boca para pedir à minha mãe que se prepare para encontrar uma casa em outra cidade, onde eu poderia estar caçando um monte de mortos assassinos. Nós teríamos ido embora meses atrás se não fosse por Thomas e Carmel. Apesar de todos os meus esforços, acabei me apegando a Thomas Sabin e Carmel Jones. É estranho pensar que a garota do outro lado da mesa me lançando olhares mortíferos disfarçados começou sendo apenas uma referência. Só uma maneira de conhecer a cidade. É estranho pensar que houve um tempo em que vi Thomas, meu melhor amigo, como um cara grudento e irritante com poderes telepáticos.

Carmel me chuta outra vez e eu olho para o relógio. Não se passaram nem cinco minutos desde a última vez que olhei. Acho que deve estar quebrado. Quando os dedos de Cait deslizam para o meu pulso, afasto o braço e tomo um gole do café. Percebo o movimento constrangido e incômodo do seu corpo quando faço isso.

De repente, Carmel fala alto.

— Aposto que o Cas ainda nem pesquisou as faculdades. Já começou a pesquisar, Cas? — Ela me chuta com mais força dessa vez. Do que ela está falando? Ainda não estou no último ano. Por que ia pensar em faculdade agora? Mas claro que Carmel já deve ter todo o seu futuro planejado desde a pré-escola.

— Eu estou pensando na St. Lawrence — diz Cait, quando não respondo nada. — Meu pai acha que a St. Clair pode ser melhor. Mas não sei o que ele considera *melhor*.

— Humm — digo. Carmel está olhando para mim como se eu fosse um idiota. Quase dou risada. A intenção dela é boa, mas eu tenho absolutamente zero para dizer para essas pessoas. Queria que Thomas estivesse aqui. Quando o celular vibra no meu bolso, pulo da mesa rápido demais. Eles vão começar a falar de mim no minuto em que eu sair pela porta, se perguntando qual é o meu problema, e Carmel vai dizer que só estou nervoso. Pouco me importa.

É Thomas me ligando.

— Oi — digo. — Você está lendo minha mente outra vez, ou só acertou a hora por acaso?

— Está ruim assim, é?

— Não está pior do que eu achei que fosse ser. E aí?

Quase posso sentir Thomas encolhendo os ombros do outro lado.

— Não é nada. Só achei que você podia querer uma rota de escape. Peguei o carro na oficina hoje à tarde. Acho que ele consegue levar a gente até Grand Marais agora.

Está na ponta da minha língua perguntar "Como assim, *acho*?", quando a porta do café se abre e Carmel sai.

— Merda — murmuro.

— O que foi?

— A Carmel está vindo.

Ela para na minha frente com os braços cruzados. A vozinha de Thomas está pipilando no telefone, querendo saber o que está acontecendo, se é para ele passar na minha casa e me pegar ou não. Antes que Carmel possa dizer qualquer coisa, ponho o celular de novo no ouvido e digo que sim.

Carmel se encarrega de pedir desculpas aos outros por termos que ir embora. Já em seu Audi, ela consegue manter o tratamento de silêncio por quarenta segundos inteiros enquanto dirige pelas ruas de Thunder Bay. Acontece conosco aquela estranha coincidência de todos os semáforos se abrirem assim que nos aproximamos, como uma escolta encantada. As ruas estão molhadas, ainda rangendo com montinhos de gelo que restaram junto ao meio-fio. As férias de verão começam em duas semanas, mas a cidade parece não saber disso. Fim de maio e as temperaturas ainda caem abaixo de zero à noite. A única indicação de que o inverno está terminando são as tempestades: coisas barulhentas e cheias de vento que atravessam o lago e giram de volta, lavando os destroços da lama do inverno. Eu não estava preparado para tantos meses de frio. Ele se agarra à cidade como um punho fechado.

— Por que você veio, afinal? — Carmel pergunta. — Se era para ficar daquele jeito? Você fez a Cait se sentir muito mal.

— *Nós* fizemos a Cait se sentir muito mal. Eu não queria nada disso. Você é que ficou toda cheia de esperanças.

— Ela gosta de você desde as aulas de química no semestre passado — Carmel diz, franzindo a testa.

— Então você devia ter dito para ela que eu sou um bobão. Devia ter me pintado como um completo idiota.

— Melhor deixar que ela veja por si mesma. Você mal disse cinco palavras na mesa. — Ela está com aquele olhar decepcionado que chega muito perto de desgosto. Mas então sua expressão se suaviza e ela joga os cabelos loiros para trás dos ombros. — Só achei que seria bom você sair e conhecer pessoas novas.

— Eu estou sempre conhecendo pessoas novas.

— Eu quis dizer pessoas vivas.

Fico olhando direto para a frente. Talvez ela tenha falado isso como uma brincadeira sobre Anna, talvez não. Mas eu não gosto. Carmel quer que eu esqueça. Que esqueça que Anna salvou a vida de nós todos, que ela se sacrificou e arrastou o obeahman para o Inferno. Thomas, Carmel e eu estivemos tentando descobrir o que aconteceu com ela depois daquela noite, sem muita sorte. Carmel deve achar que é hora de parar de tentar e esquecer. Mas eu não vou fazer isso. Pouco me importa se eu deveria ou não.

— Você não precisava ter vindo embora — digo. — Eu podia ter dito para o Thomas me pegar lá. Ou podia ter vindo a pé.

Carmel morde o lábio bonito, acostumada a ter as coisas do seu jeito. Somos amigos há quase um ano e ela ainda faz essa cara de cachorrinho intrigado quando eu não faço como ela diz. E isso é estranhamente adorável.

— Está frio. E lá estava chato mesmo. — Ela está imperturbável em seu casaco ocre grosso de abotoamento duplo e luvinhas vermelhas. O lenço vermelho no pescoço está amarrado com um nó cuidadoso, apesar de eles terem saído às pressas. — Eu só estava fazendo um favor para a Cait. Arrumei o encontro para ela. Não é nossa culpa se o charme dela não conseguiu encantar você.

— Ela tem dentes bonitos — comento. Carmel sorri.

— Acho que não foi uma boa ideia. Não é algo que se possa forçar, certo? — diz ela, e eu finjo que não percebo o olhar esperançoso que ela me lança, como se eu devesse continuar a conversa. Mas não há o que continuar.

Quando chegamos à minha casa, o velho Ford Tempo de Thomas está parado na frente. Vejo a silhueta dele pela janela, conversando com minha mãe. Carmel estaciona atrás do carro dele. Eu achava que ela só ia me deixar lá e ir embora.

— Vamos no meu carro. Eu vou com vocês — diz ela, e abre a porta. Não protesto. Apesar de todas as minhas objeções, Carmel e Thomas entraram para o grupo. Depois do que aconteceu com Anna, e do obeahman, tentar excluí-los não era mais uma opção.

Dentro da casa, Thomas está jogado no sofá de qualquer jeito. Ele se levanta quando vê Carmel, e seus olhos seguem a velha rotina de se arregalar antes de ele ajeitar os óculos e voltar ao normal. Minha mãe está sentada na cadeira, parecendo tranquila e maternal em um blusão transpassado. Não sei de onde as pessoas tiram a ideia de que todas as bruxas usam uma tonelada de delineador nos olhos e andam por aí enroladas em capas de veludo. Ela sorri para nós e pergunta diplomaticamente como foi o filme e não como foi o encontro.

Encolho os ombros.

— Não prestei muita atenção — respondo.

Ela suspira.

— O Thomas me contou que vocês vão para Grand Marais.

— É uma noite tão boa quanto qualquer outra — digo. Olho para Thomas. — A Carmel também vai. Então nós podemos ir no carro dela.

— Legal — ele responde. — Se nós formos no meu, vamos acabar parados no acostamento antes de atravessar a fronteira.

Há um breve momento de constrangimento enquanto esperamos minha mãe sair. Ela não é leiga de maneira nenhuma, mas não gosto de perturbá-la com os detalhes. Depois de minha quase morte no outono passado, seus cabelos arruivados ganharam vários fios brancos.

Por fim, ela se levanta e coloca três saquinhos de veludo pequenos, mas muito cheirosos, em minha mão. Eu sei o que são sem olhar. Misturas de ervas frescas de seu feitiço de proteção clássico, uma para cada um de nós. Ela toca minha testa com a ponta de um dedo.

— Mantenha-os seguros — ela sussurra. — E você também. — Ela se vira para Thomas. — E agora vou trabalhar em mais velas para a loja do seu avô.

— As de prosperidade vão embora antes que a gente consiga arrumar nas prateleiras. — Ele sorri.

— E elas são tão simples. Limão e manjericão. Um núcleo de magnetita. Vou passar por lá com um novo lote na terça-feira. — Ela sobe a escada para o quarto que reservou para seus trabalhos de magia. Está cheio de blocos de cera e frascos empoeirados de ervas. Ouço dizer que outras mães têm quartos inteiros só para costura. Isso deve ser estranho.

— Eu ajudo você a embalar as velas quando voltar — digo, enquanto ela some no alto da escada. Gostaria que ela arrumasse outro gato. Há um vazio em forma de gato onde Tybalt costumava estar, andando em volta de seus calcanhares. Mas só faz seis meses desde que ele morreu. Talvez ainda seja muito cedo.

— E aí, estamos prontos? — pergunta Thomas. Ele tem uma bolsa de lona sob o braço. Cada informação que obtemos sobre um fantasma específico, um trabalho específico, ele enfia nessa bolsa. Detesto pensar na rapidez com que ele seria amarrado em uma estaca e queimado se alguém a pegasse. Sem olhar para a bagunça lá dentro, ele enfia a mão na bolsa e faz aquela sua coisa psíquica louca em que seus dedos encontram o que quer que esteja procurando, todas as vezes, como aquela menina de *Poltergeist*.

— Grand Marais — Carmel murmura quando ele lhe passa os papéis. Quase todo o material é uma carta de um professor de psicologia da Escola de Pós-Graduação Rosebridge, um velho amigo do meu pai que, antes de se dedicar a formar jovens mentes, expandiu a sua participando de círculos de transe conduzidos por meus pais no início da década de 80. Na carta, ele fala de um fantasma em Grand Marais, Minnesota, que, segundo as conversas, mora em um celeiro abandonado. Seis mortes haviam acontecido na propriedade nas últimas três décadas. Três delas tinham sido registradas como circunstâncias suspeitas.

Seis mortes, e daí? Estatísticas como essas não costumam entrar na minha lista principal. Mas, agora que estou estabelecido em Thunder Bay, minhas opções são limitadas a umas poucas viagens de carro mais longas por ano e lugares que posso visitar em um fim de semana.

— Então... a coisa mata fazendo as pessoas sofrerem acidentes? — diz Carmel, enquanto lê a carta. A maioria das mortes no celeiro parece ter sido acidental. Um fazendeiro estava trabalhando em seu trator quando a coisa saiu dos tijolos e o espetou. Quatro anos depois, a esposa do fazendeiro caiu de peito em cima de um forcado. — Como podemos saber se não foram mesmo acidentes? Grand Marais é bem longe para acabar não sendo nada.

Carmel sempre chama os fantasmas de "coisa". Nunca "ele" ou "ela" e raramente pelo nome.

— E por acaso nós temos algo melhor para fazer? — digo. Em minha mochila, o athame se agita. Saber que ele está ali, enfiado em sua bainha de couro, superafiado sem nunca precisar ser amolado, me deixa inquieto. Quase me faz desejar estar de volta àquele maldito encontro no café.

Desde o confronto com o obeahman, quando descobri que a faca estava ligada a ele, eu... não sei. Não é que eu tenha medo dela. Ainda sinto que ela é minha. E Gideon me garantiu que a ligação entre ela e o obeahman foi cortada, que os fantasmas que eu matar agora não vão mais para ele, para alimentá-lo e aumentar seu poder. Agora eles vão para onde têm que ir. Se alguém sabe sobre isso, esse alguém é Gideon, lá em Londres, enfiado até os joelhos em livros embolorados. Ele esteve com meu pai desde o começo. Quando precisei de uma segunda opinião, Thomas e eu fomos à loja de antiguidades e ouvimos seu avô Morfran fazer um discurso sobre como a energia está contida em certos planos e que o obeahman e o athame não existem mais no mesmo plano. Seja lá o que isso significa.

Então, eu não tenho medo do athame. Mas, às vezes, sinto seu poder se estendendo para mim e me dando um empurrão. Ele é um pouco mais do que apenas uma coisa inanimada, e de vez em quando eu me pergunto o que ele quer.

— Mas — diz Carmel —, mesmo que seja um fantasma, ele passa anos sem matar? E se ele não quiser nos matar?

— Bom — Thomas começa, timidamente. — Depois da última vez que voltamos de mãos vazias, comecei a trabalhar nisso. — Ele leva a mão ao bolso de sua jaqueta do exército e tira uma peça circular de pedra clara. É achatada e tem cerca de dois centímetros de espessura, como uma moeda grande e gorda. Há um símbolo entalhado de um lado, algo que parece um nó celta modificado.

— Uma runa — digo.

— É bonita — diz Carmel, e Thomas a entrega para ela. É realmente bem feita. O entalhe é exato e está tão polida que emite um brilho branco.

— Serve para atrair.

Carmel a passa para mim. Uma runa para atraí-los para fora, como uma isca de fantasmas. Muito inteligente, se funcionar. Eu viro a pedra na mão. É fria ao toque e pesada como um ovo de galinha.

— E então? — diz Thomas, pegando a runa de volta e guardando-a no bolso. — Quer experimentar?

Olho para os dois e concordo com a cabeça.

— Vamos embora.

A viagem até Grand Marais, Minnesota, é longa e entediante no escuro. Ramos de pinheiros surgem e somem na frente dos faróis, e ficar olhando para a linha tracejada no meio da pista está me deixando enjoado. Durante a maior parte do trajeto, tento dormir no banco de trás, ou pelo menos fingir dormir, alternadamente escutando e me desligando da conversa deles. Quando eles sussurram, sei que estão falando de Anna, mas nunca usam o nome dela. Ouço Carmel dizer que é inútil, que nunca vamos descobrir para onde ela foi e que, mesmo que possamos descobrir, talvez não devamos. Thomas não discute muito; ele nunca discute quando Carmel está envolvida. Esse tipo de conversa costumava me deixar bravo. Agora, já nem ligo mais.

— Vire aqui — diz Thomas. — Acho que deve ser essa estrada.

Estico a cabeça sobre o banco da frente enquanto Carmel tenta controlar o Audi por algo que nem é bem uma estrada, mas uma trilha com sulcos no barro. O carro tem tração nas quatro rodas, mas ainda assim há um alto risco de atolar. Deve ter chovido forte aqui por esses dias, e o caminho está cheio de poças. Estou quase dizendo para Carmel desistir e tentar voltar quando algo preto aparece diante dos faróis.

O carro desliza e para.

— É isso? — Carmel pergunta. "Isso" é um enorme celeiro preto na borda de um campo árido com talos mortos de plantas despontando como pelos dispersos. A casa a que ele deve ter pertencido, assim como qualquer outra construção adjacente, foi derrubada faz tempo. Tudo que resta é o celeiro, escuro e solitário, esperando por nós na frente de uma floresta de árvores silenciosas.

— Bate com a descrição — digo.

— Que descrição nada — diz Thomas, procurando dentro da bolsa. — Nós temos o desenho, lembra? — Ele tira o papel e Carmel acende a luz de cima. Gostaria que ela não tivesse feito isso. Há uma sensação instantânea de estarmos sendo observados, como se a luz tivesse acabado de revelar todos os nossos segredos. A mão de Carmel se move para desligá-la, mas eu ponho minha mão em seu ombro.

— Tarde demais.

Thomas segura o desenho junto ao para-brisa, comparando-o com o contorno obscurecido do celeiro. Na minha opinião, não adianta muito. É um desenho rudimentar, feito em carvão, então tudo é apenas um tom diferente de preto. Veio pelo correio com a dica e é produto de um transe mediúnico. Alguém desenhou a visão enquanto a estava tendo. Talvez devesse ter aberto os olhos para o papel. O desenho tem definitivamente um jeito de sonho, as bordas borradas e muitas linhas fortes. Parece ter sido feito por uma criança de quatro anos. Mas, quando eu os comparo, o celeiro e o desenho começam a parecer cada vez mais semelhantes, como se não fosse bem a forma que importasse tanto, mas o que está *atrás* da forma.

Isso é bobagem. Quantas vezes meu pai me disse que *lugares* não podem ser maus? Pego a mochila, tiro o athame e saio do carro. As poças são fundas até os cadarços do tênis e meus pés estão encharcados quando chego ao porta-malas do Audi. Os carros de Carmel e de Thomas foram equipados e estocados como postos avançados de sobrevivência, com sinalizadores, cobertores e suprimentos de primeiros socorros suficientes para satisfazer o mais paranoico dos hipocondríacos. Thomas está ao meu lado, pisando com cuidado na lama. Carmel abre o porta-malas e nós pegamos três lanternas e um lampião de acampamento. Caminhamos juntos no escuro, sentindo os pés amortecidos e ouvindo o som molhado das meias dentro dos sapatos. Está úmido e frio. Montinhos teimosos de neve ainda se agarram à base das árvores e aos lados do celeiro.

Uma vez mais, o jeito sinistro do celeiro me impressiona. Pior até que a casa vitoriana desabada de Anna. Ele se agacha como uma aranha, só esperando que cheguemos suficientemente perto, fingindo ser inanimado. Mas isso é bobagem. É só o frio e o escuro me sugestionando. Ainda assim, eu talvez não protestasse se alguém decidisse aparecer aqui com gasolina e um fósforo.

— Peguem. — Entrego a Thomas e Carmel os amuletos protetores de ervas frescas. Thomas põe o seu no bolso da calça. Carmel segura o dela como um terço. Acendemos o lampião e as lanternas logo ao chegar à porta, que range para a frente e para trás como um dedo chamando. — Fiquem perto — sussurro, e eles se chegam mais a mim, cada um de um lado.

— Toda vez eu digo a mim mesma que sou louca por fazer isso — Carmel murmura. — Toda vez eu penso que é melhor ficar esperando no carro.

— Não é seu estilo ficar assistindo na arquibancada — Thomas sussurra e, do meu outro lado, sinto Carmel sorrir.

— Menos, vocês dois — murmuro, e estendo o braço para abrir a porta.

Thomas tem essa mania irritante de entrar com tudo, lançando a luz da lanterna para todo lado a um milhão de quilômetros por hora, como se esperasse pegar um fantasma no meio do ato de assombrar ou qualquer coisa assim. Mas fantasmas são tímidos. Se não tímidos, pelo menos cautelosos. Nunca na minha vida eu abri uma porta e me vi olhando direto para um rosto morto. Mas já entrei e senti no mesmo instante que estava sendo observado. Que é o que acontece agora.

É uma sensação estranha, aquela sensação de uma consciência intensa vindo de algum lugar atrás de você. Quando se é observado pelos mortos, a sensação é mais estranha ainda, porque não dá para identificar de onde ela está vindo. Simplesmente está ali. É irritante, mas não tem nada que se possa fazer. Meio como Thomas e sua lanterna.

Caminho até o centro do celeiro e ponho o lampião de acampamento no chão. O ar tem um cheiro pesado de poeira e feno velho, que está espalhado pelo chão sujo. Quando giro em um pequeno círculo com a luz de minha lanterna firme e cuidadosa, a palha sussurra e estala sob meus pés. Carmel e Thomas prestam muita atenção e ficam bem perto de mim. Sei que pelo menos Thomas, bruxo como é, também pode sentir que estamos sendo observados. Seu facho de luz sobe e desce pelas paredes, procurando nos cantos e possíveis esconderijos. Ele está expondo demais, em vez de usar a luz como isca e prestar atenção no escuro. Os sons das roupas são altos; o cabelo de Carmel roçando nos ombros quando ela olha em volta é como se fosse uma cachoeira.

Ergo as mãos e me afasto, deixando a luz do lampião de acampamento se infiltrar pelo meio do nosso grupo apertado. Nossos olhos se ajustaram, e Carmel e eu desligamos as lanternas. O celeiro está vazio exceto pelo que parece o esqueleto de um velho arado no canto sul; o lampião colore o espaço de um amarelo pálido.

— É aqui? — Carmel pergunta.

— Bom, acho que serve para passar a noite — digo. — Amanhã de manhã vamos tentar andar até algum lugar com sinal de telefone melhor para chamar um guincho.

Carmel concorda com a cabeça. Ela entendeu. A cena do viajante perdido funciona mais vezes do que se poderia imaginar. É por isso que aparece em tantos filmes de terror diferentes.

— Não é mais quente aqui dentro do que lá fora — comenta Thomas. Ele também apaga a lanterna, finalmente. Ouvimos um som de movimento acima e ele dá um pulo de um quilômetro, faz um saque rápido da lanterna e aponta o facho de luz para as vigas do teto.

— Devem ser pombas — digo. — Isso é bom. Se ficarmos presos aqui muito tempo podemos fazer um churrasquinho.

— Que horrível — responde Carmel.

— É como se fosse frango de segunda. Vamos dar uma olhada. — Há uma escada instável e meio apodrecida que leva a um alçapão. Imagino que só encontraremos um palheiro e um punhado de pombas e pardais abrigados para a noite. Mas não preciso dizer a Thomas e Carmel para ficarem alertas. Eles estão logo atrás de mim, em contato constante. Quando o dedo do pé de Carmel bate nos dentes de um forcado meio enterrado na palha, ela faz uma careta. Nós nos entreolhamos e ela sacode a cabeça. Não pode ser o mesmo, o forcado em que a mulher do fazendeiro caiu. Isso é o que dizemos a nós mesmos, embora eu ache que não existe nenhuma razão real para que não possa ser.

Sou o primeiro a entrar no palheiro. Uma passada rápida da luz da lanterna mostra um espaço grande e plano de chão coberto de palha e algumas pilhas altas de fardos de feno junto à parede sul. Quando levanto a luz para o telhado inclinado, vejo o que devem ser quase cinquenta pombas, nenhuma das quais parece se importar com nossa presença.

— Venham — digo. Thomas sobe em seguida e nós dois ajudamos Carmel. — Cuidado. Essa palha está cheia de bosta de passarinho.

— Que legal — ela murmura.

Quando estamos todos em cima, olhamos em volta, mas não há muito para ver. É só um grande espaço aberto, forrado de palha e cocô de aves. Há um sistema de roldana suspenso no teto que deve ter sido usado para mover feno; cordas grossas estão presas nas vigas.

— Sabe o que eu odeio nas lanternas? — diz Thomas, e vejo sua luz se mover pelo palheiro, revelando súbitas caras de pássaros e asas balançando, depois nada além de tábuas cobertas de teias de aranha. — Elas sempre fazem a gente pensar no que não estamos vendo. No que ainda está no escuro.

— É verdade — concorda Carmel. — Essa é a tomada mais assustadora em um filme de terror. Quando a luz da lanterna finalmente encontra o que estava procurando e *você* percebe que preferia não saber como é.

Eles deviam calar a boca. Agora não é hora de ficarem tentando se assustar. Eu me afasto um pouquinho, na esperança de pôr um fim na conversa e também para testar a qualidade do chão. Thomas dá alguns passos na outra direção, mantendo-se perto da parede. Movo a lanterna pelos fardos de feno, prestando muita atenção em lugares onde algo poderia se esconder. Não noto nada exceto como eles parecem nojentos com todas aquelas manchas marrons e brancas. Atrás de mim, ouço um longo som rangente e, quando me viro, uma lufada de vento atinge meu rosto. Thomas encontrou uma das portas para feno e a abriu.

A sensação de ser observado se foi. Somos apenas três garotos, em um celeiro abandonado, fingindo estar perdidos a troco de nada. Talvez este nem seja o lugar certo, para começar, e a sensação que tive quando passei pela porta pode ter sido mero acaso.

— Acho que aquela sua runa não está funcionando muito bem — digo. Thomas encolhe os ombros. Sua mão desliza distraída para o bolso, onde a runa faz peso no tecido.

— Eu nunca disse que era certeza. Não costumo trabalhar muito com runas. E é a primeira vez que eu mesmo faço uma. — Ele se inclina e olha para a noite pela porta de feno. Ficou mais frio; sua respiração é uma nuvem de vapor. — Mas talvez não importe. Se este for mesmo o lugar, quantas pessoas estão realmente em perigo? Quem vem aqui? O fantasma de quem quer que fosse deve ter se entediado e ido simular mortes acidentais em outro lugar.

Mortes acidentais. As palavras passam arranhando a superfície do meu cérebro.

Sou um idiota.

Uma corda cai da viga. Eu me viro para gritar para Thomas, mas as palavras não saem suficientemente rápido. Tudo o que sai é o nome dele, e estou correndo, indo a toda em direção a ele, porque a corda está caindo e o fantasma preso à ponta dela se torna corpóreo um segundo antes de empurrar Thomas pela porta de feno, de cabeça, para uma queda de doze metros até o chão duro e frio.

Eu mergulho. A palha me espeta sob a jaqueta, mas não estou pensando em nada além daquele vislumbre de Thomas, e, quando me lanço pela porta de feno, consigo agarrar o pé dele. Preciso de toda a força em meus dedos para segurá-lo quando ele bate na lateral do celeiro. No momento seguinte, Carmel está comigo, com metade do corpo pendurado para fora da porta também.

— Thomas! — ela grita. — Cas, puxa ele para cima! — Cada um segurando um pé, nós o arrastamos de volta, primeiro até os dedos dos pés, depois até os joelhos. Thomas está lidando com tudo isso muito bem, sem gritar nem nada. Estamos quase conseguindo puxá-lo para dentro quando Carmel grita. Não preciso olhar para saber que é o fantasma. Há uma pressão gelada contra minhas costas e, de repente, o ar cheira como o interior de um frigorífico de carne.

Eu me viro e ele está bem na minha frente: um cara jovem com um macacão desbotado e camisa de algodão de manga curta. Ele é gordo, tem a barriga grande e braços como salsichas pálidas e estufadas demais. Há algo errado com a forma da sua cabeça.

Pego a faca. Ela vem faiscando do meu bolso traseiro, pronta para entrar direto na barriga dele, quando ela ri.

Ela ri. Aquela risada que conheço tão bem, embora só tenha ouvido um punhado de vezes. Está saindo da boca aberta desse caipira gordo. O athame quase cai da minha mão. Depois a risada para, abrupta, e o fantasma recua e ruge, algo que soa como palavras reproduzidas de trás para a frente de dentro de um megafone. No alto, as cinquenta pombas saem de seus poleiros e voam em direção a nós.

No meio de penas e do cheiro rançoso de aves, eu grito para Carmel continuar puxando, para não deixar Thomas cair, mas eu sei que ela não vai deixar, mesmo com os pequenos bicos e garras se enroscando em seu cabelo. Assim que conseguimos pôr Thomas de volta para dentro, eu empurro os dois na direção da escada.

Nossos pés descem apressados em um pânico de asas batendo. Tenho de lembrar a mim mesmo de olhar para trás, para garantir que o maldito fantasma não vai tentar outro empurrão.

— Para onde estamos indo? — Carmel grita, desorientada.

— Saia pela porta — Thomas e eu gritamos de volta. Quando meus pés tocam o último degrau da escada, Carmel e Thomas já estão bem à frente, correndo. Sinto o fantasma se materializar à nossa direita e me viro. Agora que tenho uma visão melhor, consigo ver que o que está errado na forma da sua cabeça é que a parte de trás dela é afundada. Também vejo que ele está segurando um forcado.

Um instante antes de ele o jogar, grito algo para Carmel. Deve ter sido a coisa certa, porque ela gira para ver o que é e puxa o corpo para a esquerda no momento exato em que os dentes do forcado se enfiam na parede. Ela finalmente começa a gritar e o som desperta meus sentidos; levo o braço para trás e lanço o athame em um movimento rápido. Ele voa pelo ar e se aloja na barriga do fazendeiro. Por um segundo, ele olha na minha direção, para mim e através de mim, com olhos como piscinas de água tépida. Não sinto nada desta vez. Não penso em para onde a faca o está levando. Não penso se o obeahman ainda pode senti-la. Quando ele some da existência como uma onda de calor, estou feliz por ele ter ido embora. Ele quase matou meus amigos. Foda-se esse cara.

O athame cai no chão com um baque suave e eu corro para pegá-lo antes de ir até Carmel, que ainda está gritando.

— Carmel! Você se machucou? Ele acertou você? — Thomas pergunta.

Ele a inspeciona enquanto ela balança a cabeça para a frente e para trás, em pânico. O forcado passou muito perto. Tão perto que um dos dentes atravessou o ombro de seu casaco e a prendeu na parede. Puxo o forcado e ela corre da parede, esfregando o casaco como se ele estivesse sujo. Está assustada e brava em partes iguais e, quando grita "Seu idiota de merda!", não posso deixar de sentir que está gritando comigo.

2

O athame está repousando em seu jarro de sal, enterrado até o punho em cristais brancos. O sol da manhã que entra pela janela bate no vidro do jarro e refrata em todas as direções, dourado brilhante, quase como um halo. Meu pai e eu costumávamos nos sentar e ficar olhando para ele, enfiado naquele mesmo jarro, depois de ter sido purificado pelo luar. Ele o chamava de Excalibur. Eu não o chamo de nada.

Atrás de mim, minha mãe está fritando ovos. Há um lote de suas velas de encantamentos mais recentes empilhado sobre o balcão. São de três cores diferentes, cada uma com um perfume próprio. Verde para prosperidade, vermelho para paixão, branco para clareza mental. Ao lado delas, há três pilhas pequenas de pergaminhos com três frases mágicas diferentes para serem enroladas nas velas e amarradas com barbante.

— Com ou sem torrada? — ela pergunta.

— Com — respondo. — Ainda tem geleia de Saskatoon?

Ela a pega e eu ponho quatro fatias de pão na torradeira. Quando ficam prontas, eu as cubro com manteiga e geleia e levo para a mesa, onde minha mãe já pôs o prato com ovos.

— Pode pegar o suco? — ela me pede e, enquanto estou meio enterrado na geladeira: — Você vai me contar como foram as coisas no sábado à noite?

Endireito o corpo e sirvo dois copos de suco de laranja.

— Eu estava na dúvida se contava ou não. — A viagem de volta de Grand Marais foi quase em silêncio. Quando chegamos em casa, era domingo de manhã e eu desabei na cama de imediato. Só recuperei a consciência para assistir a um dos filmes da franquia *Matrix* na TV a cabo antes de desabar de novo pela noite inteira. Foi o melhor plano de fuga que já criei.

— Bom — diz minha mãe, bem-humorada —, é melhor acabar com a dúvida logo. Você tem que estar na escola em meia hora.

Eu me sento à mesa e pouso o copo de suco. Meus olhos estão fixos nos ovos, que olham de volta para mim com pupilas de gemas amarelas. Espeto-os com meu garfo. O que vou dizer? Como vou conseguir que faça sentido para ela se ainda nem faz sentido para mim? Aquela era a risada de Anna. Era clara como cristal, inconfundível, saindo da garganta preta do fazendeiro. Mas isso é impossível. Anna se foi. Só que eu não consigo deixar que ela vá embora. Então minha mente começou a imaginar coisas. Isso é o que a luz da manhã me diz. Isso é o que qualquer pessoa sã me diria.

— Eu fiz tudo errado — digo, olhando para o prato. — Minha cabeça não funcionou suficientemente rápido.

— Mas você o pegou, não foi?

— Não antes que ele empurrasse o Thomas por uma janela e quase transformasse a Carmel em picadinho de carne. — Meu apetite desapareceu de repente. Nem a geleia de Saskatoon parece mais tentadora. — Eles não podem mais ir comigo. Eu nunca devia ter deixado eles irem.

Minha mãe suspira.

— Não foi bem uma questão de deixar, Cas. Acho que você não poderia ter impedido que eles fossem. — A voz dela é afetuosa, totalmente sem objetividade. Ela se preocupa com eles. Claro que sim. Mas também está bem feliz por eu não ter mais que andar por aí sozinho.

— Eles estão entusiasmados com a novidade — digo. A raiva vem até a superfície agora; meus dentes se apertam sobre ela. — Mas acontece que é real, e eles podem morrer. Quando eles entenderem isso, o que você acha que vai acontecer?

O rosto de minha mãe está calmo. Não demonstra mais emoção do que um leve franzir de sobrancelhas. Ela pega um pedaço de ovo com o garfo e mastiga em silêncio. Depois, diz:

— Acho que você não dá crédito suficiente a eles.

Talvez não. Mas eu não os culparia se fugissem para as colinas depois do que aconteceu no sábado. Eu não os teria culpado se tivessem fugido depois que Mike, Will e Chase foram assassinados. Às vezes, gostaria que eu mesmo pudesse ter fugido.

— Tenho que ir para a escola — digo e afasto a cadeira da mesa, deixando a comida intocada. O athame foi purificado e está pronto para sair do sal, mas passo direto por ele. Talvez pela primeira vez na vida, eu não o quero.

A primeira coisa que vejo depois de virar a esquina em direção ao meu armário é Thomas bocejando. Ele está encostado no armário com os livros embaixo do braço, usando uma camiseta cinza simples que está prestes a rasgar em alguns pontos. Seu cabelo aponta em direções completamente contraditórias. Isso me faz sorrir. Tanto poder contido em um corpo que parece ter nascido em uma cesta de roupa suja. Ele me vê chegando, acena e o grande sorriso aberto se espalha pelo seu rosto, antes de ele bocejar outra vez.

— Desculpe — diz ele. — Estou com dificuldade para me recuperar de sábado.

— Festa épica, hein, Thomas? — soa uma voz sarcástica atrás de nós. Eu me viro e vejo um grupo de pessoas, a maioria das quais não conheço. O comentário veio de Christy qualquer-coisa, e eu penso: *Quem se importa*, mas a boca de Thomas se apertou e ele está olhando para a fileira de armários como se quisesse sumir dentro deles.

Olho para Christy com o ar mais natural do mundo.

— Continue falando desse jeito e eu vou mandar te matar.

Ela pisca, tentando decidir se estou falando sério ou não, o que me faz sorrir. Esses rumores são ridículos. Eles vão embora, em silêncio.

— Esqueça deles — falo. — Se estivessem lá, iam ter mijado nas calças.

— Está bem — diz ele e endireita o corpo. — Escute, desculpe por sábado. Eu fui um idiota me inclinando para fora da porta daquele jeito. Obrigado por me salvar.

Por um segundo, há um nó na minha garganta com gosto de gratidão e surpresa. Eu o engulo.

— Não me agradeça. — Lembre-se de quem pôs você naquele lugar, para começar. — Não foi grande coisa.

— Claro. — Ele dá de ombros. Thomas e eu temos física juntos na primeira aula neste semestre. Com a ajuda dele, estou conseguindo ficar com A-. Toda aquela merda de fulcros e massa vezes velocidade é como grego para mim, mas Thomas tira de letra. Deve ser o bruxo nele; ele tem um entendimento sólido de forças e de como elas funcionam. No caminho para a aula, passamos por Cait Hecht, que faz questão de olhar para tão longe quanto possível. Imagino se ela também vai começar a fazer fofocas sobre mim agora. Acho que eu compreenderia se ela fizesse.

Até o nosso quinto período juntos na sala de estudos, só vejo Carmel de longe. Apesar de fazer parte do nosso estranho trio de caçadores de fantasmas, o status dela como abelha rainha permaneceu intacto. Sua agenda social está tão cheia quanto sempre foi. Ela está na comissão de alunos e em um punhado de comitês chatos de arrecadação de fundos. Vê-la viver nos dois mundos é interessante. Ela se move tão facilmente por um quanto pelo outro.

Entro na sala de estudos e me sento no lugar de costume, na frente de Carmel. Thomas ainda não chegou. Percebo imediatamente que ela não está levando tão na boa quanto ele. Seus olhos mal se movem do caderno quando me sento.

— Você precisa cortar o cabelo.

— Eu gosto dele um pouco comprido.

— Mas eu acho que ele está entrando nos seus olhos — diz ela, agora olhando direto para mim. — E impede você de enxergar direito.

Há um momento de olhos baixos, durante o qual eu decido que quase ser espetada como uma borboleta em uma caixa de vidro merece pelo menos um pedido de desculpas.

— Desculpe por sábado. Eu sei que fui totalmente estúpido. É perigoso...

— Pare de enrolar — diz Carmel, estalando o chiclete na boca. — Qual foi o problema? Você hesitou naquele celeiro. Podia ter acabado com tudo lá em cima no palheiro. A coisa estava a um pé de distância, a barriga aberta na sua frente servida de bandeja.

Eu engulo. Claro que ela perceberia. Carmel nunca deixa de perceber nada. Minha boca abre, mas não sai nenhum som. Ela desliza a mão e toca meu braço.

— A faca não é mais má — ela diz, com suavidade. — O Morfran disse isso. Seu amigo Gideon também disse isso. Mas, se você tiver dúvidas, talvez seja melhor dar um tempo. Alguém vai acabar se machucando.

Thomas se senta ao lado de Carmel e olha de um para o outro.

— O que foi? — ele pergunta. — Vocês estão com cara de que alguém morreu. — Caramba, Thomas, que expressão mais arriscada.

— Nada — digo. — A Carmel só está preocupada em saber por que eu hesitei no sábado.

— O quê?

— Ele hesitou — Carmel responde. — Podia ter matado a coisa no palheiro. — Ela para de falar quando dois garotos passam. — Mas não matou e eu quase acabei com os dentes do forcado na minha cara.

— Mas nós estamos bem. — Thomas sorri. — O trabalho foi feito.

— Ele não superou — diz Carmel. — Ele ainda fica pensando se a faca é do mal.

Toda aquela conversa sobre mim como se eu não estivesse presente está me deixando nervoso. Eles continuam por um minuto ou pouco mais, Thomas me defendendo debilmente e Carmel afirmando que eu preciso de pelo menos seis sessões de terapia paranormal antes de voltar ao trabalho.

— Vocês se incomodam de receber uma advertência? — pergunto de repente. Quando movo a cabeça na direção da porta, os dois se levantam também. O monitor da sala de estudos grita alguma pergunta sobre aonde nós pensamos que vamos, ou o que pensamos que estamos fazendo, mas não paramos. Carmel só fala alto: "Hum, eu esqueci as fichas!", enquanto saímos pela porta.

Estamos no estacionamento de uma parada para descanso na Rodovia 61, sentados no Audi prateado de Carmel. Eu estou no banco de trás e eles se viraram para olhar para mim. Só esperam, pacientemente, o que torna tudo pior. Um pouco de incentivo não faria mal.

— Você está certa sobre eu ter hesitado — digo, por fim. — E está certa quando diz que eu ainda tenho dúvidas sobre a faca. Mas não foi isso que aconteceu no sábado. As dúvidas não me impedem de fazer o trabalho.

— Então o que foi? — Carmel pergunta.

O que foi. Nem eu sei. No instante em que a ouvi rir, Anna surgiu em vermelho atrás de meus olhos e eu vi tudo que ela já foi: a menina pálida e inteligente vestida de branco e a deusa de veias negras vestida de sangue. Ela estava perto o suficiente para eu tocá-la. Mas a adrenalina se foi agora, e há a luz do dia por toda a minha volta. Então talvez não tenha sido nada. Só uma alucinação. Mas eu os trouxe até aqui para contar, então é melhor dizer algo.

— Se eu dissesse que não consigo parar de pensar na Anna — falo, olhando para o tapete preto do Audi —, que preciso saber se ela está em paz, vocês entenderiam?

— Claro, é lógico — diz Thomas. Carmel desvia o olhar.

— Eu não estou pronto para desistir, Carmel.

Ela prende o cabelo loiro atrás da orelha e baixa os olhos, com uma expressão culpada.

— Eu sei. Mas você está procurando respostas há meses. Todos nós estamos.

Dou um sorriso triste.

— E daí? Você cansou?

— Claro que não — ela revida. — Eu gostava da Anna. E, mesmo que não gostasse, ela salvou a nossa vida. Mas o que ela fez, se sacrificar... aquilo foi por você, Cas. E ela fez aquilo para você poder viver. Não para você ficar andando por aí como um morto-vivo, chorando por ela.

Não tenho nada a dizer. As palavras me derrubam de vez. Não saber o que aconteceu com Anna tem me deixado quase maluco nestes últimos meses. Já imaginei todos os infernos imagináveis, os piores destinos possíveis. Seria fácil dizer que é por isso que parar de pensar nela é difícil. E seria verdade. Mas não é tudo. O fato é que Anna se foi. Ela estava morta quando eu a conheci, e eu ia mandá-la de volta para o pó, mas não queria que ela fosse embora. Talvez o jeito como ela partiu devesse encerrar tudo de vez. Ela está mais morta do que morta e eu deveria estar feliz; em vez disso, estou tão inconformado que não consigo enxergar direito. Não é como se ela tivesse ido embora. É como se tivesse sido levada.

Depois de um minuto, sacudo a cabeça e as palavras caem da minha boca, ensaiadas e calmas.

— Eu sei. Olha, talvez eu devesse só dar um tempo. Você está certa. Não é seguro, e nem sei dizer quanto eu sinto pelo que aconteceu sábado. Sinto muito mesmo.

Eles me dizem para não me preocupar com isso. Thomas diz que não foi nada e Carmel faz uma piada sobre ser alvo de um arpão. Eles reagem como melhores amigos devem fazer e, de repente, eu me sinto um bosta total. Preciso pôr a cabeça no lugar. Preciso me acostumar com o fato de que nunca mais vou ver Anna, antes que alguém se machuque de verdade.

3

O som daquela risada. Ela soa de novo em minha mente mais ou menos pela centésima vez. Era a voz dela, a voz de Anna, mas parecia alucinada e aguda. Quase desesperada. Ou talvez isso seja só porque eu a ouvi saindo da boca de um homem morto. Ou talvez eu nem tenha ouvido nada disso.

Um estalo alto me faz piscar e olhar para baixo. Uma das velas brancas de clareza mental da minha mãe está partida em dois aos meus pés, rolando de encontro ao meu dedo. Eu as estava embalando em uma caixa para levar à loja de Morfran.

— O que foi, meu filho? — Ela está com aquele meio sorriso e uma sobrancelha levantada. — O que está deixando você tão distraído a ponto de quebrar o nosso sustento?

Eu me inclino e pego as metades da vela, juntando, desajeitado, as duas partes como se elas pudessem se fundir por mágica. Por que a mágica não pode funcionar assim?

— Desculpe — digo. Ela se levanta da mesa onde estava amarrando os pergaminhos com os encantamentos, pega a vela da minha mão e a cheira.

— Tudo bem. Eu vou ficar com esta. Elas funcionam bem mesmo quebradas. — Ela a coloca no peitoril da janela sobre a pia. — Agora responda minha pergunta, garoto. O que foi? Escola? Ou talvez aquele seu encontro tenha sido melhor do que você quer me contar. — A expressão no rosto dela é meio de brincadeira, mas há esperança ali também.

— Não tive essa sorte, mãe. — Seria fácil dizer que o problema era a escola. Seria fácil dizer que eu estava sonhando acordado. E talvez eu devesse ter feito isso. Minha mãe está contente aqui. Depois que descobrimos que o assassino do meu pai andava escondido no sótão e que ele comeu o gato dela, achei que ela ia querer se mudar. Ou queimar a casa. Mas não. Em vez disso, ela ficou e transformou a casa em nosso lar, mais do que qualquer outra casa alugada onde já moramos desde que meu pai morreu. Era quase como se tudo aquilo tivesse sido algo que ela estava esperando.

Acho que nós dois estávamos esperando. Porque está terminado agora. Encerrado.

— Cas? Você está bem? Aconteceu alguma coisa?

Eu lhe dou meu sorriso mais tranquilizador.

— Não é nada. Só aquelas sensações ruins que ficam.

— Hum — diz ela, e tira uma caixa de fósforos da gaveta de miudezas. — Acho que seria bom você acender esta vela de clareza. Para se livrar das teias de aranha.

— Claro. — Eu rio e pego o fósforo. — Preciso dizer o encantamento primeiro?

Ela balança a mão.

— As palavras nem sempre são necessárias. Você só tem que saber o que quer. — Ela me dá um soquinho no peito e eu acendo o fósforo.

—∞—

— Você está jogando mal demais — Thomas me diz da outra ponta do sofá.

— E daí? É só Pac-Man — respondo, enquanto minha última vida dá de cara com um fantasma e morre.

— Se você continuar pensando assim, nunca vai bater o meu recorde.

Dou uma fungada. Nunca vou conseguir bater mesmo. O cara tem uma coordenação olho-mão assustadoramente precisa. Consigo me garantir em um jogo de tiro em primeira pessoa, mas ele ganha de mim todas as vezes nos jogos mais antigos. Ele pega o controlador e a música-tema começa. Assisto enquanto o Pac-Man come cerejas e pontinhos e manda os fantasmas de volta para o quadrado inicial.

— Você memorizou as telas.

— Talvez. — Ele sorri e põe o jogo em pausa quando seu celular começa a soar. O celular é novo. Um presente de Carmel, que ela usa agora mandando mensagens repetidamente para tentar nos convencer a encontrar com ela no shopping. Mas shopping é uma coisa que não dá para aguentar. Exceto, talvez, pelos rolinhos de canela do Cinnabon.

Thomas suspira.

— Quer encontrar a Carmel e a Katie no Cinnabon?

Respiro fundo. Ele veio aqui para me dar um livro que encontrou com teorias sobre a vida após a morte. Está do lado do Xbox. Eu nem abri. Estou cansado de ler e ficar cada vez com mais perguntas e nenhuma resposta. Estou cansado de ir atrás dos velhos colegas do meu pai e não conseguir nada além de suposições. Cheguei a um exaustivo beco sem saída, e, embora esse pensamento me faça sentir culpado, essa é a verdade.

— Vamos — digo.

O shopping é muito iluminado e tem cheiro de loção. Todas as lojas em nosso caminho devem vender essa mesma coisa. Carmel nos encontra na entrada, sozinha. Katie foi embora no minuto em que soube que nós estávamos vindo.

— Não incomoda você que sua melhor amiga me deteste tanto? — pergunta Thomas, com a boca tão cheia de rolinho de canela que mal dá para entender.

— Ela não detesta você. É que você nunca nem tentou conhecer a Katie. Vocês dois fazem ela se sentir indesejada.

— Isso não é verdade — Thomas protesta.

— É um pouquinho verdade — murmuro de trás deles. E é. Quando estou só eu e Carmel e as amigas dela, tudo bem. Eu consigo me integrar se for preciso. Mas, quando estamos nós três juntos, é como um clubinho fechado. Eu até que gosto disso e não me sinto culpado. Nós três juntos dá uma sensação de segurança.

— Viu? — diz Carmel. Ela diminui o passo para eu alcançá-los e andar do lado deles. Thomas fala mais alguma coisa sobre Katie e eu ouço o nome de Nat, mas não estou escutando de fato. As coisas de casal deles não são da minha conta. Volto para meu lugar habitual logo atrás. O shopping está muito cheio para andarmos os três lado a lado sem ficar desviando o tempo todo das pessoas.

Uma multidão de vozes chama o nome de Carmel e eu levanto os olhos de meu rolinho de canela para ver Amanda Schneider, Heidi Trico e uma outra Katie não-sei-de-que acenando com os braços. Derek Pimms e Nate Bergstrom estão com elas também; caras que Thomas chamaria de a nova geração do Exército Troiano. Quase posso ouvi-lo pensando isso agora e apertando os dentes enquanto nos aproximamos.

— Oi, Carmel — diz Heidi. — E aí?

Carmel encolhe os ombros.

— Comendo rolinhos de canela e dando umas voltas. Soltando dicas para presentes de aniversário que algumas pessoas são densas demais para perceber. — Ela cutuca Thomas com o cotovelo, afetuosamente. Gostaria que ela não tivesse feito isso. Pelo menos não na presente companhia, porque faz Thomas ficar vermelho como uma beterraba, o que faz Derek e Nate sorrirem como asnos. As outras meninas só dão uma olhada para ele, depois para mim, sorrindo sem mostrar os dentes. Thomas move os pés. Ele não olha nenhuma vez para Derek ou Nate, então eu compenso olhando fixamente para os dois. Eu me sinto um idiota, mas faço mesmo assim. Carmel só fala e ri, à vontade e aparentemente sem perceber toda a situação.

E, então, algo se agita. O athame. Ele está preso, dentro da bainha e amarrado com duas faixas no meu tornozelo. Mas eu o sinto se mover, do jeito que acontece quando estou caçando. E não é um pequeno movimento; é uma torção inconfundível.

Eu me viro na direção em que ele se moveu, me sentindo mais do que um pouco maluco. Não há nenhuma coisa morta assombrando o shopping. É movimentado demais, iluminado demais e tem muito cheiro de loção. Mas a faca não mente, então observo os rostos que passam, rostos que me olham com uma expressão neutra em seu caminho para a American Eagle ou riem com os amigos. Todos claramente vivos em graus variados. Eu me viro de novo e a faca se sacode.

— O quê? — murmuro e olho para a vitrine da loja à nossa frente.

É o vestido de Anna.

Pisco duas vezes com força. Mas é o vestido dela. Branco e simples. Lindo. Caminho em direção a ele e o shopping ficou mudo. O que estou vendo? Não é só um vestido parecido com o dela. É o *seu* vestido. Eu sei antes mesmo de ver a perna do manequim pisar fora do pedestal.

Ela caminha com movimentos duros nas pernas de plástico. O cabelo desce sobre os ombros, liso e solto como uma peruca sintética. Não olho para o rosto dela. Nem mesmo quando meus dedos estão pressionados contra a vitrine e suas pernas de manequim se dobram, fazendo farfalhar o tecido branco.

— Cas!

Eu estremeço e o barulho do shopping atinge meus ouvidos como uma porta batendo. Thomas e Carmel estão junto de mim, com ar preocupado. Toda a minha cabeça está confusa, como se eu tivesse acabado de acordar. Pisco para o vidro e o manequim está onde sempre esteve, bem posicionado em um vestido branco que, na verdade, não se parece nada com o de Anna.

Olho para trás, para Amanda, Derek e os outros. Eles parecem tão chocados quanto Thomas e Carmel agora. Mas, amanhã, vão estar rindo histericamente quando contarem para todo mundo que conhecem. Afasto os dedos da vitrine, constrangido. Depois do que eles acabaram de ver, não posso dizer que os culpo.

— Você está bem? — Carmel pergunta. — O que aconteceu?

— Nada — digo. — Eu achei que tinha visto algo, mas não era nada.

Ela baixa a cabeça e olha depressa para a direita e para a esquerda.

— Você estava gritando.

Olho para Thomas, que confirma com a cabeça.

— Devo ter falado meio alto demais. A acústica aqui dentro é horrível; não dá para ouvir nem a si mesmo.

Vejo o olhar que eles lançam um para o outro e não tento convencê-los. Como eu poderia? Eles estão vendo o vestido branco na vitrine e sabem o que isso significa. Eles sabem o que eu achei que vi.

4

No dia depois de meu colapso nervoso épico no shopping, passo o período livre na escola do lado de fora, na lateral do prédio, sentado embaixo de uma árvore e conversando com Gideon. Tem outros alunos por aqui, ocupando o terreno que não está na sombra, dormindo na grama nova da primavera com a cabeça sobre a mochila ou no colo de amigos. Ocasionalmente, eles olham na minha direção, dizem alguma coisa e todo mundo ri. Passa pela minha cabeça que eu costumava ser melhor para me integrar. Talvez eu não deva voltar no próximo ano.

— Theseus, está tudo bem? Você parece aflito.

Eu rio.

— Você fala que nem a minha mãe.

— O quê?

— Desculpe. — Hesito, o que é ridículo. A razão de eu ter ligado é que queria falar sobre isso. Preciso ouvir que Anna se foi. Que ela não pode voltar. E preciso ouvir isso em uma voz britânica cheia de autoridade.

— Você já ouviu falar de alguém ter voltado, depois de ter atravessado? — digo, por fim.

A pausa de Gideon é apropriadamente pensativa.

— Nunca — ele responde. — Simplesmente não é possível. Pelo menos, não dentro do reino da probabilidade sã.

Eu franzo a testa. Desde quando nós vivemos no reino da probabilidade sã?

— Mas, se eu consigo mandar eles de um plano para outro usando o athame, não poderia haver alguma outra coisa que trouxesse eles de volta? — A pausa dessa vez é mais longa, mas ele não está realmente levando a sério. Se estivesse, eu ouviria o barulho da escadinha rolando ou de páginas de livros sendo viradas. — Ah, espera aí, não é uma ideia tão maluca assim. Talvez um salto meio grande, mas...

— Receio que um salto enorme. — Ele respira fundo. — Eu sei o que você está pensando, Theseus, mas isso não é possível. Nós não podemos trazê-la de volta.

Fecho os olhos com força.

— E se ela já estiver de volta?

Há cautela em sua voz quando ele pergunta:

— O que você quer dizer com isso?

Espero que uma risada possa deixá-lo mais à vontade, então movo a boca em um sorriso.

— Não sei o que quero dizer com isso. Não liguei para assustar você. Eu só... eu acho que só penso muito nela.

Ele suspira.

— Eu entendo. Ela era... ela era extraordinária. Mas agora ela está onde é o seu lugar. Escute, Theseus — diz ele, e quase posso sentir seus dedos enrugados em meus ombros. — Você tem que tirar isso da cabeça.

— Eu sei. — E sei mesmo. Parte de mim quer contar a ele sobre o modo como o athame se moveu, e sobre as coisas que achei ter visto e ouvido. Mas ele está certo e eu só ia parecer maluco. — Olha, não se preocupe comigo, tá? — digo, e me levanto. — Droga — murmuro, sentindo o molhado no traseiro de meu jeans.

— O que foi? — Gideon pergunta, preocupado.

— Ah, nada. Eu estava sentado embaixo de uma árvore e fiquei com uma enorme mancha molhada na bunda. Parece que o chão nunca vai secar por aqui. — Ele ri e nós desligamos. No caminho de volta para dentro da escola, Dan Hill me dá um soquinho no braço.

— Ei — diz ele. — Você anotou a aula de história ontem? Posso pegar emprestado quando a gente estiver na sala de estudos?

— Hum, pode — digo, meio surpreso.

— Valeu, cara. Eu costumo pedir para uma das meninas, claro — ele dá um sorriso malicioso —, mas estou com C- e você tirou nota máxima na última prova, certo?

— É — falo. Tirei mesmo nota máxima. Para minha extrema surpresa e profunda alegria da minha mãe.

— Legal. Ei, fiquei sabendo que você estava no ácido ou qualquer coisa assim no shopping ontem à noite.

— Eu vi um vestido que a Carmel queria e apontei para o Thomas Sabin. — Encolho os ombros. — As pessoas inventam umas coisas malucas nesta escola.

— Ah, é — diz ele. — Foi o que eu pensei. Até mais, cara. — Ele sai em outra direção. Dan é legal, acho. Se eu tiver sorte, ele vai passar o meu álibi do shopping para mais algumas pessoas. Mas não é muito provável. Retratações aparecem na última página do jornal. A história mais chata fica em desvantagem, seja verdade ou não. É assim que as coisas funcionam.

— Como você pode não gostar de pizza de frango com alho? — pergunta Carmel, segurando o telefone para fazer o pedido. — Sério? Só champignon e queijo?

— E tomate — acrescenta Thomas.

— Só tomate cortado comum? — Ela olha para mim, incrédula. — Ele não é normal.

— Concordo com você — respondo da geladeira, onde estou pegando refrigerantes. Estamos na minha casa para ver um filme na Netflix. Foi ideia de Carmel e estou escolhendo acreditar que é porque ela queria descansar, não porque não queria me expor em público.

— Talvez ele esteja tentando ser um cavalheiro, Carmel — minha mãe sugere, passando para encher seu copo novamente de chá gelado. — Pode ser que não queira comer alho por você.

— Que podre — digo, e Thomas ri. É Carmel que enrubesce dessa vez.

Minha mãe sorri.

— Se pedirem uma de cada, eu divido a de tomate com o Thomas e você e o Cas podem dividir a outra.

— Pode ser. Mas vocês vão querer a de frango quando ela chegar. — Ela faz o pedido e nós três vamos para a sala ver episódios antigos de *Scrubs* até as pizzas chegarem, para depois começarmos a ver o filme. Mal acabamos de nos sentar e Carmel se levanta de novo, com o celular entre os dedos, escrevendo.

— O que foi? — Thomas pergunta.

— Uma espécie de festa de estudos para os exames finais — ela responde, e vai para a varanda da frente. — Eu disse para a Nat e a Amanda que ia aparecer por lá se o filme não acabasse muito tarde. Já volto.

Depois que a porta se fecha, eu cutuco Thomas.

— Você não se importa por ela sair assim? — pergunto.

— Por quê?

— Bom — começo, mas não sei bem o que dizer. Acho que é só que Carmel tentou algumas vezes me integrar com os outros amigos dela, mas não parece fazer isso com Thomas. Imagino que isso deveria aborrecê-lo, mas não sei como perguntar com jeitinho. E para que droga de exames finais ela ainda tem que estudar? Eu já fiz quase todos os meus, só falta um. Os professores aqui gostam de enrolar nas últimas semanas. Não que eu esteja reclamando. — Você não é namorado dela? — digo, por fim. — Ela não devia levar você junto quando vai encontrar com os amigos?

Não foi a melhor maneira de formular a pergunta, mas ele não parece ofendido, nem mesmo surpreso. Ele apenas sorri.

— Não sei exatamente o que nós somos — diz, baixinho. — Mas sei que não funcionamos assim. Nós somos diferentes.

— Diferentes — murmuro, embora a expressão sonhadora no rosto dele seja, de certo modo, tocante. — Todo mundo agora quer ser diferente. Nunca lhe ocorreu que "igual" é um clássico por alguma razão?

— Bom discurso para alguém cuja última namorada morreu em 1958 — Thomas responde, depois se esconde atrás de um gole de refrigerante. Eu sorrio e olho de volta para a TV.

Anna está na janela. Ela está de pé entre os arbustos do lado de fora da minha casa, olhando fixamente para mim.

— Porra! — Eu subo pelo encosto do sofá e quase nem sinto quando meu ombro bate com força na parede.

— O quê? — Thomas pula do sofá também, olhando primeiro para o chão, onde poderia haver um rato ou coisa assim, antes de seguir meu olhar para a janela.

Os olhos de Anna são vazios e mortos, completamente ocos e sem nenhum vestígio de reconhecimento. Vê-la piscar é como ver um jacaré atravessar águas salobras e espessas. Enquanto tento recuperar o fôlego, um cordão de sangue escuro e vermiforme escorre de seu nariz.

— Cas, o que foi? O que aconteceu?

Olho para Thomas.

— Você não está vendo ela? — Olho de volta para a janela, meio esperando que Anna tenha ido embora, meio *desejando* que ela tenha ido, mas ela ainda está ali, imóvel.

Thomas procura pela janela e move a cabeça para desviar dos reflexos de luz. Parece aterrorizado. Não faz sentido. Ele devia conseguir vê-la. Ele é um puta de um bruxo, caralho.

Não aguento mais. Corro do sofá para a porta da frente, abro-a com força e me lanço para a varanda.

Tudo o que vejo é o rosto surpreso de Carmel, seu celular a meio caminho da orelha. Nos arbustos na frente da janela não há nada além de sombras.

— O que aconteceu? — Carmel pergunta, enquanto desço os degraus aos pulos e avanço pelo meio dos arbustos, os ramos arranhando meus braços.

— Me dá seu telefone!

— O quê? — A voz de Carmel está apavorada. Minha mãe está aqui fora também agora, os três assustados pelo que nem sabem o que é.

— Joga aqui para mim — grito, e ela obedece. Pressiono uma tecla e aponto para o chão, usando a luz azulada para procurar pegadas ou alguma alteração no chão. Não há nada.

— O quê? O que é? — Thomas grita.

— Nada — digo em voz alta, mas nada não é a resposta. Seja tudo coisa da minha cabeça ou não, isso não é um nada. E, quando levo a mão ao athame em meu bolso, ele está frio como gelo.

Dez minutos depois, minha mãe põe uma xícara fumegante na minha frente na mesa da cozinha. Eu a pego e cheiro.

— Não é uma poção. É só chá — diz ela, impaciente. — Descafeinado.

— Obrigado — falo, e tomo um gole. Sem cafeína e sem açúcar também. Não sei o que tem de calmante em água marrom e amarga. Mas faço uma demonstração de suspirar e sentar mais relaxado na cadeira.

Thomas e Carmel não param de trocar olhares furtivos e minha mãe percebe.

— O que é? — ela pergunta. — O que vocês sabem?

Carmel olha para mim pedindo permissão e, como não digo nada, ela conta para minha mãe o que aconteceu no shopping, com o vestido parecido com o de Anna.

— Sinceramente, Cas, você está agindo de um jeito estranho desde Grand Marais na semana passada.

Minha mãe se recosta no balcão.

— Cas? O que está acontecendo? E por que você não me contou sobre o shopping?

— Será que é porque eu gosto de guardar minhas maluquices para mim mesmo? — Mas, obviamente, tentar desviar o foco não vai funcionar. Eles só continuam me olhando. Esperando e olhando. — Eu só... Eu achei que vi a Anna, só isso. — Tomo outro gole de chá. — E em Grand Marais, no palheiro... eu achei que ouvi a risada dela. — Sacudo a cabeça. — É como... eu não sei como é. É como estar sendo assombrado, acho.

Sobre a borda da minha xícara, a expressão que ondula pela cozinha é clara. Eles acham que eu estou alucinando. Estão com pena de mim. "Pobre Cas", está escrito em todos os rostos, pendurado em suas faces como pesos de cinco quilos.

— O athame também a vê — acrescento, e isso chama a atenção deles.

— Você devia ligar para o Gideon amanhã de manhã — minha mãe sugere. Concordo com a cabeça. Mas ele provavelmente vai pensar o mesmo. Ainda assim, ele é a coisa mais próxima que tenho de um especialista em athame.

Todos ficam em silêncio. Eles estão céticos, e eu não os culpo. Afinal, isso era o que eu desejava, desde que Anna se foi.

Quantas vezes a imaginei sentada ao meu lado? A voz dela soou em minha cabeça um milhão de vezes, em alguma frágil tentativa de ter as conversas que não pudemos ter. Às vezes, finjo que encontrei outro modo de derrotar o obeahman; um modo que não fizesse tudo dar errado.

— Você acha que é possível? — Thomas pergunta. — Quer dizer… tem como ser possível?

— As coisas não atravessam — respondo. — O Gideon diz que as coisas não atravessam. Elas não podem. É que parece… é como se ela estivesse me chamando. Mas não consigo ouvir o que ela quer.

— Isso é tão confuso — Carmel murmura. — O que você vai fazer? — Ela olha para mim, depois para Thomas e para minha mãe. — O que nós vamos fazer?

— Tenho que descobrir se é real — falo. — Ou se estou oficialmente louco. E, se for real, tenho que descobrir o que ela quer. Do que ela precisa. Nós todos devemos isso a ela.

— Não faça nada ainda — minha mãe diz. — Espere até falarmos com o Gideon. Espere até termos mais tempo para tentar entender. Eu não estou gostando disso.

— Nem eu — diz Carmel.

Olho para Thomas.

— Eu não sei se gosto ou não. — Ele encolhe os ombros. — Quer dizer, a Anna era nossa amiga, por assim dizer. Não posso acreditar que ela fosse querer nos machucar, ou mesmo nos assustar. É o athame que me incomoda. O fato de que o athame responde. A gente devia ir falar com o Morfran também.

Todos eles olham para mim.

— Está bem — digo. — Está bem, vamos esperar.

Mas não por muito tempo.

5

Depois de uma noite de sono péssimo, estou sentado com Carmel à mesa da cozinha de Thomas, vendo Thomas e Morfran prepararem o café da manhã. Eles se movem à vontade em sua rotina doméstica, andando entre a mesa e o fogão, ainda apenas semiacordados. Morfran está ridículo em um roupão xadrez de flanela. Quem olha para ele nunca adivinharia que por baixo daquele roupão está um dos mais fortes voduístas de toda a América do Norte. Ele é mais ou menos como o neto nesse sentido.

Há um chiado quando a carne toca a frigideira quente. Morfran tem esse hábito de fazer linguiça no café da manhã. É meio estranho, mas é muito bom. Nesta manhã eu não tenho apetite, mas Thomas põe uma grande pilha de linguiça e ovos mexidos na minha frente, então eu corto a comida e empurro pelo prato para parecer que comi. Do outro lado da mesa, Carmel está fazendo basicamente a mesma coisa.

Depois que serve seu próprio prato, Morfran põe um pedaço de linguiça na vasilha de Stella. A mestiça de labrador preta entra correndo na cozinha como se não comesse há anos. Morfran faz um afago no traseiro gordo da cachorra e se encosta no balcão com seu prato, observando-nos por trás dos óculos.

— Bem cedo para uma reunião dos caça-fantasmas júnior — diz ele. — Deve ser alguma calamidade.

— Não é uma *calamidade* — Thomas murmura. Morfran faz um som de desdém enquanto mastiga os ovos.

— Vocês não acordaram cedo só para vir aqui comer salsicha — diz ele, e isso é outro ponto. Ele chama as linguiças de salsichas.

— O suco de laranja está delicioso. — Carmel sorri.

— Eu compro sem polpa. Agora, desembuchem. Tenho que ir para a loja. — Ele está olhando direto para mim quando diz isso.

Eu tinha todo o roteiro das perguntas preparado na cabeça. Em vez disso, as palavras saem se atropelando.

— Nós precisamos descobrir o que aconteceu com a Anna. — Deve ser a décima vez que digo isso para ele, e ele já está tão enjoado de ouvir quanto eu estou de falar. Mas ele tem que entender. Nós precisamos da sua ajuda e ele não ofereceu nenhuma desde a noite em que lutamos com o obeahman, quando ele fez contrafeitiços para me manter vivo depois que fui obehado e ajudou Thomas com os feitiços de proteção na casa de Anna.

— Como está a salsicha? — ele pergunta.

— Boa. Eu não estou com fome. E não vou parar de perguntar.

Os olhos dele deslizam para minha mochila. Nunca pego o athame quando Morfran está por perto. O jeito como ele olha para minha faca me diz que ela não é bem-vinda.

Thomas pigarreia.

— Conte para ele sobre a Marie La Pointe.

— Quem é Marie La Pointe? — pergunto, enquanto Morfran lança um olhar furioso para Thomas que diz que ele talvez vá ficar de castigo mais tarde.

— Ela... — Thomas hesita sob o olhar persistente do avô, mas eu venço desta vez. — Ela é uma voduísta da Jamaica. O Morfran andou conversando com ela sobre... sua situação.

-- Que situação?

— Sobre o obeahman, principalmente. O fato de que ele comia carne, de que podia ingerir poder e essência mesmo depois da morte. Bom, comer carne, em si, já é raro. O que o obeahman se tornou depois que morreu, comendo seu pai, ligando-se ao athame, alimentando-se por intermédio dele, tudo isso quase faz ele parecer um unicórnio.

— Thomas — Morfran o repreende. — Quer calar essa matraca? — Ele sacode a cabeça e murmura "unicórnio" baixinho. — O que aquele fantasma fez usa uma arte antiga e a deforma em algo não natural.

— Eu não quis... — Thomas começa, mas eu o interrompo.

— O que a sua amiga disse? — pergunto. — A Marie La Pointe. Você perguntou para ela sobre a Anna?

— Não — diz ele. — Eu perguntei sobre obeah. Perguntei a ela se a ligação entre o obeahman e a faca estava cortada, se podia ser cortada.

Minha nuca fica arrepiada, mesmo a gente já tendo falado sobre isso antes.

— O que ela falou?

— Ela disse que podia. Ela disse que foi. Ela disse que vai ser.

— Vai ser? — Carmel repete alto e seu garfo cai do prato. — O que isso quer dizer?

Morfran encolhe os ombros e dá outro pedaço de linguiça para Stella em seu garfo quando ela bate a pata em seu joelho.

— Ela disse mais alguma coisa? — pergunto.

— Disse. Ela disse o que eu venho tentando dizer para você há meses. Pare de enfiar o nariz onde não deve. Antes de arrumar um inimigo que arranque seu nariz.

— Ela me ameaçou?

— Não foi uma ameaça. Foi um conselho. Há alguns segredos neste mundo, garoto, que as pessoas são capazes de matar para proteger.

— Que pessoas?

Ele se vira, passa uma água em seu prato vazio na pia e o coloca na lava-louças.

— Pergunta errada. Você devia ter perguntado que segredos. Que poder.

Na mesa, fazemos caras frustradas e Thomas imita a expressão de um grito e de um movimento que eu imagino que seja ele sacudindo Morfran vigorosamente. Sempre com as falas cifradas. Sempre os enigmas. Isso nos deixa loucos.

— Alguma coisa está acontecendo com o athame — digo, na esperança de que, se eu insistir em ser direto, ele acabe sendo também. — Não sei o que é. Estou vendo a Anna, ouvindo a voz dela. Talvez seja porque eu estou procurando e o athame a está procurando também. Talvez porque ela esteja procurando por mim. Talvez as duas coisas.

— Talvez mais do que isso — diz Morfran, virando-se. Ele enxuga as mãos em um pano de prato e me examina daquele jeito que me faz sentir como se fosse só um esqueleto com uma lâmina. — Essa coisa no seu bolso não responde mais ao obeahman. Mas ao que ela responde?

— A mim — digo. — Ela foi feita para responder a mim. À minha linhagem.

— Pode ser — ele responde. — Ou será que a sua linhagem foi feita para responder a *ela*? Quanto mais eu falo com você, mais minha cabeça se enche de ventania. Há mais de uma coisa acontecendo aqui; eu sinto, como uma tempestade. E você devia sentir também. — Ele levanta o queixo para o neto. — E você também, Thomas. Eu não criei você para ficar comendo mosca.

Ao meu lado, Thomas endireita o corpo e olha depressa para mim, como se eu fosse um livro que ele foi pego quando não estava lendo.

— Dá para ser um pouco menos assustador a esta hora da manhã? — Carmel pede. — Eu não gosto de nada disso. O que a gente deve fazer?

— Derreter essa faca até ela virar sucata e enterrar os restos — diz ele, batendo a mão no joelho para a labradora preta segui-lo de volta para o quarto. — Mas você nunca vai fazer isso. — Antes de sair da cozinha, ele para e respira fundo. — Ouça, garoto — diz Morfran, olhando para o chão. — O obeahman foi a coisa mais faminta e perversa que já tive o infortúnio de encontrar. Anna o arrastou para fora do mundo. Às vezes o seu propósito é cumprido. Você precisa deixá-la descansar.

— Bom, não adiantou nada — diz Carmel no caminho para a escola. — O que o Gideon disse esta manhã?

— Ele não atendeu. Deixei uma mensagem — respondo. Carmel continua falando enquanto dirige, sobre como não gosta do que Morfran disse e algo sobre ter calafrios, mas só tenho um ouvido nela. O outro está em Thomas, que eu acho que ainda está tentando se sintonizar com a vibração que Morfran sentiu no athame. Pela sua cara de quase prisão de ventre, parece que não está tendo muita sorte.

— Vamos só passar o dia normalmente — diz Carmel. — Mais um dia para ir levando até o fim do ano e depois nós pensamos nisso. Talvez a gente possa encontrar um fantasma diferente este fim de semana. — Ela sacode a cabeça. — Não, talvez seja melhor dar um tempo em tudo isso. Até sabermos alguma coisa com o Gideon, pelo menos. Merda. Eu tinha que fazer uma lista das decorações para o salão antes da reunião da comissão de formatura.

— Você não vai se formar este ano.

— O que não quer dizer que eu não possa estar na comissão. — Ela bufa. — Então, é isso que nós vamos fazer? Dar um tempo e esperar o Gideon?

— Ou a Anna visitar de novo — diz Thomas, e Carmel olha brava para ele.

— É — respondo. — Acho que é isso que nós devemos fazer.

Como eu vim parar aqui? Não foi uma escolha consciente. Pelo menos não parece ter sido. Quando Carmel e Thomas me deixaram em casa depois da escola, o plano era comer duas porções do espaguete com almôndegas da minha mãe e vegetar na frente da TV. Então o que estou fazendo no carro da minha mãe, com quatro horas e nem sei quantos quilômetros de estrada atrás de mim, olhando para chaminés inativas que se projetam contra um céu que começa a escurecer?

É algo que veio do fundo da minha memória. Margarida Bristol me falou sobre isso apenas um mês depois que a casa de Anna implodiu com ela dentro. Ouvi sem prestar muita atenção. Não estava em condições de sair à caça. Não estava em condições de fazer muito mais do que andar por aí com um buraco no meio do peito, pensando. Constantemente pensando. A única razão de eu ter atendido o telefone foi por ser Margarida, meu fiel informante de New Orleans, e porque tinha sido ele quem me dera a dica para chegar até Anna.

— É um lugar em Duluth, Minnesota. Uma fábrica chamada Dutch Ironworks. De tempos em tempos, há mais ou menos uma década, eles têm encontrado os restos de andarilhos por lá — disse Margarida. — Encontram vários de uma vez, mas acho que é só porque raramente olham. É só quando alguém dá parte de uma janela quebrada, ou de um grupo de garotos bêbados fazendo barulho no terreno, que eles vão lá fazer uma inspeção. A fábrica está fechada desde a década de 60.

Eu sorrio. As dicas de Margarida são imprecisas, na melhor das hipóteses, construídas sobre indícios vagos e essencialmente não específicos. Quando o encontrei pela primeira vez, pedi que pesquisasse mais os fatos. Ele olhou para mim como um cachorro quando você dá a última mordida em seu cheeseburger. Para Margarida, há mágica em não saber. Ele fica excitado com as possibilidades que existem nas lacunas. O caso de amor de New Orleans com os mortos--vivos está em seu sangue. Acho que eu também gosto assim.

Meus olhos passeiam pela Dutch Ironworks abandonada, onde algo vem matando os desabrigados há pelo menos uma década. É um conjunto comprido de prédios baixos de tijolos, com duas chaminés enormemente altas. As janelas são pequenas e cobertas de pó e fuligem. A maioria delas está fechada com tábuas. Talvez eu tenha que quebrar alguma coisa para entrar. O athame gira, leve, entre meus dedos e eu saio do carro.

Enquanto ando em volta do prédio, a grama morta há muito tempo sussurra contra minhas pernas. À frente, percebo ao longe a massa escura e agitada do Superior. Quatro horas dirigindo e esse lago continua comigo.

Quando contorno a esquina e vejo a porta, aberta com a fechadura quebrada, meu peito se aperta e todo o meu corpo começa a vibrar. Eu não planejei vir aqui. Este caso não me interessou. Mas, agora que estou aqui, mal consigo respirar. Não me sentia tão ligado, tão instigado, desde que enfrentei o obeahman. Meus dedos formigam em volta do punho da faca, e tenho a sensação estranha e conhecida de que ela é parte de mim, soldada em minha pele até o osso. Eu não poderia largá-la nem que quisesse.

O ar dentro da fábrica é acre, mas não estagnado. O lugar é moradia de inúmeros roedores, e eles movimentam o ar. Mas é acre mesmo assim. Há morte sob o pó, morte em cada canto. Até na bosta de rato. Eles têm se alimentado de coisas que são mortas. Mas não detecto nada recente; não haverá um saco de carne pútrida à minha espera virando a esquina, fazendo um cumprimento com um rosto em decomposição. O que foi mesmo que o Margarida disse? *Quando os policiais encontram mais um conjunto de corpos, eles já estão quase mumificados. Ossos e cinzas. Eles basicamente varrem os restos para fora e direto para baixo do tapete. Ninguém faz muito estardalhaço.*

Claro que não. Eles nunca fazem.

Entrei pelos fundos e não há como dizer qual parte da fábrica isto costumava ser. Tudo que tivesse algum valor foi saqueado, e só o que resta são fragmentos de máquinas que não consigo identificar. Caminho pelo corredor, com o athame fora da bainha e ao meu lado. Há luz suficiente entrando pelas janelas e refletindo em coisas do lado de dentro, então dá para enxergar bem. Paro em cada porta e uso todo o corpo para escutar, perceber algum cheiro forte de podridão, sentir pontos frios. A sala à minha esquerda deve ter sido um escritório, ou talvez uma pequena sala de estar para funcionários. Há uma mesa empurrada para um canto. Meu olhar se fixa no que parece à primeira vista a borda de um cobertor velho — até que vejo o pé se projetando dele. Espero, mas ele não se move. É só um corpo, consumido, nada mais do que pele rota. Sigo adiante e deixo o resto permanecer escondido embaixo da mesa. Não preciso ver isso.

O corredor se abre em um espaço amplo de teto alto. Escadas e passarelas se ligam pelo ar, acompanhando o que parecem ser esteiras enferrujadas. Em uma extremidade, há uma volumosa caldeira preta desativada. A maior parte dela foi desmantelada, quebrada para ser transformada em sucata, mas ainda posso ver o que ela era. Muita coisa deve ter sido produzida aqui. O suor do corpo de mil operários molhou este chão. A lembrança do calor ainda permanece no ar, sabe Deus quantos anos depois.

Quanto mais avanço para dentro da sala, mais lotada ela parece. Algo está aqui, e sua presença é pesada. Aperto o athame com mais força. A qualquer minuto, espero que as máquinas mortas há décadas ganhem vida de novo. O cheiro de pele humana queimada atinge minhas narinas uma fração de segundo antes de eu ser lançado de cara no chão empoeirado.

Eu giro e me levanto, brandindo o athame em um arco amplo. Espero que o fantasma esteja bem atrás de mim e, por um segundo, acho que ele fugiu e me preparo para mais um jogo de acerte-o-morto ou tiro-ao-fantasma. Mas sinto seu cheiro. E sinto a raiva se movendo pela sala em ondas vertiginosas.

Ele está de pé do outro lado da sala, bloqueando minha passagem de volta para o corredor, como se eu fosse tentar correr. Sua pele é preta como um fósforo queimado, rachada e vertendo calor de metal líquido, como se ele estivesse coberto por uma camada de lava esfriando. Os olhos se destacam, brancos e brilhantes. Não consigo discernir a esta distância se eles são totalmente brancos ou se têm córneas. Ah, Deus, espero que tenham córneas. Eu detesto essa merda de olhos estranhos sinistros. Mas, córneas ou não córneas, não haverá sanidade nenhuma neles. Todos esses anos morto e queimando se encarregaram disso.

— Vamos lá — digo e movo o pulso; o athame está pronto para furar ou fatiar. Há uma leve dor em minhas costas e ombros onde ele me atingiu, mas eu a ignoro. Ele está chegando mais perto, andando devagar. Talvez surpreso por eu não estar correndo. Ou talvez porque, a cada vez que ele se move, mais de sua pele racha e sangra... o que quer que seja aquela coisa vermelho-alaranjada que está saindo dele.

Este é o momento antes do ataque. É a puxada de ar e o alongamento de um segundo. Eu não pisco. Ele está perto o suficiente agora para eu ver que tem córneas, azuis e brilhantes, as pupilas contraídas em dor constante. A boca está aberta, os lábios quase desaparecidos, rachados e descamados.

Quero ouvi-la dizer só uma palavra.

Ele gira o pulso primeiro; cortando o ar a centímetros de minha orelha direita, quente o bastante para arder, e sinto o cheiro inconfundível de cabelo queimado. Meu cabelo queimado. Há uma coisa que Margarida falou sobre os corpos... ossos endurecidos e cinzas. Caralho. Os corpos eram recentes. O fantasma só os queima, seca e deixa ali. Seu rosto é uma ruína de raiva; o nariz se foi e a cavidade nasal descamou. As faces são tão secas quanto carvão usado em algumas partes e úmidas de infecção em outras. Recuo para me afastar dos golpes. Com os lábios queimados, seus dentes parecem grandes demais e a expressão é um constante sorriso doentio. Quantas pessoas desabrigadas acordaram diante desse rosto, logo antes de serem totalmente cozidas?

Eu abaixo, chuto e consigo derrubá-lo, mas torro a pele dos tornozelos no processo. Meu jeans está colado na pele em um local. Mas não tenho tempo para ficar de frescura; os dedos dele chegam perto de mim e eu rolo. O tecido do jeans se solta, levando sabe lá quanta pele junto.

Para o inferno com isso. Ele não soltou um som sequer. Não sei nem se ainda tem língua, quanto mais se Anna está com vontade de falar por meio dele. Na verdade, não sei o que passou pela minha cabeça. Eu ia esperar. Eu ia ser bom.

Projeto o cotovelo para trás, pronto para investir com o athame contra as costelas dele, mas hesito. A lâmina pode acabar literalmente grudada na minha pele se eu não fizer isso certo. A hesitação mal dura um segundo. Só o suficiente para um relance de branco passar pelo canto do meu olho.

Não pode ser. Deve ser alguma outra pessoa, algum fantasma que morreu nesta maldita fábrica. Mas, se for, não morreu queimado. A garota que está caminhando em silêncio pelo chão coberto de pó é pálida como o luar. Os cabelos castanhos descem pelas suas costas, caindo sobre o branco muito nítido do vestido. Eu conheceria esse vestido em qualquer parte, fosse ele branco demais para ser real ou feito totalmente de sangue. É ela. É Anna. Seus pés descalços fazem um som suave e arrastado enquanto se movem pelo concreto.

— Anna — digo, me levantando apressado. — Você está bem?

Ela não me ouve. Ou, se ouve, não se vira.

Do chão, o homem queimando agarra meu pé. Eu chuto e me solto, ignorando tanto ele como o cheiro de borracha queimada. Será que estou ficando louco? Alucinando? Ela não pode estar mesmo aqui. Isso é impossível.

— Anna, sou eu. Você pode me ouvir? — Caminho na direção dela, mas não rápido demais. Se eu for muito depressa, ela pode desaparecer. Se eu for muito depressa, talvez veja demais; talvez eu a vire para mim e veja que ela não tem rosto, que é um corpo com movimentos espasmódicos. Talvez ela se transforme em cinzas nas minhas mãos.

Ouço um som cartilaginoso de carne se mexendo enquanto o homem queimando se contorce e fica em pé. Eu não me importo. O que ela está fazendo aqui? Por que ela não fala? Ela só continua andando, ignorando tudo à sua volta. Só que... não tudo. A caldeira inativa está no fundo da sala. Um pressentimento súbito aperta o meu peito.

— Anna! — grito; o homem queimando me segura pelo ombro, e é como se alguém tivesse jogado uma brasa dentro da minha blusa. Eu me solto depressa e, pelo canto do olho, acho que vejo Anna parar, mas estou muito ocupado desviando e atacando com a faca e chutando os pés do fantasma de novo para poder dizer ao certo.

O athame está quente. Tenho que jogá-lo de uma mão para a outra por um segundo, e isso foi só de um pequeno corte não letal que é agora apenas um risco estreito vermelho-alaranjado em suas costelas. Eu devia acabar com ele de uma vez, enfiar a faca e puxar de novo depressa, talvez enrolar o punho do athame em minha blusa primeiro. Só que não faço isso. Eu só o incapacito temporariamente e olho para trás.

Anna está de pé na frente da caldeira, com os dedos deslizando de leve pelo metal áspero e preto. Digo o nome dela outra vez, mas ela não se vira. Em vez disso, segura a maçaneta, puxa a porta larga e a abre.

Alguma coisa muda no ar. Há uma corrente, uma ondulação, e as dimensões se entortam em minha visão. A abertura da caldeira se amplia e Anna entra nela. A fuligem mancha seu vestido branco, riscando o tecido e sua pele pálida como hematomas. E há algo errado com ela; algo no jeito como ela se move. É como se fosse uma marionete. Quando ela se espreme para passar pela abertura, seu braço e perna se curvam para trás de um jeito não natural, como uma aranha sendo sugada em um canudo.

Minha boca está seca. Atrás de mim, o homem queimando se arrasta e fica de pé outra vez. A queimadura em meu ombro me faz me afastar; mal percebo que estou mancando por causa dos tornozelos queimados. *Anna, saia daí. Olhe para mim.*

É como assistir a um sonho acontecendo, um pesadelo em que estou impotente para fazer qualquer coisa, em que minhas pernas são feitas de chumbo e eu não consigo gritar um alerta por mais que me esforce. Quando a caldeira morta há tantos anos volta à vida, vomitando fogo para sua barriga, eu grito, alto e sem palavras. Mas não faz diferença. Anna está queimando atrás da porta de ferro. Uma de suas mãos pálidas, cheia de bolhas e ficando preta, aperta-se contra as lâminas de metal, como se ela tivesse mudado de ideia tarde demais.

Calor e fumaça sobem do meu ombro quando o homem queimando agarra minha blusa e me vira. Seus olhos saltam da podridão escura do rosto e os dentes rangem abrindo e fechando. Meu olhar se volta rapidamente para a caldeira. Não há sensação nenhuma em meus braços e pernas. Não sei nem dizer se meu coração está batendo. Apesar das queimaduras que devem estar se formando em meus ombros, estou paralisado.

— Acabe comigo — o homem queimando sibila. Eu não penso. Só enfio o athame em sua barriga e largo imediatamente, mas mesmo assim queimo a palma da mão. Recuo enquanto ele cai se sacudindo no chão, corro para junto da velha esteira e me seguro nela para não desabar de joelhos. Por um longo momento, a sala fica cheia de gritos misturados, enquanto Anna queima e o fantasma murcha aos meus pés. Ele se enrola sobre si mesmo até restar apenas algo que mal é humano, carbonizado e retorcido.

Quando ele para de se mover, o ar fica frio no mesmo instante. Respiro fundo e abro os olhos; nem me lembro de tê-los fechado. A sala está em silêncio. Olho para a caldeira e ela está inativa e vazia. Se eu a tocasse, estaria fria, como se Anna nunca tivesse estado ali.

6

Eles me deram alguma coisa para a dor. Uma injeção e comprimidos para tomar em casa mais tarde. Seria bom se me derrubasse de vez, se me fizesse dormir uma semana. Mas acho que vai ser só o suficiente para aliviar a dor mesmo.

Minha mãe está conversando com o médico enquanto a enfermeira termina de aplicar pomada nas minhas queimaduras, que acabaram de passar por uma limpeza que doeu pra caralho. Eu não queria vir para o hospital. Tentei convencer minha mãe de que um pouco de calêndula e uma poção de lavanda iam ser suficientes, mas ela insistiu. E agora, para falar a verdade, estou bem feliz por ter tomado a injeção. Também foi divertido ouvi-la construir a melhor explicação possível. Um acidente na cozinha? Talvez um acidente em uma fogueira de acampamento. Ela se decidiu pela fogueira e me transformou em um imbecil, dizendo que eu caí nas brasas e, basicamente, rolei por elas em pânico. Eles engoliram. Eles sempre engolem.

Há queimaduras de segundo grau em meu tornozelo e ombros. A da minha mão, do golpe final com o athame, é bem menor, primeiro grau, nada mais sério do que uma queimadura feia de sol. Mesmo assim, uma queimadura feia de sol na palma da mão é uma merda. Já estou me vendo segurando latinhas de refrigerante geladas pelos próximos dias.

Minha mãe volta com o médico e eles começam a me enfaixar. Ela alterna entre lágrimas e consternação. Eu seguro sua mão. Ela nunca vai se acostumar com isso. É algo que a consome por dentro, mais do que quando era com meu pai. Mas, em todos os seus sermões, todos os seus discursos sobre tomar precauções e ter mais cuidado, ela nunca me pediu para parar. Achei que ela fosse me pedir depois do que aconteceu com o obeahman no outono passado. Mas ela compreende. Não é justo que ela tenha que entender, mas é melhor que seja assim.

—∞—

Thomas e Carmel aparecem no dia seguinte logo depois da escola, cada um sem seu carro, praticamente derrapando da rua para dentro da entrada de nossa casa. Eles irrompem na sala sem bater e me encontram semiconfortavelmente drogado no sofá, vendo TV e comendo pipoca de micro-ondas, segurando um pacote de gelo na mão direita.

— Viu? Eu falei que ele estava vivo — diz Thomas. Carmel não parece muito satisfeita.

— Você desligou o telefone — diz ela.

— Eu estava doente. Sem vontade de falar com ninguém. E achei que vocês estivessem na escola, onde as regras dizem que não devemos ficar mandando mensagens ou dando telefonemas desnecessários.

Carmel suspira e larga a mochila no chão antes de desabar na poltrona. Thomas senta no braço do sofá e estende o braço para a minha pipoca.

— Você não estava doente, Cas. Eu liguei para a sua mãe. Ela nos contou tudo.

— Eu estava muito doente. E vou continuar amanhã. E depois de amanhã. E provavelmente no dia depois disso. — Ponho mais cheddar ralado na vasilha de pipoca e ofereço para Thomas. O meu jeito está irritando Carmel. Para falar a verdade, está me irritando também. Mas os comprimidos aliviam a dor, e aliviam minha mente o suficiente para eu não ter que ficar pensando no que aconteceu na Dutch Ironworks. Não tenho que ficar imaginando se o que eu vi era real.

Carmel está louca para me fazer um sermão. Posso ver o protesto dançando em seus lábios. Mas ela está cansada. E está preocupada. Então, em vez disso, ela estende o braço para a pipoca e diz que vai pegar minha lição de casa nos próximos dias.

— Obrigado — respondo. — Talvez eu falte uma parte da próxima semana também.

— Mas é a última semana de aula — diz Thomas.

— Exatamente. O que eles vão fazer? Me reprovar? Seria muito trabalho. Eles só querem sair logo para o verão, tanto quanto nós.

Eles se entreolham, como se decidissem que eu não tenho jeito mesmo, e Carmel se levanta.

— Você vai nos contar o que aconteceu? Por que não esperou, como concordamos que íamos fazer?

Não há uma resposta para isso. Foi um impulso. Mais do que um impulso, mas, para eles, deve parecer que foi uma atitude egoísta e idiota. Como se eu não conseguisse ser paciente. O que quer que tenha sido, agora não importa. Quando confrontei aquele fantasma, foi como antes, no palheiro. Anna apareceu e eu a vi sofrendo. Eu a vi queimar.

— Eu vou contar tudo — respondo. — Mas depois, quando estiver com menos analgésicos na cabeça. — Sorrio e sacudo o frasco de comprimidos cor de laranja. — Querem ficar e ver um filme?

Thomas encolhe os ombros e se senta, enfiando a mão na pipoca com cheddar sem pensar duas vezes. Carmel precisa de um minuto extra e alguns suspiros, mas acaba largando a mochila e se acomodando na cadeira de balanço.

Apesar de todo o horror deles pela ideia de perder um dos últimos dias de aula, a curiosidade fala mais alto e eles aparecem no dia seguinte por volta das onze e meia, logo antes do intervalo do almoço. Achei que já estivesse pronto, mas não foi de primeira que consegui me expressar direito e contar tudo a eles. Eu já tinha contado uma vez, para minha mãe, antes de ela sair para fazer compras e distribuir encantamentos pela cidade. Quando terminei, ela fez cara de quem estava esperando um pedido de desculpas. Um “Desculpe, mamãe, por quase ter morrido. De novo”. Mas não consegui. Não me pareceu importante. Então ela só me disse que eu devia ter esperado por Gideon e saiu sem olhar para mim. Agora, Carmel está com a mesma expressão.

Eu consigo balbuciar:

— Desculpem por eu não ter esperado vocês. Eu não sabia que ia fazer isso. Não tinha planejado.

— Você levou horas para chegar lá. Estava em transe o tempo todo?

— Não vamos perder o foco — Thomas intervém. Ele diz isso com cuidado e com um sorriso conciliatório. — O que está feito está feito. O Cas está vivo. Um pouco mais crocante do que antes, mas está respirando.

Respirando e louco por um analgésico. A dor em meus ombros parece viva, toda cheia de pulsação e calor.

— O Thomas tem razão — digo. — Precisamos pensar no que fazer agora. Temos que encontrar um jeito de ajudá-la.

— De ajudá-la? — Carmel repete. — Precisamos primeiro descobrir o que está acontecendo. Até onde sabemos, pode ser tudo coisa da sua cabeça. Ou uma ilusão.

— Você acha que eu estou inventando? Criando uma fantasia? Se fosse isso, por que seria desse jeito? Por que eu a imaginaria catatônica, se jogando dentro de uma caldeira? Se eu estiver inventando isso, então preciso de muitas horas de terapia intensiva.

— Não estou sugerindo que você esteja fazendo isso de propósito — Carmel diz, desculpando-se. — Só estou pensando se é mesmo real. E lembrem-se do que o Morfran disse.

Thomas e eu nos entreolhamos. Tudo o que lembramos é de Morfran vomitando um monte de maluquices. Eu suspiro.

— Então, o que você quer que eu faça? Quer que eu fique aqui sentado esperando, quando o que eu vi talvez possa ser real? E se ela estiver mesmo precisando de ajuda? — A imagem da mão dela, agarrada na porta da caldeira, flutua diante de meus olhos. — Não sei se posso fazer isso. Não depois de ontem.

Os olhos de Carmel estão arregalados. Eu gostaria que não tivéssemos ido falar com Morfran, porque as coisas que ele disse só serviram para deixá-la mais apavorada. Toda a postura dele, suas forças girando em volta do athame, algo ruim que está vindo, blá-blá-blá. Meus ombros se enrijecem e eu faço uma careta.

— Está bem — diz Thomas. Ele move a cabeça para Carmel e segura a mão dela. — Eu acho que estamos nos enganando por pensar que temos alguma escolha. O que quer que esteja acontecendo está acontecendo, e não acho que vá parar. A não ser que a gente realmente destrua o athame.

Eles vão embora um pouco depois e eu passo a tarde à base de analgésicos, tentando não pensar em Anna e no que pode estar acontecendo com ela. Olho toda hora para o celular, esperando uma ligação de Gideon, mas ele não liga. E as horas vão passando.

Quando minha mãe chega em casa, quase de noite, ela me faz uma xícara de chá descafeinado e o tempera com lavanda para curar as queimaduras de dentro para fora. Não é uma poção. Não há encantamentos. Bruxaria e medicamentos não se misturam. Mas, mesmo sem a magia, o chá é reconfortante. Além disso, tomei outro analgésico, porque meus ombros parecem que vão rasgar. O remédio bateu bem, e tenho vontade de me enfiar embaixo das cobertas e desmaiar até sábado.

Vou para o quarto e quase espero ver Tybalt enrolado em cima do cobertor azul-marinho. Por que não? Se minha namorada morta pode fazer a travessia, meu gato assassinado provavelmente também pode. Mas não há nada lá. Eu me deito e tento me acomodar nos travesseiros. Infelizmente, ombros queimados tornam isso bem difícil.

Quando fecho os olhos, um arrepio gelado sobe pelas minhas pernas. A temperatura no quarto desabou, como se uma das janelas tivesse sido aberta. Se eu soltasse o ar, ele sairia em uma nuvem de vapor. Embaixo do travesseiro, o athame está praticamente cantando.

— Você não está aqui — digo, para me convencer. Talvez porque, se eu acreditar nisso, pode se tornar verdade. — Se fosse mesmo você, não seria desse jeito.

Como você pode saber, Cassio? Você ainda não morreu nenhuma vez. Eu morri muitas vezes.

Deixo o olhar vaguear, apenas o suficiente para ver seus pés descalços pressionados contra a quina ao lado de minha cômoda. Subindo apenas um pouco mais, para a bainha branca de seu vestido, abaixo de seus joelhos. Não quero ver mais que isso. Não quero vê-la quebrar seus próprios ossos ou se jogar da minha janela. E seu maldito sangue pode ficar só dentro do nariz dela também, muito obrigado. Ela é mais aterrorizante desse jeito do que jamais foi com as veias pretas e os cabelos flutuantes. A Anna Vestida de Sangue eu sabia como enfrentar. O casulo vazio de Anna Korlov... eu não entendo.

A figura no canto está semienvolta em sombras, não mais substancial do que o luar.

— Você não pode estar aqui. Não de verdade. O feitiço de barreira da minha mãe ainda está ativo na casa.

Regras regras regras. Não há mais regras.

Ah. É mesmo? É assim que as coisas são agora? Ou você é só um produto da imaginação, como a Carmel falou? Talvez nem seja você. Talvez seja um truque.

— Vai ficar aí parada a noite inteira? — pergunto. — Quero dormir um pouco. Então, se você tiver alguma coisa perturbadora e atordoante que queria me mostrar, podemos ir logo ao ponto? — Minha puxada de ar é áspera, e um nó sobe em minha garganta quando os pés dela começam a se mover, dando passos curtos e arrastados em direção à minha cama. Ela chega tão perto, quase ao meu alcance. Então se abaixa e senta ao lado dos meus pés. Vejo seu rosto.

Os olhos de Anna são os dela mesmo, e essa visão corta o efeito das drogas como água gelada jogada em minhas costas. A expressão no rosto dela é a mesma de todas as vezes em que a vejo na imaginação. É como se ela me conhecesse. Como se lembrasse. Ficamos olhando um para o outro por um longo tempo. Ela estremece, tremeluzindo como uma imagem de filme antigo.

— Eu sinto sua falta — sussurro.

Anna pisca. Quando olha para mim outra vez, seus olhos estão vermelhos de sangue. Uma tensão de dor passa pelo seu queixo enquanto cortes fantasma se abrem e fecham no peito e grotescas flores vermelhas desabrocham e desaparecem ao longo dos braços.

Não posso fazer nada para ajudar. Não posso nem segurar sua mão. Ela não está ali de verdade. As queimaduras ardem em meus ombros quando me recosto outra vez no travesseiro e, por um tempo, ficamos sentados em silêncio, passando dor de um para o outro. Mantenho os olhos abertos por tanto tempo quanto consigo suportar, porque ela quer que eu veja.

7

Eu me encho de esperar e telefono de novo para Gideon de manhã. Só fica tocando e tocando, e começo a recear que tenha acontecido alguma coisa com ele, quando então ele atende.

— Gideon? Por onde você andou? Recebeu minha mensagem?

— Hoje cedo. Eu teria ligado, mas você ia estar dormindo. Sua voz está péssima, Theseus.

— Devia ver minha aparência. — Arrasto a mão asperamente pelo rosto, abafando as últimas palavras. Desde que eu era criança, Gideon pôde resolver qualquer problema. Sempre que eu precisava de respostas, ele as tinha. E era para ele que meu pai se voltava se as coisas ficavam complicadas. Ele tem sua própria marca de magia, entrando e saindo da minha infância nas horas perfeitas, passando pela porta da frente em um terno elegante com uma comida inglesa esquisita para eu experimentar. Sempre que eu via seu rosto de óculos, sabia que tudo ia ficar bem. Mas, desta vez, tenho a sensação de que ele não quer ouvir o que tenho para dizer.

— Theseus?

— Sim, Gideon?

— Me conte o que aconteceu.

O que aconteceu. Como se fosse fácil assim. Devo ter ficado sentado no quarto com Anna por quatro horas, vendo sua pele descamar e seus olhos vazarem sangue. Em algum momento entre isso e o amanhecer, eu adormeci, porque, quando abri os olhos, era manhã e os pés da minha cama estavam vazios.

E agora é dia, cheio de sol, com sua ridícula sensação de segurança. Ele manda tudo que acontece no escuro para um milhão de quilômetros de distância. Faz parecer impossível, e, embora a lembrança dos ferimentos de Anna seja fresca em minha mente e a imagem dela queimando dentro daquela caldeira esteja gravada no fundo de minhas pálpebras, à luz do dia quase parece um faz de conta.

— Theseus?

Respiro fundo. Estou de pé na varanda e a manhã é silenciosa, exceto pelo ranger das tábuas sob meus pés. Não há brisa e o sol está dando vida às folhas, aquecendo o tecido de minha blusa. Tenho uma consciência nítida do espaço vazio entre os arbustos onde vi Anna olhando para dentro da casa.

— Anna está de volta.

Do outro lado da linha, algo cai no chão.

— Gideon?

— Ela não pode estar. Não é possível. — Sua voz ficou baixa e incisiva e, em algum lugar dentro de mim., uma criança de cinco anos se encolhe. Depois de todos esses anos, o tom bravo de Gideon ainda tem poder. Uma palavra dura dele e eu sou um cachorrinho com o rabo entre as pernas.

— Possível ou não, ela está aqui. Está entrando em contato comigo, como se estivesse pedindo ajuda. Eu não sei como ajudar. Preciso saber o que fazer. — As palavras caem de minha boca sem uma nota de esperança. De repente, percebo como estou cansado. Como me sinto velho. As palavras de Morfran, sobre destruir o athame, derretê-lo e deixá-lo cair em águas profundas, giram no fundo da minha mente. O pensamento é desconectado, mas reconfortante, e tem algo a ver com Thomas e Carmel, e mais alguma coisa, se eu deixar minha mente vaguear um pouco mais. Algo que eu disse para Anna uma vez, sobre possibilidades. E escolhas.

— Eu acho que é o athame — digo. — Acho que algo está acontecendo com ele.

— Não culpe o athame. É você que o maneja. Não se esqueça disso — ele responde, com a voz séria.

— Eu nunca me esqueço disso. Nem por um minuto. Desde que o meu pai morreu.

Gideon suspira.

— Quando conheci seu pai, ele não era muito mais velho do que você é agora. Claro, ele não usava o athame há tanto tempo quanto você já usa. Mas eu me lembro de pensar como ele parecia velho. Ele quis desistir uma vez. Você sabe, não é?

— Não — respondo. — Ele nunca me disse.

— Bom, imagino que depois não importava mais. Porque ele não desistiu.

— Por que ele não desistiu? Teria sido melhor para todos. Ele ainda estaria aqui. — Paro de repente e Gideon me deixa terminar meu próprio pensamento. Meu pai ainda estaria aqui. Mas outras pessoas não estariam. Sabe-se lá quantas vidas ele salvou acabando com os mortos, e eu também.

— O que eu faço sobre a Anna? — pergunto.

— Nada.

— Nada? Você não pode estar falando sério.

— Eu estou falando sério. Muito sério. O que aconteceu com a garota foi trágico. Nós todos sabemos disso. Mas você precisa se esquecer dela e fazer seu trabalho. Pare de procurar coisas que não são da sua conta. — Ele faz uma pausa e eu não digo nada. É quase exatamente o que Morfran disse, e isso faz os pelos se arrepiarem nos meus braços.

— Theseus, se você já confiou em mim antes, confie agora também. Só faça seu trabalho. Faça seu trabalho e deixe a garota ir, e nenhum de nós terá nada a temer.

Volto para a escola, para surpresa de quase todos. Aparentemente, Carmel já havia espalhado a notícia da minha "doença". Então enfrento as perguntas curiosas e, quando me indagam sobre meu ombro dolorido e enfaixado, com a borda branca aparecendo sob a gola da blusa, aperto os dentes e conto sobre meu acidente na fogueira. Foi divertido na hora, mas agora eu preferiria que minha mãe tivesse inventado uma história menos constrangedora.

Eu podia simplesmente ter ficado em casa, como pretendia. Mas ficar girando pelos quartos vazios como uma bola de gude maluca e solitária enquanto minha mãe fazia seu circuito para clientes e fornecedores de produtos de ocultismo não era a minha ideia de diversão. Não estava com vontade de ficar vendo TV o dia todo, esperando que Anna viesse rastejando de dentro dela como aquela menina com a cara cheia de mofo do filme O *chamado*. Então eu voltei, decidido a absorver as últimas coisas que aqueles professores do penúltimo ano tinham para me dizer. A ideia era que fosse como levar um pontapé no tornozelo para tirar o pensamento do braço quebrado. Mas agora, a cada curva, em cada classe, Anna está em minha cabeça. Nenhuma das aulas de fim de ano é interessante o bastante para fazê-la ir embora. Até mesmo o sr. Dixon, meu professor favorito, não parece muito animado ao falar das consequências da Guerra dos Sete Anos. Minha mente se dispersa, deixando-a entrar de novo, e a voz de Gideon explode entre minhas orelhas. *Pare de procurar coisas que não são da sua conta. Deixe-a ir.* Ou é a voz de Morfran? Ou a de Carmel?

O jeito que Gideon falou aquilo, que, se eu a deixar ir, nós não teremos nada a temer... Não sei o que isso quer dizer. Confie em mim, ele disse, e eu confio. Não é possível, ele falou, então eu acredito nele.

Mas e se ela precisar de mim?

— Bom, quer dizer que nós fomos praticamente dados para a Inglaterra.

— Hã?

Eu pisco. A amiga de Carmel, Nat, está virada para trás em sua carteira, apertando os olhos para mim com curiosidade. Ela encolhe os ombros.

— Tá certo. — Ela dá uma olhada para o sr. Dixon, que foi se sentar à mesa e está mexendo em seu notebook. — Ele não deve estar ligando muito se a gente está mesmo falando sobre a guerra. — Ela suspira, com cara de que preferia estar sentada na frente de qualquer outra pessoa. — Você vai com a Carmel na festa do último ano?

— Não é só para os alunos do último ano? — pergunto.

— Eles não vão conferir carteirinhas e chutar você para fora se não for — ela zomba. — Bom, talvez se for alguém do primeiro ano. Até o Thomas podia ir. Cas? Cas?

— Oi — eu me escuto dizer. Mas não de fato. Porque o rosto de Nat não é mais o dela. É o de Anna. A boca se move como a dela, mas não a expressão. Como uma máscara.

— Você está muito esquisito hoje — diz ela.

— Desculpe. O efeito do analgésico está passando — murmuro, e deslizo para fora da carteira. O sr. Dixon nem nota quando saio da sala.

Quando Thomas e Carmel me encontram, estou sentado no palco silencioso no meio do teatro, olhando para as fileiras de assentos revestidos de azul, todos vazios, exceto um. Meu livro de trigonometria e o caderno estão em uma pilha ordeira ao meu lado, como um lembrete de onde eu deveria estar.

— Ele está catatônico? — Thomas pergunta. Eles entraram faz alguns minutos, mas eu nem me movi. Se vou ignorar um amigo, posso muito bem ignorar todos.

— Oi, gente — digo. Os movimentos deles ecoam alto no teatro vazio quando largam seus livros e sobem para o palco.

— Você é ótimo para fugir das situações — diz Carmel. — Só que não. A Nat falou que você estava muito estranho durante a discussão das perguntas de história.

Encolho os ombros.

— O rosto da Anna apareceu por cima do dela enquanto ela falava. Eu achei que demonstrei até bastante autocontrole.

Eles trocam um de seus olhares cada vez mais frequentes enquanto se sentam perto de mim, cada um de um lado.

— O que mais você viu? — Thomas pergunta.

— Ela está com dor. Como se estivesse sendo torturada. Ela esteve no meu quarto esta noite. Havia feridas abrindo e fechando em seus braços e ombros. Eu não podia fazer nada para ajudar. Ela não estava realmente ali.

Thomas ajeita os óculos no nariz.

— Nós temos que descobrir o que está acontecendo. Isso é… isso é doentio. Deve haver algum feitiço, algo para revelar…

— Talvez não seja de misticismo que precisamos neste momento — Carmel intervém. — Que tal algo diferente, como, talvez, um psicólogo?

— Só iam encher ele de drogas. Dizer que ele tem TDA ou algo assim. Além disso, o Cas não está com um problema mental.

— Não quero parecer negativa, mas esquizofrenia pode atacar a qualquer hora — diz ela. — Na verdade, é bem comum que se manifeste mais ou menos na nossa idade. E as alucinações parecem tão reais quanto você ou eu.

— Que história é essa de esquizofrenia agora? — Thomas exclama.

— Eu não estou dizendo isso especificamente! Mas ele passou por uma perda importante. Talvez nada disso seja real. Você viu alguma coisa? Sentiu alguma coisa estranha, como seu avô disse?

— Não, mas eu não tenho me dedicado muito ao meu estudo de vodus. Tenho que estudar trigonometria, lembra?

— Só estou dizendo que nem sempre tem que ser espíritos ou magia. Às vezes as assombrações estão na sua cabeça. Isso não significa que elas não sejam reais.

Thomas concorda com a cabeça e respira fundo.

— Certo, isso é verdade. Mas eu ainda acho que um psicólogo é o caminho errado.

Carmel solta um gemido.

— Por que você tem que ir direto para um feitiço? Por que tem tanta certeza de que é paranormal?

Isso é o mais perto que eu já ouvi de uma discussão entre Thomas e Carmel. E, por mais especial que seja ouvir seus amigos discutindo se você tem ou não uma doença mental, estou começando a sentir uma vontade urgente de voltar para a classe.

Pare de enfiar o nariz onde não deve, antes que alguém o arranque. Há mais alguma coisa acontecendo em volta de você, como uma tempestade.

Eu não me importo.

Na sexta fileira do teatro, na terceira cadeira, Anna pisca para mim. Ou talvez apenas pisque sem que seja para mim. Não tenho como saber. Está faltando metade do rosto dela.

— Vamos falar com o Morfran — digo.

O sininho retine sobre a porta da loja de antiguidades, e ouço o clique--clique de unhas de cachorro no piso de madeira antes de Stella colidir com minhas pernas. Eu lhe faço uns agrados e ela me encara com enormes olhos castanhos como os de um filhote de foca e se move para Carmel.

Não somos os únicos na loja. Morfran está conversando com duas mulheres de quarenta e poucos anos vestidas em cardigãs que fazem perguntas sobre uma das bacias de porcelana. Morfran ri e começa a contar um simpático relato histórico que pode ou não ser verdade. É estranho observá-lo com clientes. Ele é tão *agradável*. Tentamos não fazer muito barulho enquanto seguimos para o quarto dos fundos. Depois de alguns minutos, ouvimos as mulheres dizendo tchau para Stella e obrigada para Morfran e, em questão de segundos, ele e o cachorro passam pela cortina para os fundos, onde ele guarda seus suprimentos de ocultismo mais estranhos e mais obscuros. As velas de minha mãe merecem uma mesa na vitrine frontal. Ela é um sucesso.

Pelo jeito como Morfran está olhando para mim, fico na expectativa de que ele pegue uma daquelas lanterninhas de médico e examine meu reflexo pupilar. Seus braços estão cruzados sobre o peito, enrugando o couro preto do colete e cobrindo o logotipo do Aerosmith na camiseta. Quando Thomas joga para ele um cachimbo com tabaco recém-colocado, ele levanta a mão e o pega, mas seus olhos nunca deixam meu rosto. É difícil acreditar que o gentil proprietário da loja de antiguidades e este homem de magia negra sejam a mesma pessoa.

— Vocês estão aqui para um lanchinho depois da aula? — ele pergunta, enquanto acende o cachimbo. Depois, confere o relógio. — Não pode ser. As aulas só terminam daqui a cinco horas.

Thomas pigarreia, pouco à vontade, e as sobrancelhas espessas de Morfran se erguem na direção dele.

— Se você repetir de ano, vai ficar responsável por tirar a sujeira de tudo que eu comprar nas feiras de trocas deste verão.

— Eu não vou repetir. São as duas últimas semanas. Ninguém nem se importa mais.

— Eu me importo. Sua mãe se importa. E não se esqueça disso. — Ele faz um gesto com a cabeça na direção de Carmel. — E você?

— Média perfeita — ela responde. — E vai continuar assim. Os resultados são o que importa, como diz meu pai. — Seu sorriso é doce, contrito, mas autoconfiante. Morfran sacode a cabeça.

— Você falou com aquele seu amigo inglês? — ele me pergunta.

— Falei.

— E o que ele disse?

— Para eu esquecer disso.

— Bom conselho. — Ele fuma o cachimbo; a fumaça obscurece seu rosto quando ele exala.

— Eu não posso aceitar.

— Você deve.

Carmel avança, com os braços cruzados.

— Por que ele deve? Será que dá para não ser tão misterioso? Se você nos contasse o que está acontecendo, se nos dissesse por que nós temos que esquecer, talvez a gente aceitasse.

Ele solta o ar, desvia os olhos e pousa o cachimbo no balcão de vidro.

— Não posso contar o que não sei. Isso não é uma ciência exata. Não é um boletim de notícias. É só algo que pisca aqui — ele diz, e aponta para o peito. — Ou aqui. — Ele aponta para a têmpora. — E diz para ficar longe. Diz para esquecer. Pessoas estão observando você. O tipo de pessoa que você não se importa que só observe, mas espera que nunca apareça. E tem mais uma coisa. — Ele pega de novo o cachimbo e fuma, parecendo pensativo, o que é o único jeito que se pode parecer ao fumar um cachimbo. — Tem algo tentando conter, enquanto outra coisa tenta aproximar. E é esta que mais me preocupa, se você quer saber a verdade. Fica difícil segurar a língua.

— Segurar a língua por quê? O que você sabe? — pergunto.

Morfran olha para mim através da fumaça, mas eu não desvio o olhar. Não vou deixar isso para trás. Não posso. Eu devo a ela. E, mais que isso, não posso pensar que ela está sofrendo.

— Só esqueça isso, está bem? — ele repete, mas eu percebo. A resolução sumiu de sua voz.

— O que você sabe, Morfran?

— Eu sei... — Ele suspira. — Eu sei de alguém que pode saber alguma coisa.

— Quem?

— A srta. Riika.

— A tia Riika? — Thomas se espanta. — O que ela poderia saber sobre isso? — Ele se vira para mim. — Eu costumava ir à casa dela quando era criança. Ela não é minha tia de verdade, é mais como uma amiga da família. Não a vejo há anos.

— Nós perdemos o contato. — Morfran encolhe os ombros. — Às vezes acontece. Mas, se o Thomas o levar para visitá-la, ela vai falar com você. Ela foi uma bruxa finlandesa a vida inteira.

Bruxa finlandesa. As palavras me fazem querer ranger os dentes e eriçar os pelos. A mãe de Anna, Malvina, era uma bruxa finlandesa. Foi assim que ela pôde lançar a maldição sobre Anna e prendê-la à casa. Logo depois de cortar sua garganta.

— Ela não é a mesma coisa — Thomas sussurra. — Não é como ela.

Minha respiração sai trêmula dos pulmões e eu balanço a cabeça para ele. Não me incomoda mais que ele às vezes invada meus pensamentos. Ele não pode evitar. E o jeito como me arrepiei instantaneamente ao lembrar de Malvina deve ter acendido seus dendritos como uma árvore de Natal.

— Você me leva até ela? — pergunto.

— Levo. — Ele encolhe os ombros. — Mas pode ser que a gente não consiga nada mais que um prato de biscoitos de gengibre. Ela já não era muito certa da cabeça quando eu era pequeno.

Carmel mantém-se de lado, afagando Stella em silêncio. A voz dela corta a fumaça.

— Se a assombração for real, essa srta. Riika pode fazer ela ir embora?

Eu lhe lanço um olhar irritado. Ninguém responde, e, depois de longos segundos, ela baixa os olhos para o chão.

— Está bem — diz ela. — Então vamos em frente com isso.

Morfran solta fumaça do cachimbo e sacode a cabeça.

— Só o Cas e o Thomas. Não você, menina. A Riika não deixaria você passar pela porta.

— Como assim? Por que não?

— Porque as respostas que eles estão procurando você não quer — Morfran responde. — A resistência emana de você em ondas. Se for com eles, não vão conseguir chegar a lugar nenhum. — Ele pressiona as cinzas em seu cachimbo.

Eu me viro para Carmel. Os olhos dela estão magoados, mas não culpados.

— Então eu não vou.

— Carmel — Thomas começa, mas ela corta.

— Vocês também não deviam ir. Nenhum de vocês. — Abro a boca para refutar, mas ela está olhando para Thomas. — Se você é mesmo amigo dele, se você se importa com ele, não devia aceitar isso. — E então ela se vira e sai da sala. Já está do outro lado da loja de antiguidades antes que eu possa dizer que não sou um bebê e não preciso de acompanhantes, nem de babá, nem de conselheiros.

— O que deu nela hoje? — pergunto para Thomas, mas, pelo jeito que ele está de boca aberta olhando para a cortina por onde ela saiu, é evidente que ele não sabe.

8

A tia de Thomas, Riika, mora no meio de porra nenhuma. Estamos dirigindo por estradas de terra sem sinalização há pelo menos dez minutos. Não há nenhum tipo de placa, só árvores e mais árvores, depois uma breve clareira que leva a mais árvores. Se faz anos que ele não vem aqui, não entendo como pode estar se localizando com tanta facilidade.

— Nós estamos perdidos? Você admitiria se estivéssemos perdidos, não é?

Thomas sorri, talvez um pouco nervoso.

— Nós não estamos perdidos. Ainda não, pelo menos. Eles podem ter mudado algumas das estradas por aqui desde a última vez.

— Quem são "eles"? Esquilos construtores de estradas? Não parece que ninguém passou por aqui nos últimos dez anos. — As árvores são compactas do lado de fora de minha janela. A folhagem já voltou para preencher os espaços deixados pelo inverno. Demos muitas voltas e meu senso de direção está detonado. Até onde eu sei, poderíamos estar indo para "sulnorte".

— Ah! Ali está — Thomas anuncia. Eu me endireito no banco. Estamos nos aproximando de uma pequena casa branca de fazenda. Há brotos começando a crescer em canteiros de flores em volta da varanda, e um caminho de lajotas leva até os degraus da frente. Thomas estaciona o Tempo no pátio de cascalhos claros e buzina.

— Espero que ela esteja em casa — ele murmura, e nós saímos do carro.

— É bonito — digo, e falo sério. Estou surpreso por não haver mais vizinhos; os terrenos em volta devem valer alguma coisa. Árvores foram plantadas com cuidado em volta do pátio, ocultando-o da estrada, mas com uma abertura na frente que dá a impressão de que elas estão abraçando a casa.

Thomas sobe os degraus aos pulos como um cachorro ansioso. Devia ser assim que ele fazia quando criança também, vindo visitar a tia Riika. Eu me pergunto por que terá sido que ela e Morfran perderam o contato. Quando ele bate na porta, meu peito aperta, não só porque quero minhas respostas, mas também porque não quero ver a expressão decepcionada no rosto de Thomas se Riika não estiver em casa.

Mas não preciso me preocupar. Ela atende na terceira batida. Provavelmente estava na janela desde que nos aproximamos com o carro. Não imagino que receba muitos visitantes nesta distância.

— Thomas Aldous Sabin! Você dobrou de tamanho! — Ela vem para a varanda e o abraça. Enquanto o rosto dele está voltado para mim, balbucio "Aldous?" e tento não rir.

— O que está fazendo aqui? — Riika pergunta. Ela é bem mais baixa do que eu esperava, pouco mais de um metro e meio de altura. Seu cabelo solto é loiro-escuro, riscado de branco. Há rugas cortando a pele suave de suas faces e apertando o canto dos olhos. O blusão de tranças de tricô que ela usa parece uns três tamanhos grande demais e há uma meia elástica enrugando em volta de seus sapatos. Riika não é jovem. Mas, quando ela bate nas costas de Thomas, ainda o empurra para a frente com sua força.

— Tia Riika, este é meu amigo Cas — diz Thomas, e, como se ele estivesse lhe dando permissão, ela finalmente olha para mim. Passo a mão no cabelo para tirá-lo da frente dos olhos e dou meu melhor sorriso de escoteiro. — O Morfran nos mandou aqui para pedir ajuda — Thomas acrescenta baixinho.

Riika estala a língua e, enquanto suas faces se retraem no movimento, tenho o primeiro vislumbre da bruxa que ela deve ser por baixo das camadas de estampas florais. Quando os olhos dela se voltam para minha mochila, onde o athame repousa dentro de sua bainha, tenho que lutar contra um impulso de recuar da varanda.

— Eu devia ter percebido — ela diz, suavemente. Sua voz é como as páginas de um livro muito velho. Ela aperta os olhos para o meu rosto. — O poder que emana deste aqui. — Sua mão se enfia na de Thomas e ela lhe dá uma batidinha firme. — Entrem.

O interior da casa de fazenda cheira a uma combinação de incenso e senhora idosa. Imagino que ela não tenha atualizado a decoração desde a década de 70. Um carpete gasto marrom se estende até onde a vista pode ver, por baixo de móveis espremidos: uma cadeira de balanço e um sofá comprido, ambos em veludo verde. Há um lustre de vidro em forma de lampião suspenso sobre uma mesa de fórmica amarela na sala de jantar. Riika nos leva para a mesa e faz um gesto para nos sentarmos. A mesa em si é uma bagunça de velas semiconsumidas e palitos de incenso. Depois que nos sentamos, ela espirra uma loção nas mãos e as esfrega vigorosamente.

— Seu avô está bem? — ela pergunta, inclinando-se para a frente sobre os cotovelos com um punho apoiado no queixo e sorrindo para Thomas.

— Está ótimo. Ele mandou um oi.

— Diga a ele que mando um oi também — diz ela. Sua voz me incomoda. O sotaque e o timbre são muito próximos dos de Malvina. Não consigo deixar de pensar nisso, embora as duas mulheres não sejam nem um pouco parecidas. Malvina, quando eu a vi, era mais jovem que Riika e tinha cabelos pretos presos em uma trança, não uma massa de caramelo e marshmallow. Mesmo assim, ao olhar para o rosto de Riika, imagéns do assassinato de Anna não estão muito longe. Elas passam em minhas lembranças da sessão, Malvina derramando cera preta no vestido branco de Anna, encharcado de sangue.

— Não é fácil para você — Riika me diz com seriedade, o que não ajuda. Ela pega uma caixa de metal pintada com cardeais, abre a tampa e oferece os biscoitos de gengibre para Thomas, que pega duas mãos cheias. Um largo sorriso se espalha no rosto dela enquanto o observa enfiar alguns na boca, antes de olhar para mim com impaciência. Eu deveria dizer algo? Aquilo foi uma pergunta?

Ela estala a língua outra vez.

— Você é amigo do Thomas?

Confirmo com a cabeça.

— Ele é o melhor, tia Riika — Thomas afirma, entre farelos de biscoito de gengibre. Ela lhe dá um sorriso rápido.

— Então eu vou ajudar você, se puder. — Ela se inclina para a frente e acende três das velas, aparentemente ao acaso. — Faça suas perguntas.

Respiro fundo. Por onde começar? Não parece haver ar suficiente na sala para eu explicar a situação com Anna, como ela veio a ser amaldiçoada, como ela se sacrificou por nós e, agora, por que ela não poderia estar me assombrando de verdade.

Riika dá um tapa na minha mão. Acho que demorei demais.

— Me dê — ela diz, e eu viro a palma para cima. Seu toque é gentil, mas há aço sob seus dedos quando ela espreme meus ossos e fecha os olhos. Imagino se foi ela que ajudou Thomas a desenvolver seu talento para ler mentes, se isso é algo que possa ser aprendido ou desenvolvido.

Dou uma olhada para Thomas. Ele parou no meio de uma mastigada e seus olhos estão fixos em nossas mãos unidas, como se pudesse ver eletricidade ou fumaça passando entre nós. Isso está demorando uma eternidade. E eu não estou muito confortável com todos esses toques. Alguma coisa em Riika, talvez o poder que emana dela, está quase me deixando nauseado. Quando não aguento mais e estou a ponto de me soltar, ela abre os olhos e me larga com uma batidinha firme no dorso de minha mão.

— Ele é um guerreiro, este aqui — ela fala para Thomas. — Ele empunha uma arma que é mais antiga do que todos nós. — Parece intencional o modo como ela não está olhando para mim. Suas mãos estão curvas como caranguejos. Elas deslizam pela fórmica, os dedos tamborilando na superfície. — Você quer saber sobre a menina — ela diz, olhando para o colo. Com o queixo abaixado, sua voz adquire um tom sufocado e rouco.

— A menina — sussurro. Riika olha para mim com um sorriso astuto.

— Foi você que tirou Anna Vestida de Sangue do mundo — diz ela. — Eu senti quando ela passou. Foi uma tempestade morrendo sobre o lago.

— Ela tirou a si própria — corrijo. — Para salvar a minha vida. E a do Thomas.

Riika dá de ombros para indicar que isso não importa. Há um saquinho de veludo sobre uma bandeja dourada; ela esvazia o conteúdo e o remexe. Tento não ficar olhando demais. Vou fingir que são runas entalhadas. Mas acho que são, na verdade, pequenos ossos, talvez de um passarinho, ou de um lagarto, talvez de dedos humanos. Ela examina o padrão formado e levanta as sobrancelhas claras.

— A menina não está com você agora — diz ela, e meu coração dá um pulo. Eu não sei o que estou esperando. — Mas esteve. Recentemente.

Ao meu lado, Thomas puxa o ar e se endireita. Ajusta os óculos e me cutuca com o cotovelo, acho que para me dar apoio.

— Você pode nos dizer o que ela quer? — ele pergunta, depois de um minuto em que permaneço mudo como uma pedra.

Riika inclina a cabeça.

— Como eu poderia saber? Quer que eu chame o vento e pergunte a ele? Ele não saberia também. Só há uma pessoa a quem perguntar, porque só uma pessoa sabe. Peça a Anna Vestida de Sangue para renunciar a seus segredos. — Ela me observa de lado. — Acho que ela renunciaria a muita coisa por você.

É difícil ouvir qualquer palavra acima do som da pulsação em meus ouvidos.

— Eu não posso perguntar para ela — murmuro. — Ela não pode falar. — Minha cabeça está começando a se libertar do choque; está começando a pensar à frente e tropeçar em seus próprios pensamentos. — Me disseram que é impossível voltar. Que ela não devia ser capaz de estar aqui.

Riika recosta na cadeira. Ela faz um movimento curto com a mão, indicando minha mochila e o athame.

— Me mostre — diz ela, e cruza os braços sobre o peito.

Thomas me acena com a cabeça, dando seu ok. Abro o zíper da mochila e tiro a faca dentro da bainha. Deposito-a na mesa à minha frente. Riika a aponta com a cabeça e eu a tiro da bainha. As chamas das velas bruxuleiam ao longo da lâmina. A reação de Riika enquanto seus olhos a percorrem é estranha, apenas um tique incomodado de emoção no canto da boca enrugada, algo que parece aversão. Por fim, ela desvia os olhos e cospe no chão.

— O que você sabe sobre isso? — ela pergunta.

— Sei que era do meu pai antes de ser meu. Sei que manda fantasmas que matam para o outro lado, onde eles não podem ferir os vivos.

Riika levanta a sobrancelha para Thomas, como em uma versão própria da expressão "Qual é a desse cara?".

— Bom e ruim. Certo e errado. — Ela sacode a cabeça. — Este athame não pensa nesses termos. — E suspira. — Você não sabe muito. Então eu vou lhe dizer. Você acha que este athame cria uma porta entre este mundo e o próximo. — Ergue uma das mãos, depois a outra. — Este athame *é* a porta. Ela se abriu há muito tempo e, desde então, fica virando para um lado e para o outro, para um lado e para o outro.

Vejo a mão de Riika virar para a esquerda e para a direita.

— Mas ela nunca se fecha.

— Espere aí — digo. — Isso está errado. Os fantasmas não podem passar de volta através da faca. — Olho para Thomas. — Não funciona assim. — Pego o athame da mesa e o guardo de volta na mochila.

Riika se inclina para a frente e dá um tapa no meu ombro.

— Como você sabe como ele funciona? — ela pergunta. — Mas não. Ele não funciona assim.

Começo a ver o que Thomas queria dizer quando falou que ela não era muito certa da cabeça.

— Precisaria de uma vontade muito forte — ela prossegue — e de uma conexão profunda. Você disse que a Anna não foi mandada embora com essa faca. Mas ela teria que conhecê-la, senti-la, para encontrar você.

— Ela foi cortada — Thomas intervém, agitado. — Depois do feitiço de vidência, o Will pegou a faca e a apunhalou, mas ela não morreu. Ou não foi embora, ou o que for.

Os olhos de Riika estão em minha mochila outra vez.

— Ela está conectada com o athame. Para ela, é como um sinal luminoso, um farol. Por que os outros não podem segui-lo, eu não sei. Ainda há mistérios mesmo para mim. — Tem algo estranho no jeito como ela olha para a faca. Seus olhos são intensos, mas desconexos. Eu não notei antes que eles têm uma tonalidade amarela esquisita na íris.

— Mas, tia Riika, mesmo se você estiver certa, como o Cas pode falar com ela? Como podemos descobrir o que ela quer?

O sorriso dela é largo e caloroso. Quase alegre.

— Vocês precisam fazer a música vir com mais clareza — diz ela. — Precisam falar a linguagem da maldição dela. Do mesmo modo que nós, finlandeses, sempre falamos com os mortos. Com um tambor lapão. Seu avô vai saber onde encontrar um.

— Você pode nos ajudar? — pergunto. — Imagino que vamos precisar de uma bruxa finlandesa para fazer isso.

— Thomas é bruxo mais que suficiente — ela responde, mas ele não parece tão seguro.

— Eu nunca usei um — diz ele. — Nem saberia por onde começar. Seria melhor se você fizesse. Por favor?

Uma expressão de lamento nubla o rosto de Riika enquanto ela sacode a cabeça. Ela já não parece conseguir encará-lo, e sua respiração soa mais pesada, mais difícil. Acho que deveríamos ir embora. Todas essas perguntas devem ter sido muito cansativas. E ela já nos deu as respostas e um bom lugar para começar. Afasto a cadeira da mesa e sinto uma corrente de ar atravessando a sala; isso me faz perceber como meus dedos e faces estão frios.

Thomas está tagarelando, despejando baixinho razões pelas quais não deve ser ele a fazer o ritual, e como não reconheceria um tambor lapão nem que batesse a cara em um, e que ele provavelmente acabaria invocando o fantasma de Elvis. Mas Riika continua sacudindo a cabeça.

Está ficando mais frio. Ou talvez estivesse frio quando entramos. Ela não deve ter um bom sistema de aquecimento central em uma casa tão antiga. Ou talvez apenas mantenha o aquecimento em um mínimo para economizar dinheiro.

Por fim, ouço Riika suspirar. Não é um som exasperado. Há tristeza nele. E resolução.

— Vá pegar meu tambor — ela sussurra. — Está no meu quarto. Pendurado na parede norte. — Ela faz um gesto com a cabeça na direção do corredor curto. Vejo um pedacinho do que parece o banheiro. O quarto deve ser mais adiante. Tem algo errado aqui. E tem a ver com o modo como ela olhou para o athame.

— Obrigado, tia Riika. — Thomas sorri e se levanta da cadeira para ir atrás do tambor. Quando vejo a expressão de dor no rosto dela, finalmente sei o que é.

— Thomas, não — digo e saio depressa da mesa. Mas é tarde demais. Quando chego ao quarto, ele já está lá, paralisado a meio caminho da parede norte. O tambor está pendurado exatamente onde Riika disse que estaria, uma forma oval com trinta centímetros de largura e o dobro de comprimento, couro de animal bem esticado. A própria Riika está sentada olhando para ele, imóvel em sua cadeira de balanço de madeira, a pele cinza e endurecida, os olhos fundos e os lábios recuados dos dentes. Ela está morta há pelo menos um ano.

— Thomas — murmuro e tento segurar seu braço. Ele se solta com um grito e sai correndo. Eu sussurro um palavrão, tiro o tambor da parede e vou atrás dele.

Em nosso caminho para fora da casa, noto como ela mudou, toda coberta de pó e manchas de sujeira, um canto do sofá roído por ratos. Há teias de aranha nos cantos e suspensas nos lustres. Thomas não para de correr até chegar ao pátio. Suas mãos estão pressionadas contra as laterais da cabeça.

— Ei — digo, gentilmente. Não tenho ideia do que mais posso fazer ou do que devo lhe falar. Ele estende a mão, defensivo, e eu me afasto. Sua respiração sai em arfadas e soluços. Acho que ele está chorando, e quem pode culpá-lo?

Tudo bem que ele não queira que eu veja. Eu me viro de volta para a casa. As árvores em torno dela são esparsas e não há nada nos canteiros de flores além de terra dura. A tinta branca nas paredes é tão rala que parece ter sido pintada com uma passada rápida de aquarela, deixando as tábuas pretas aparecendo por baixo.

— Sinto muito, cara — falo. — Eu devia ter percebido. Havia sinais. — Havia sinais. Eu só não notei. Ou interpretei errado.

— Tudo bem — diz ele e enxuga o rosto com a manga. — A Riika nunca iria me machucar. Ela nunca machucaria ninguém. Estou surpreso, só isso. Não acredito que o Morfran não me contou que ela morreu.

— Talvez ele também não soubesse.

— Ah, ele sabia — Thomas diz, balançando a cabeça. Então funga e sorri para mim. Seus olhos estão um pouco vermelhos, mas ele já se recompôs. O garoto é forte. Caminha de volta para o carro e eu o sigo. — Ele sabia — repete Thomas, em voz alta. — Sabia e me mandou aqui mesmo assim. Eu vou matar aquele homem! Juro que vou acabar com ele.

— Vá com calma — falo, quando já estamos dentro do carro. Thomas continua murmurando sobre a morte iminente de Morfran. Ele dá partida no carro e para.

— De jeito nenhum. Você não percebe, Cas? — Ele olha para mim com cara de nojo. — Eu comi os malditos biscoitos de gengibre.

9

Thomas me deixa na frente da minha casa, ainda resmungando sobre Morfran e Riika e os biscoitos de gengibre. Estou feliz por não ter que testemunhar esse confronto. Pessoalmente, acho que comer os biscoitos é um ponto menor em comparação com a parte em que Morfran enviou seu neto para visitar um parente morto sem ele saber, mas, sei lá, cada um tem suas coisas que irritam mais. Parece que, para Thomas, são comidinhas de mortos.

Entre resmungos e cuspidas para fora da janela, Thomas me falou que precisaria de pelo menos uma semana para pesquisar o tambor lapão e o ritual adequado para chamar Anna. Vesti minha expressão mais compreensiva e concordei, o tempo todo lutando contra o impulso de encontrar a vareta mais próxima e começar a tocar um solo no tambor no meu colo. Isso é burrice. Ser cuidadoso e fazer as coisas certo já na primeira vez é uma necessidade. Não sei o que está acontecendo com minha cabeça. Quando entro em casa, percebo que não consigo ficar sentado. Não quero comer ou ver TV. Não quero fazer nada além de saber mais.

Minha mãe entra dez minutos depois com uma caixa de pizza gigante no braço e para quando me vê andando de um lado para outro.

— O que foi?

— Nada — respondo. — Fiz uma visita interessante à tia morta do Thomas esta tarde. Ela nos falou como podemos entrar em contato com a Anna.

Tirando uma ligeira arregalada dos olhos, recebo uma completa não reação. Ela quase dá de ombros antes de atravessar a sala de estar para a cozinha. Uma faísca rápida de raiva formiga em meus pulsos. Eu esperava mais. Esperava que ela ficasse entusiasmada, feliz porque eu poderia falar com Anna outra vez e saber se ela está bem.

— Você teve uma conversa com a tia morta do Thomas — diz ela, abrindo calmamente a caixa de pizza. — E eu tive uma conversa com o Gideon esta tarde.

— Qual é o problema com você? Eu não estou contando que tem um novo prato do dia no restaurante Gargoyles. Não estou contando que dei uma topada na rua, embora para isso você certamente daria mais atenção.

— Ele disse para você esquecer disso.

— Eu não sei o que está acontecendo com todo mundo — falo. — Todos dizendo que eu tenho que esquecer. Que eu tenho que seguir em frente. Como se fosse fácil. Como se eu pudesse continuar numa boa vendo ela aparecer desse jeito. Caramba! A Carmel acha que eu sou um psicopata!

— Cas — diz ela. — Calma. O Gideon tem suas razões. E eu acho que ele está certo. Posso sentir isso, que tem alguma coisa acontecendo.

— Mas você não sabe o quê, certo? É algo ruim, mas você não sabe exatamente? E acha que eu devo simplesmente deixar que isso que está acontecendo com a Anna, seja o que for, continue acontecendo por causa de quê? Da sua intuição feminina?

— Ei — ela me repreende, com a voz séria.

— Desculpe — digo de volta, igualmente bravo.

— Eu não sou apenas sua mãe preocupada, Theseus Cassio Lowood. Eu sou uma bruxa. A intuição conta muito. — Seu queixo está contraído da maneira como ela sempre faz quando preferiria mastigar couro a dizer o que tem para dizer. — Eu sei o que você realmente quer. Você não quer só saber se ela está bem. Você quer trazê-la de volta.

Baixo os olhos.

— E, meu Deus, Cas, parte de mim deseja que fosse possível. Ela salvou sua vida e vingou o assassinato do meu marido. Mas você não pode seguir por esse caminho.

— Por que não? — pergunto, e minha voz soa dura.

— Porque há regras — ela responde. — Que não devem ser quebradas.

Levanto os olhos e a encaro.

— Você não disse que elas "não podem".

— Cas...

Mais um minuto disso e eu vou estourar. Então levanto as mãos e vou para o quarto, tampando os ouvidos para tudo o que ela diz enquanto subo a escada, sufocando um milhão de palavras que quero gritar na cara de todos eles. Thomas parece ser a única pessoa pelo menos remotamente interessada em descobrir o que está acontecendo.

Anna está esperando no meu quarto. Sua cabeça pende como se estivesse em um pescoço quebrado; seus olhos giram para os meus.

— É demais para mim neste momento — sussurro, e ela move os lábios dizendo alguma coisa de volta. Não tento ler seus lábios. Tem muito sangue preto saindo por eles.

Lentamente, ela se afasta, e eu tento manter os olhos no tapete, mas não consigo, não totalmente, então, quando ela se joga da minha janela, eu vejo o vestido dela flutuar na queda e ouço o baque de seu corpo no chão.

— Que merda — digo, em uma voz que soa entre um rosnado e um gemido. Meus punhos batem na parede, na cômoda; derrubo o abajur da mesinha de cabeceira. As palavras de minha mãe martelam em meus ouvidos, fazendo tudo parecer tão fácil. Ela fala como se achasse que eu sou uma criança com fantasias de heróis que arrebatam a garota e saem cavalgando com ela em direção ao pôr do sol. Em que tipo de mundo ela acha que eu cresci?

— Provavelmente vai ser sangue — diz Thomas, em um tom de lamento que não combina com o brilho de excitação em seus olhos. — Quase sempre é sangue.

— É? Se for mais de meio litro me avisa, para eu poder ir em um banco de sangue — respondo, e ele sorri. Estamos na frente do armário dele, falando sobre o ritual, que ele ainda não entendeu direito. Mas, para ser justo, faz apenas um dia e meio. O sangue a que ele se refere é o conduto, ou seja, a ligação com o outro lado, ou o preço. Não sei bem qual deles. Ele mencionou das duas maneiras, como uma ponte e como um pedágio. Talvez seja ambos e o outro lado seja, basicamente, uma estrada pedagiada. Ele está um pouco nervoso enquanto conversamos, acho que por sentir minha ansiedade. Provavelmente também adivinhou que não dormi muito. Sei que estou horrível.

Thomas endireita o corpo quando Carmel se aproxima, parecendo dez vezes melhor do que nós, como sempre. Seu cabelo está preso com uma fivela, movendo-se alegremente em um balanço loiro. O brilho de seus braceletes de prata dói em meus olhos.

— Oi, Thomas — diz ela. — Oi, zumbi Cas.

— Oi — respondo. — Acho que você já sabe o que aconteceu.

— Sei, o Thomas me contou. Que história assustadora.

Eu encolho os ombros.

— Não foi tão ruim. A Riika era bem legal. Você devia ter ido junto.

— Bom, talvez eu fosse, se não tivesse sido chutada do clube. — Ela baixa os olhos e Thomas entra imediatamente na defensiva, pedindo desculpas por Morfran, insistindo que ele não devia ter feito isso, e Carmel concorda com a cabeça, mantendo os olhos no chão.

Tem alguma coisa acontecendo sob os cílios abaixados de Carmel. Ela não acha que eu a estou observando, ou talvez ache que estou cansado demais para notar, mas, mesmo com minha exaustão, percebo o que é e o conhecimento me deixa surpreso. Carmel ficou feliz por ter sido excluída. Em algum momento entre runas entalhadas e ser pregada na parede por um forcado, aquilo acabou ficando demais para ela. Está ali nos seus olhos; no modo como eles se demoram com pesar em Thomas quando ele não está olhando, e no modo como piscam e brilham com falso interesse quando ele lhe conta sobre o ritual. E, durante todo o tempo, Thomas continua sorrindo, inconsciente do fato de que ela, basicamente, já se foi. É como se eu tivesse assistido aos dez minutos finais de um filme primeiro.

Passar o ano inteiro na mesma escola é algo que eu não fazia desde o oitavo ano e, tenho que dizer, é bem chato. É segunda-feira da última semana de aula e, se eu tiver que assinar mais um anuário, vou assinar com o sangue de seu dono. Pessoas com quem nunca conversei se aproximam com uma caneta e um sorriso, esperando algo mais pessoal do que "Bom verão pra você", quando tais esperanças são inúteis. E não posso deixar de desconfiar de que o que elas realmente querem é que eu escreva algo misterioso ou maluco, alguma nova pista que elas possam usar na oficina de fofocas. É tentador, mas até agora não fiz isso.

Alguém bate no meu ombro, eu me viro e dou de cara com Cait Hecht, meu encontro fracassado de duas semanas atrás. Quase entro dentro do armário.

— Oi, Cas. — Ela sorri. — Pode assinar meu anuário?

— Claro — digo e o pego, forçando a cabeça para pensar em algo pessoal, mas tudo que passa pelo meu cérebro é "Bom verão pra você". Escrevo o nome dela, depois uma vírgula. E agora? "Desculpe pela dispensada, mas é que você me lembrou uma menina que eu matei"? Ou talvez: "Nunca teria dado certo. A garota que eu amo arrancaria suas tripas".

— Você vai fazer alguma coisa legal no verão? — ela pergunta.

— Ah, não sei. Talvez viajar um pouco mais.

— Mas vai estar de volta no outono? — Ela levanta as sobrancelhas com interesse, mas é apenas uma conversa educada. Carmel disse que Cait começou a namorar Quentin Davis dois dias depois do café. Fiquei aliviado por ouvir isso e estou aliviado agora porque ela não parece estar aborrecida comigo.

— Boa pergunta — digo, antes de entregar os pontos e escrever "Um ótimo verão pra você" no canto da página.

10

Olhando pela janela do carro de Carmel, não há luz, exceto a das estrelas e o brilho pálido da cidade atrás de nós. Thomas esperou a lua nova. Ele disse que esse era o melhor momento para a invocação. Disse também que ajudaria se estivéssemos perto do lugar onde Anna fez a travessia, por isso estamos indo para as ruínas de sua velha casa vitoriana. Tudo se encaixa. Faz sentido. Mas minha boca fica seca só de pensar, e Thomas vai explicar todo o ritual quando chegarmos lá, porque eu não consegui ficar sentado para escutar quando ele quis me contar na loja.

— Tem certeza de que está em condições para isso, Cas? — Carmel pergunta, me espiando pelo espelho retrovisor.

— Tenho que estar — respondo, e ela concorda com a cabeça.

Quando Carmel decidiu fazer o ritual conosco, eu me surpreendi. Desde aquele dia no corredor, quando vi o afastamento que espreitava por trás de seus olhos, não consegui mais olhar para ela do mesmo jeito. Mas talvez eu estivesse errado. Talvez estivesse alucinando. Três horas de sono carregados de sonhos com sua namorada se matando podem fazer isso.

— Vocês sabem que pode não funcionar, não é? — diz Thomas.

— Ei, tudo bem. Você está tentando, certo? É só isso que podemos fazer.

Minhas palavras e voz parecem sensatas. Sãs. Mas isso é porque eu não tenho que me preocupar. Vai funcionar. Thomas está afinado como uma corda de violino, e não é preciso um diapasão para sentir as ondas de poder que emanam dele. Como a tia Riika disse, ele é um bruxo mais do que suficiente.

— Gente — diz ele —, depois que isto acabar, podemos ir comer um hambúrguer ou qualquer outra coisa assim?

— Você está pensando em comida agora? — Carmel pergunta.

— Você não passou os últimos três dias jejuando e fazendo vaporizações com arruda, sem beber nada além das nojentas poções de purificação de crisântemos do Morfran. — Carmel e eu sorrimos um para o outro pelo espelho. — Não é fácil se tornar um receptor. Estou morrendo de fome.

Dou uma batidinha no ombro dele.

— Cara, quando isto acabar, eu vou comprar o cardápio inteiro para você.

Todos ficamos em silêncio quando viramos na estrada para a casa de Anna. Parte de mim espera dobrar a esquina e ver a casa aparecer à nossa frente, ainda de pé, ainda apodrecendo sobre suas fundações deterioradas. Em vez disso, há um espaço vazio. Os faróis do carro de Carmel iluminam a entrada, e a entrada leva a nada.

Depois que a casa implodiu, a prefeitura veio e limpou os escombros, em uma tentativa de determinar a causa da explosão. Nunca encontraram nada, embora, como de hábito, não tenham se esforçado de fato. Eles deram uma olhada no porão, encolheram os ombros e o encheram de terra. Agora, tudo o que restou está completamente escondido. O lugar onde a casa ficava parece um lote vago, coberto de terra e de mato raquítico que tomou conta de tudo. Se eles tivessem investigado com mais atenção, ou cavado mais fundo, talvez tivessem encontrado os corpos das vítimas de Anna. Mas a corrente dos mortos e do desconhecido ainda estava muito próxima, sussurrando para que eles pisassem de leve e os deixassem em paz.

— Me conte de novo o que nós vamos fazer — pede Carmel. Sua voz é firme, mas os dedos estão apertados no volante como se ela pretendesse arrancá-lo.

— Deve ser relativamente fácil — responde Thomas, remexendo em sua bolsa para garantir que não se esqueceu de nada. — Ou, se não fácil, pelo menos relativamente simples. Pelo que o Morfran me disse, o tambor costumava ser usado pelas bruxas finlandesas regularmente, para controlar o mundo dos espíritos e conversar com os mortos.

— Parece que é o que precisamos — digo.

— É. O truque é que tem que ser específico. As bruxas nunca se importavam muito com quem era alcançado. Desde que conseguissem falar com alguém, já se consideravam entendedoras. Mas nós queremos a Anna. E é aí que entra você, e a casa.

Bem, o tempo está passando. Abro a porta e saio do carro. O ar está agradável e há apenas uma leve brisa. Quando meus sapatos rangem no cascalho, o som me traz um lampejo de nostalgia, um solavanco que me leva seis meses para trás, quando a casa ainda estava em pé e eu vinha aqui à noite conversar com a menina morta que morava nela. Lembranças boas, indistintas. Carmel pega o lampião de acampamento no porta-malas e me entrega. A luz ilumina seu rosto.

— Olha — digo. — Você não precisa ir. Thomas e eu podemos lidar com isso sozinhos.

Por um segundo, ela parece aliviada. Mas, então, o olhar apertado que é a marca registrada de Carmel está de volta ao seu lugar.

— Nem venha com essa conversa. O Morfran pode me banir do seu chazinho com os mortos se ele quiser, mas você não. Estou aqui para descobrir o que aconteceu com a Anna. Todos nós devemos isso a ela.

Quando começa a andar, ela me cutuca com o ombro, para me animar, e eu sorrio, mesmo com as queimaduras ainda doloridas. Depois que tudo isto terminar, vou conversar com ela; todos nós vamos conversar. Vamos descobrir o que ela está sentindo e acertar as coisas.

Thomas já está à nossa frente. Ele acendeu sua lanterna e está passando o facho de luz por todo o terreno. Ainda bem que os vizinhos mais próximos estão a quase um quilômetro de distância e separados por uma floresta densa, ou eles iriam pensar que um óvni pousou aqui. Quando chega ao lugar onde a casa estava, ele não hesita e caminha direto para o centro. Eu sei o que ele está procurando: o espaço onde Malvina abriu um buraco entre os mundos. E por onde Anna desapareceu.

— Venham — ele diz depois de um minuto, e acena para nós. Carmel vai, movendo-se com cuidado. Eu respiro fundo. Meus pés parecem não querer cruzar o limiar da casa. Isso é o que eu queria, o que eu esperava desde que Anna se foi. As respostas estão a menos de vinte passos de distância.

— Cas? — Carmel chama.

— Estou logo atrás de você — digo, mas todos os lugares-comuns que sempre ouvi sobre a ignorância ser uma bênção ou sobre ser melhor não saber voam por minha cabeça em um instante. Penso que eu não deveria ter desejado que isto fosse real. Eu devia querer que as respostas que tiver esta noite me digam que não era Anna, afinal, que Riika estava errada e Anna está em paz. Devia desejar que o que está me assombrando seja outra coisa, algo malévolo contra o qual eu possa lutar. É egoísta querer que Anna esteja aqui outra vez. Ela tem que estar melhor onde quer que se encontre do que amaldiçoada e presa. Mas não consigo evitar.

Só mais uns segundos e meus pés descongelam. Eles me conduzem pela terra fresca que a prefeitura usou para tampar o porão e eu não sinto nada. Nenhum *zap* cósmico; nem mesmo um arrepio percorrendo a espinha. Não resta nada aqui de Anna ou de sua maldição. Tudo provavelmente desapareceu no instante em que a casa implodiu. Mamãe, Morfran e Thomas devem ter verificado isso dez vezes, postando-se nos cantos da propriedade e jogando runas.

No centro do quadrado de terra, Thomas está desenhando um grande círculo com a ponta de um athame. Não o meu, mas um dos de Morfran — um punhal longo e de aparência teatral, com o punho entalhado e uma joia na ponta. A maioria das pessoas diria que esse é muito mais bonito que o meu, e muito mais valioso. Mas é tudo aparência. Thomas pode usá-lo para conjurar um círculo, mas é o poder do próprio Thomas que forma a proteção. Sem Thomas para empunhá-lo, esse athame teria melhor uso para cortar um bom bife.

Carmel se posiciona no centro do círculo, segurando um palito aceso de incenso e sussurrando o encantamento de proteção que Thomas lhe ensinou. Thomas o está sussurrando também, dois tempos atrás do dela como em um jogral. Eu ponho o lampião de acampamento no chão, dentro do círculo, mas não no centro. O canto se interrompe e Thomas faz sinal para nos sentarmos.

O chão está frio, mas pelo menos está seco. Thomas se ajoelha e coloca o tambor lapão na terra à sua frente. Ele trouxe uma baqueta também. Parece, basicamente, uma baqueta normal, com uma extremidade branca grande como um marshmallow. Na luz fraca, mal dá para ver os desenhos pintados no couro esticado do tambor. Quando ele estava comigo na viagem de volta da casa de Riika, vi que era decorado com figuras de traços avermelhados desbotados que pareciam a representação primitiva de uma cena de caça.

— Parece tão antigo — Carmel comenta. — Do que você acha que ele é feito? — Ela dá um sorriso para mim. — Talvez de couro de dinossauro?

Eu rio, mas Thomas pigarreia.

— O ritual é bem simples — diz ele —, mas é poderoso. Nós precisamos estar sérios. — Thomas está limpando a terra de seu athame, esfregando-o com álcool, e eu sei por que ele está tendo todo esse trabalho. Ele estava certo quando disse que precisaríamos de sangue. E pretende usar esse athame para obtê-lo de mim. — Mas, já que estão curiosos, posso dizer que o Morfran desconfia de que este tambor foi feito com pele humana.

Carmel solta um som de susto.

— Não de uma vítima de assassinato ou algo do gênero — ele continua. — Provavelmente do último xamã da tribo. Claro que ele não tem certeza, mas disse que os melhores tambores com frequência eram feitos assim, e a Riika não mexia com produtos de segunda classe. Este tambor deve ter sido passado de uma geração a outra de sua própria família.

Ele fala distraidamente, sem notar o modo como Carmel engole em seco e não consegue parar de olhar para o tambor. Eu sei o que ela está pensando. Com esse novo conhecimento, parece algo completamente diferente do que era alguns segundos atrás. Podemos muito bem ter uma caixa torácica humana dessecada na nossa frente agora.

— O que exatamente vai acontecer quando fizermos isso? — Carmel pergunta.

— Não sei — é a resposta de Thomas. — Se tivermos sucesso, vamos ouvir a voz dela. Alguns textos fazem referências vagas a névoa, ou fumaça. E pode haver vento. Tudo que sei com certeza é que estarei em transe quando acontecer. Posso ou não saber o que está se passando. E, se algo der errado, não vou ser de muita utilidade para fazer parar.

Mesmo na luz tênue do lampião de acampamento, vejo o sangue fugir das faces de Carmel.

— Ah, que ótimo. E o que devemos fazer se algo acontecer?

— Não entrem em pânico. — Thomas lhe dá um sorriso nervoso e joga para ela algo que brilha. Quando ela abre as mãos, está segurando o isqueiro dele. — É meio difícil de explicar. O tambor é como uma ferramenta, para encontrar o caminho para o outro lado. O Morfran diz que tudo se resume basicamente a achar o ritmo certo, como sintonizar a frequência certa no rádio. Quando eu o encontrar, o portal tem que ser aberto com sangue. O sangue de quem está procurando. O sangue do Cas. Você vai ter que gotejá-lo no athame dele, que nós vamos colocar no centro do círculo.

— *Eu* vou ter? Como assim? — Carmel pergunta.

— Bom, ele não pode fazer sozinho e eu vou estar em transe — responde Thomas, como se fosse óbvio.

— Você consegue — digo para Carmel. — Pense em como eu te deixei constrangida naquele encontro. Você vai ficar louca para me esfaquear.

Ela não parece muito tranquilizada, mas, quando Thomas estende seu athame, ela o pega.

— Quando? — ela pergunta.

Thomas dá um sorriso de lado.

— Eu espero que dê para você simplesmente saber que chegou a hora. — O sorriso me balança um pouco. É o primeiro sinal do "nosso" Thomas que vimos desde que chegamos aqui. Geralmente, quando há um trabalho de feitiço a ser feito, ele é todo profissional, e me ocorre agora que, na verdade, ele não tem nenhuma ideia do que está fazendo.

— É perigoso? Para você, quero dizer — pergunto.

Ele dá de ombros e faz um aceno com a mão.

— Não se preocupe com isso. Nós precisamos saber, certo? Antes que você vá parar num hospício. Então, vamos nessa. Carmel — diz ele, olhando para ela. — Se alguma coisa der errado, você tem que queimar o sangue do athame do Cas. É só pegar e queimar para tirar o sangue da lâmina? Está bem?

— Por que tem que ser eu? Por que o Cas não pode fazer isso?

— Pela mesma razão de ter que ser você que vai cortá-lo. Porque você está tecnicamente fora do ritual. Não sei o que vai acontecer com o Cas ou comigo depois que começar.

Carmel está tremendo, apesar de não estar frio. Vejo que ela está quase desistindo, então, antes que ela tenha tempo de dizer qualquer coisa, tiro o athame do meu bolso traseiro, puxo-o da bainha e o coloco no chão.

— Ele é um sinal luminoso, como a Riika disse — explica Thomas. — Vamos torcer para a Anna poder segui-lo até nós. — Ele procura em sua bolsa e tira um punhado de palitos de incenso, que segura para Carmel acender, depois os sopra antes de prendê-los na terra mole à sua volta. Eu conto sete. A fumaça perfumada sobe em espirais cinza-claras. Ele respira fundo.

— Mais uma coisa — diz Thomas, pegando a baqueta. — Não saiam do círculo até terminar. — Ele está com aquela expressão de "Seja o que Deus quiser", e eu queria lhe dizer para ter cuidado, mas todo o meu rosto parece paralisado. Até piscar é um desafio.

Ele enrola o punho da camisa e o tambor começa; o som das batidas é grave e cheio. Tem uma qualidade pesada e ecoante e, embora eu saiba que Thomas não tem nenhuma experiência formal com tambores, cada batida soa planejada. É como se estivesse escrita. Mesmo quando ele muda o ritmo e a duração. O tempo passa. Não sei quanto. Talvez trinta segundos, talvez dez minutos. O som do tambor confunde meus sentidos. O ar parece espesso com fumaça de incenso e há uma sensação flutuante de água se movendo dentro da minha cabeça. Dou uma olhada para Carmel. Ela está piscando rápido e há algumas gotas de suor em sua testa, mas, fora isso, parece atenta.

A respiração de Thomas é lenta e superficial. É como parte do ritmo. As batidas soam e pausam, soam e pausam. Um. Dois. Três. Quatro. Cinco. Seis. Sete. Então começam de novo, mais depressa dessa vez, e mais graves. A fumaça de incenso oscila para a frente e para trás. Está acontecendo. Ele está encontrando o caminho.

— Carmel — sussurro e estendo a mão sobre meu athame, pousado na terra. Ela me segura pelo pulso e aproxima a faca de Thomas da minha palma.

— Cas — diz ela e sacode a cabeça.

— Vá em frente, está tudo bem — falo, e ela engole com força, depois morde o lábio. A lâmina desliza sobre a carne de minha palma, primeiro só uma pressão, então uma pontada curta e quente. O sangue pinga sobre meu athame, salpicando a lâmina. Ele quase ferve. Ou talvez realmente o faça. Algo está acontecendo com o ar; ele se move à nossa volta como uma cobra, e, sobre o som do tambor, há um guincho de vento em meus ouvidos, só que não há vento. A fumaça do incenso não está sendo soprada. Ela só espirala continuamente para cima.

— Isso deveria estar acontecendo? — Carmel pergunta.

— Não se preocupe, está tudo certo — respondo, mas não tenho a menor ideia.

O que quer que esteja acontecendo está funcionando, mas não está funcionando. Está acontecendo, mas muito devagar. Tudo dentro do círculo dá a sensação de algo tentando se libertar de uma jaula. O ar é espesso e carregado, e eu gostaria que houvesse luar para não ficar tão horrivelmente escuro. Devíamos ter deixado o lampião de acampamento aceso.

O sangue ainda está pingando da minha mão sobre o athame. Não sei quanto eu já perdi. Não pode ser tanto, mas meu cérebro não está funcionando direito. Mal posso enxergar através de toda a fumaça, mas não lembro de quando isso aconteceu, nem entendo como toda essa fumaça pode estar saindo de sete palitos de incenso. Carmel diz alguma coisa, mas eu não escuto, embora ache que ela está gritando. O athame parece pulsar. A visão dele coberto com o meu sangue é estranha, quase errada. Meu sangue na lâmina. Meu sangue dentro dela. A batida do tambor e o som da respiração de Thomas rolam pelo ar… ou talvez seja a minha respiração, e meu próprio batimento cardíaco, pulsando em meus ouvidos.

Grossos dedos de náusea rastejam pela minha garganta. Tenho que fazer alguma coisa, antes que não tenha mais controle sobre isso, ou antes que Carmel entre em pânico e saia do círculo. Minha mão se estende em direção ao tambor e pressiona o couro esticado. Eu não sei por quê. Apenas um estranho impulso. Meu toque deixa atrás de si uma mancha molhada e vermelha. Por um instante, ela se destaca, brilhante e tribal. Depois, é absorvida na superfície do tambor e desaparece como se nunca tivesse estado ali.

— Thomas, cara, eu não sei por quanto tempo mais vou aguentar — murmuro. Mal consigo distinguir o brilho de seus óculos no meio da fumaça. Ele não me escuta.

Um grito de mulher corta o ar, lancinante e brutal. E não foi Carmel. Esse grito é um cutelo para os ouvidos e, mesmo antes de ver os primeiros fios pretos do cabelo serpenteante, sei que Thomas conseguiu. Ele encontrou as batidas de Anna.

Quando isto começou, eu tentei não pensar à frente, não criar expectativas. Vejo agora que isso nem era necessário. A visão que tenho diante de mim é algo que nunca poderia ter imaginado.

Anna explode para dentro do círculo, como se o tambor de Thomas a tivesse puxado de outra dimensão. Ela rompe o ar entre nós como um estrondo sônico e aterrissa sobre alguma superfície invisível a um metro do chão. Não foi a garota quieta vestida de branco que ele chamou, mas a deusa de veias pretas, monstruosa e bela, saturada de vermelho. O cabelo negro se agita em uma nuvem turbulenta atrás dela e minha cabeça gira. Ela está bem na minha frente, riscada de vermelho, e, por um segundo, não lembro por quê, ou o que eu deveria dizer. O sangue pinga de seu vestido, mas nunca chega à terra, porque ela não está realmente no mesmo lugar em que a terra está. Estamos apenas olhando através de uma janela aberta.

— Anna — sussurro. Ela rosna e seus olhos pretos como óleo se arregalam por um instante. Mas, em vez de responder, ela sacode a cabeça e fecha os olhos com força. Seus punhos batem contra alguma superfície invisível.

— Anna. — Mais alto desta vez.

— Você não está aqui — diz ela, olhando para baixo, e eu sinto o alívio me encher o peito e amolecer e abrir meu interior. Ela me escuta. Isso é alguma coisa.

— Você também não está aqui — digo. A visão dela. A magnitude. Eu não tinha esquecido, mas ver de novo me emociona. Ela está agachada, na defensiva como um gato acuado.

— Você é só minha imaginação — ela contrapõe. Ela fala como se fosse eu, tão como eu. Olho para Thomas, que mantém o ritmo no tambor, a respiração constante. Um anel escuro de suor se espalhou em torno do decote de sua camiseta e gotas descem em profusão pelo seu rosto com o esforço. Talvez não tenhamos muito tempo.

— Foi o que eu pensei — digo. — Quando você apareceu pela primeira vez na frente da minha casa. Foi o que tentei dizer a mim mesmo quando você entrou em uma caldeira, ou quando se jogou da minha janela.

O rosto de Anna se contrai, com cautelosa esperança. É meio difícil dizer, difícil ler as emoções por trás das veias negras.

— Era mesmo você? — pergunto.

— Eu não me joguei — ela murmura, para ninguém em particular. — Eu fui jogada. Lá embaixo, nas pedras. Eu fui puxada. Puxada para dentro para queimar. — Ela estremece, talvez pela lembrança, e eu me arrepio também. Mas tenho que fazê-la prestar atenção.

— A garota para quem estamos olhando agora é você? — Não há tempo, mas não sei o que dizer. Ela parece tão confusa. Seria mesmo ela? Estaria me pedindo ajuda?

— Você me vê? — ela pergunta, e, antes que eu possa responder, a deusa escura se desfaz. As veias pretas se desmaterializam na pele clara, o cabelo para de se mover e desce, liso e castanho, sobre os ombros. Quando ela levanta o corpo, de joelhos, o vestido branco tão conhecido se enrola em volta de suas pernas. Ele está sujo com manchas pretas. Suas mãos se mexem no colo e aqueles olhos, aqueles olhos escuros e ferozes, ainda estão incertos. Eles vêm e vão. — Eu não vejo você. É só escuro. — A tristeza torna suas palavras hesitantes e baixas. Não sei o que dizer. Há crostas de feridas recentes nos nós de seus dedos e os braços estão arroxeados de hematomas. Cicatrizes estreitas riscam seus ombros. Isso não pode ser.

— Por que não consigo ver você?

— Eu não sei — falo depressa. A fumaça sobe em espirais entre nós, e fico aliviado por poder desviar os olhos, piscar. Há uma sensação de sufocamento no fundo da minha garganta. — Isso é só uma janela que o Thomas conseguiu abrir — digo. Está tudo errado. Onde quer que ela esteja, não é onde deveria estar. As cicatrizes em seus braços. Os hematomas. — O que aconteceu com você? De onde vieram essas cicatrizes?

Ela baixa os olhos para si mesma, meio surpresa, como se só agora percebesse que elas estão ali.

— Eu sabia que você estava seguro — ela diz, docemente. — Depois que nós atravessamos. Eu sabia. — Ela sorri, mas não há nenhum sentimento real no gesto. Não temos tempo para isso.

Engulo em seco.

— Onde você está?

Seu cabelo cai sobre as faces e ela olha para o nada. Não sei nem se ela realmente acredita que estamos tendo esta conversa.

— No Inferno — ela murmura, como se fosse óbvio. — Eu estou no Inferno.

Não. Não, não é lá que ela devia estar. Não é para onde ela devia ter ido. Ela devia estar em paz. Ela devia... Eu paro, porque como posso saber? Não cabe a mim tomar essas decisões. Isso é só o que eu queria, e no que tentava acreditar.

— Você está me pedindo ajuda, é isso? É por isso que me mostrou essas coisas?

Ela sacode a cabeça.

— Não. Eu não achei que você pudesse me ver. Não achei que fosse real. Eu só imaginei você. Ficava mais fácil, se eu pudesse ver seu rosto. — Ela sacode a cabeça outra vez. — Desculpe. Eu não quero que você veja.

Há um corte enrugado em cicatrização na curva do seu ombro. Isso não está certo. Não sei quem ou o que decide, mas agora vou ser eu. Não vou suportar isso.

— Anna, escute, eu vou trazer você de volta. Vou encontrar um jeito de trazer você para casa. Está entendendo?

Ela vira a cabeça de repente para a direita e fica imóvel e tensa, como um animalzinho se escondendo de um lobo. Instintivamente, faço silêncio e vejo o subir e descer rápido de seu peito. Depois de alguns longos segundos, ela relaxa.

— É melhor você ir — diz ela. — Ele vai me encontrar aqui. Vai ouvir você.

— Quem? — pergunto. — Quem vai encontrar você?

— Ele sempre me encontra — continua ela, como se não tivesse me ouvido. — E então ele queima. E corta. E mata. Não consigo lutar contra ele aqui. Não posso vencer. — Cordões de cabelo preto estão começando a aparecer no meio do castanho. Há um tom distante na voz dela. Ela está por um fio.

— Você pode vencer qualquer um — sussurro.

— Este é o mundo dele. As regras dele. — Ela não está falando com ninguém agora, novamente agachada. O sangue começa a embeber o tecido branco. O cabelo serpenteia e fica preto.

O que eu estava pensando quando resolvi fazer isso? É um milhão de vezes pior, vê-la na minha frente e ainda a um mundo de distância. Minhas mãos se apertam para conter a vontade de tentar tocá-la. A energia rodando na fumaça entre nós tem uns cem mil volts. Ela não está realmente perto o bastante para que eu a toque. É só magia. Uma ilusão que de algum modo se tornou possível por meio de um tambor de pele humana, do meu sangue escorrendo sobre meu athame. À minha direita, Carmel diz algo, mas eu não escuto e é impossível enxergar através da fumaça.

O chão treme sob o corpo de Anna. Ela se apoia com as mãos e se encolhe quando algo ruge, não muito distante. O som é inumano, ecoando de um milhão de paredes. O suor gela minha espinha e minhas pernas se movem por si próprias; o medo que vejo nela me faz quase levantar.

— Anna, me diga como eu posso te encontrar. Você sabe?

Ela cobre os ouvidos com as mãos e sua cabeça se move depressa para a frente e para trás. A janela entre nós está se estreitando, ou alargando, eu não sei dizer; um cheiro ruim de podridão e pedras molhadas passa pelo meu nariz. A janela não pode se fechar. Eu vou abri-la à força. Não me importo. Depois que ela se sacrificou por nós, depois que ela o arrastou...

E, de repente, eu sei quem está lá com ela.

— É ele, não é? — grito. — É o obeahman. Você está presa com ele?! — Ela sacode a cabeça com força, e de modo muito pouco convincente. — Anna, não minta! — Eu paro. Não importa o que ela diga. Eu sei. Algo em meu peito se enrola como uma cobra. Suas cicatrizes. O jeito como ela se agacha como um cachorro que foi chutado. Ele está quebrando os ossos dela. Assassino. Assassino.

Meus olhos queimam. A fumaça é espessa; posso senti-la em minhas faces. Em algum lugar, o tambor continua soando, mais alto, mais alto, mas não sei mais se está vindo da esquerda, ou da direita, ou de trás. Fiquei de pé sem perceber.

— Eu vou buscar você — grito, sobre o som do tambor. — E vou atrás dele. Me fale como. Me fale como chegar aí!

Ela se encolhe. Há fumaça, e vento, e gritos, e é impossível saber de que lado tudo isso está vindo. Eu baixo a voz.

— Anna. O que você quer que eu faça?

Por um segundo, acho que ela não vai me responder. Ela respira fundo, trêmula, e, a cada expiração, engole as próprias palavras. Mas, de repente, ela olha para mim, direto para mim, para os meus olhos, e eu não ligo para o que ela me disse antes. Ela me vê. Eu sei que ela me vê.

— Cassio — ela sussurra. — *Me tire daqui.*

11

A primeira coisa de que tomo consciência é Carmel batendo no meu rosto. Então, a dor real começa. Minha cabeça parece estar quebrada em três ou quatro pedaços, de tanto que dói. Há sangue em toda a minha boca, toda a minha língua. O gosto na boca é de moedas velhas, e o entorpecimento trêmulo em meu corpo me diz que acabei de ser lançado no ar e cair de volta com força. Meu mundo é dor e uma fraca luz amarela. Há vozes conhecidas. Carmel e Thomas.

— O que aconteceu? — pergunto. — Onde está a Anna? — Algumas piscadas limpam a névoa de meus olhos. A luz do lampião de acampamento brilha amarela. Carmel está ajoelhada ao meu lado com manchas de sujeira no rosto e sangue escorrendo do nariz. Thomas está do lado dela. Ele parece atordoado e abatido, totalmente encharcado de suor, mas não há sangue nele.

— Eu não sabia mais o que fazer — diz Carmel. — Você ia tentar passar. Você não me respondia. Acho que não estava nem me escutando.

— Eu não estava — digo, e me apoio sobre os cotovelos, com cuidado para não balançar muito a cabeça. — O feitiço foi forte. A fumaça e o tambor... Thomas, você está bem? — Ele confirma com a cabeça e faz uma saudação sem energia. — Eu tentei passar? Foi isso que causou a explosão?

— Não — Carmel responde. — Eu peguei o athame e queimei seu sangue dele, como o Thomas mandou. Não sabia que seria assim.

Não sabia que ele ia explodir como uma porra de um bloco de dinamite. Quase não consegui segurar.

— Eu também não sabia — Thomas murmura. — Nunca devia ter pedido para você fazer isso. — Ele pressiona a mão no rosto dela e ela o deixa ficar por um momento antes de se afastar.

— Eu achei que você ia tentar passar — ela repete. Algo é colocado na palma da minha mão: o athame. Thomas e Carmel me seguram cada um por um braço para me ajudar a levantar. — Eu não sabia o que mais podia fazer.

— Você fez certo — Thomas lhe diz. — Se ele tivesse tentado, provavelmente ia dar tudo errado. Era só uma janela. Não uma porta. Ou um portal.

Olho em volta para o terreno que antes era a casa vitoriana de Anna. O solo que estava dentro do círculo é mais escuro que o resto e há padrões circulares produzidos pelo vento na terra, como dunas no deserto. O lugar em que aterrissei fica a uns três metros de onde estava sentado.

— Existe uma porta? — pergunto alto. — Existe um portal?

Thomas olha para mim assustado. Ele estava andando pelos restos do círculo com pernas trêmulas, recolhendo seus objetos espalhados: o tambor, a baqueta, o athame ornamental.

— Do que você está falando? — os dois dizem.

Meu cérebro parece ovo mexido e minhas costas devem estar cheias de hematomas, mas eu me lembro de tudo que aconteceu. Lembro do que Anna disse e de como ela estava.

— Estou falando de um portal — repito. — Grande o bastante para ser atravessado. Estou falando de abrir um portal e trazê-la de volta.

Escuto por alguns minutos enquanto eles falam os dois ao mesmo tempo, tentando me convencer de que é impossível. Eles dizem coisas como: "O ritual não era para isso". Falam que eu vou me matar. Talvez estejam certos. Acho que provavelmente estão. Mas não importa.

— Escutem — digo com calma, limpando a terra do meu jeans e guardando o athame de volta na bainha. — A Anna não pode ficar lá.

— Cas — Carmel começa —, não tem jeito. Isso é loucura.

— Você a viu, não viu? — pergunto, e eles trocam um olhar culpado.

— Cas, você sabia que poderia ser assim. Ela... — Carmel engole. — Ela matou muita gente.

Eu me viro furioso para ela e Thomas dá um meio passo e se põe entre nós.

— Mas ela nos salvou — diz ele, e Carmel murmura: "Eu sei".

— Ele está lá também. O obeahman. O maldito que matou meu pai. E eu não vou deixar ele passar a eternidade se alimentando dela. — Aperto o punho do athame com tanta força que meus dedos estalam. — Vou passar por um portal. E vou enfiar isto bem fundo na garganta dele, até ele sufocar.

Quando digo isso, ambos param e respiram fundo. Olho para eles, abatidos e surrados como um par de sapatos velhos. Eles são corajosos; foram mais corajosos do que acreditei que poderiam ser ou do que eu tinha qualquer direito de esperar.

— Eu compreendo se tiver que fazer sozinho. Mas vou tirar ela de lá. — Quando estou a meio caminho do carro, a discussão começa. Ouço "missão suicida" e "busca de fechamento condenada ao fracasso", ambas na voz de Carmel. Depois disso, já estou longe demais para ouvir o que eles estão dizendo.

É verdade o que dizem sobre respostas que só levam a mais perguntas. Sempre vai haver mais para descobrir, mais para aprender, mais para fazer. Então, agora eu sei que Anna está no Inferno. E agora tenho que encontrar um modo de tirá-la de lá. Sentado à mesa da cozinha, espetando o garfo em um dos omeletes de cogumelos da minha mãe, tenho a sensação de ter sido enfiado dentro de um canhão. Tanta coisa para fazer. Que merda estou fazendo aqui cutucando esta droga de ovo?

— Quer uma torrada?

— Não.

— O que aconteceu? — Minha mãe se senta vestida com o roupão de banho, parecendo cansada. Ontem à noite eu acrescentei mais uns fios brancos ao cabelo dela quando cheguei com a cabeça machucada. Ela ficou acordada enquanto eu dormia, me sacudindo a cada hora e meia, com medo de eu ter uma concussão e morrer. Na noite passada ela não fez perguntas. Imagino que o alívio de me ver vivo tenha sido suficiente. E talvez uma parte dela não queira saber.

— O tambor funcionou — digo, sóbrio. — Eu vi a Anna. Ela está no Inferno.

Seus olhos se acendem e apagam no espaço de uma piscada.

— Inferno? Fogo e enxofre? O sujeito vermelho com o garfão e a cauda pontuda?

— Você está achando engraçado?

— Claro que não — ela responde. — Eu só nunca pensei que realmente existisse. — E, também, ela não sabe o que dizer.

— Para constar, eu não vi nenhuma cauda pontuda. Mas ela está no Inferno. Ou em algum lugar parecido. Acho que não importa se é *o* Inferno ou não.

Minha mãe suspira.

— Imagino que décadas de assassinatos seja bastante coisa para expiar. Não parece justo para mim, mas… não há nada que você possa fazer, querido.

Expiação. A palavra me faz olhar para ela com tanta intensidade que raios de calor podem ter saído de minhas pupilas.

— Até onde eu sei — falo —, foi tudo uma enorme cagada.

— Cas.

— E eu vou tirar ela de lá.

Minha mãe baixa os olhos para o prato.

— Você sabe que isso não é possível. Você sabe que não pode.

— Eu acho que posso. Meus amigos e eu abrimos uma janela entre aqui e o Inferno, e eu estou disposto a apostar que podemos abrir uma porta.

Há um longo e tenso silêncio.

— É impossível, e só tentar provavelmente já vai ser o suficiente para te matar.

Tento lembrar que ela é minha mãe e é função dela falar de impossível comigo, então só balanço a cabeça. Mas ela entende e entra em pânico. De um só fôlego, ameaça me tirar de Thunder Bay e me afastar de Thomas e suas bruxarias. Ela diz até que vai pegar o athame e enviá-lo para Gideon.

— Você não escuta? Quando o Gideon ou eu lhe dizemos alguma coisa, você ouve? — Os lábios dela formam uma linha fina e apertada. — Eu odeio o que aconteceu com a Anna. Não é justo. Talvez seja o pior caso de injustiça que eu conheço. Mas você não vai tentar isso, Cas. Definitivamente não.

— Eu vou — rosno. — E também não é só ela. É aquele maldito que matou o meu pai. Ele está lá também. Então eu vou atrás dele e vou acabar com ele outra vez. Eu vou acabar com ele mil vezes. — Ela começa a chorar, e eu também estou perigosamente perto disso. — Você não viu a Anna, mãe. — Ela tem que entender. Eu não posso ficar sentado nesta mesa tentando comer ovos quando sei que ela está presa lá. Só há uma coisa que eu deveria estar fazendo e nem imagino por onde começar.

Eu a amo, quase digo. O *que você faria se fosse o papai?*, quase digo. Mas estou esgotado. Ela está enxugando lágrimas do rosto e eu sei que está pensando no custo, em quanto isso custou para nós. Eu não posso mais pensar nisso. Eu sinto muito mesmo, mas não posso. Nem mesmo por ela. Não quando tenho trabalho a fazer.

Meu garfo retine quando o largo no prato. Chega de comida. E chega de escola também. Faltam só quatro dias, e agora é praticamente só festa. Fiz meu último exame na quinta-feira e passei com média B+. Eles não vão me expulsar.

Labradores pretos provavelmente não deveriam comer cookies de pasta de amendoim. Talvez não devessem beber leite também. Mas com certeza gostam de ambas as coisas. A cabeça de Stella está acomodada no meu colo e ela ergueu quase todo o corpo para as almofadas cor de vinho do sofá em que estou sentado. Seus olhos de filhote de foca alternam entre meu rosto e meu copo de leite, então eu o inclino e deixo sua grande língua rosa fazer o trabalho. Quando ela termina, lambe um obrigado na palma da minha mão.

— De nada — digo e lhe faço um agrado. Não quero mesmo comer. Vim para a loja logo em seguida ao meu não café da manhã para falar com Morfran. Aparentemente, ele e Thomas passaram a maior parte da noite conversando sobre o ritual, porque ele estava com uma expressão pensativa e preocupada por trás dos óculos, me jogou imediatamente no sofá e me serviu algo para comer. Por que todo mundo fica tentando me alimentar?

— Tome, beba isso — diz Morfran, aparecendo do nada. Ele enfia na minha cara uma caneca com uma mistura de ervas malcheirosa e eu recuo.

— O que é isso?

— Poção de rejuvenescimento de raiz de angélica. Com um pouco de cardo junto. Depois do que aquele obeahman fez com o seu fígado no outono passado, você tem que cuidar bem dele.

Olho para a bebida com ar cético. Ela é quente e tem cheiro de ter sido feita com água parada.

— É seguro?

— Desde que você não esteja grávido — ele zomba. — Eu chamei o Thomas. Ele está a caminho. Foi para a escola de manhã, achando que você estaria lá. O garoto é forte, hein?

Nós damos uma risadinha e dizemos: "Eu não consigo fazer o tempo todo", juntos, na voz de Thomas. Tomo um golinho hesitante da poção. O gosto é pior que o cheiro, amargo e, por alguma razão, quase salgado.

— É horrível.

— O leite era para forrar o estômago e os cookies para tirar o gosto da sua boca. Mas você deu tudo para o cachorro, seu idiota. — Ele dá uma batidinha no dorso de Stella e ela sai preguiçosamente do sofá. — Ouça, garoto — diz Morfran, e eu paro de beber diante de seu tom sério. — O Thomas me contou o que você vai tentar fazer. Eu acho que não preciso lhe dizer que você provavelmente vai acabar morto.

Baixo os olhos para o líquido marrom esverdeado. Um comentário impertinente está na ponta da minha língua, algo no sentido de que as poções dele vão me matar primeiro, mas engulo com força para me manter em silêncio.

— Mas — ele suspira — também não vou lhe dizer que você não tem nenhuma chance. Você tem o material, esse poder que emana em ondas como nunca ouvi falar antes. E elas não estão vindo só daquela mochila. — Ele sacode um dedo para a mochila que está do meu lado no sofá. Depois, senta-se no braço da poltrona em frente e passa a mão pela barba. O que quer que ele precise dizer, não é fácil. — O Thomas vai com você nessa coisa. Eu não ia conseguir impedi-lo mesmo se tentasse.

— Não vou deixar nada acontecer com ele, Morfran.

— Essa é uma promessa que você não pode fazer — diz ele, com a voz dura. — Acha que está lutando só contra as forças do outro lado? Com aquele sujeito nefasto de dreadlocks que quer acabar de digerir você inteiro? Quem dera você tivesse tanta sorte.

Tomo um gole da poção. Ele está falando da tempestade outra vez. Aquilo que ele sente que está vindo para mim, ou me puxando, ou me dando uma rasteira, ou seja lá o que ele quer dizer com aquele seu jeito vago e inútil.

— Mas você não vai pedir que eu pare — falo.

— Eu não sei se tem como parar. Acho que talvez você tenha que passar por isso. Talvez você saia do outro lado. Talvez saia do outro lado parecendo uma bolota de restos de comida regurgitada por uma coruja. — Ele esfrega a barba, percebendo que saiu do foco. — Escute, eu não quero que nada aconteça com você também. Mas, se meu neto ficar ferido, ou pior… — Ele me olha nos olhos. — Você vai ter um inimigo em mim. Está entendendo?

Ao longo desses meses, Morfran se tornou uma espécie de avô para mim também. Virar seu inimigo é a última coisa que desejo.

— Eu entendo.

Ele me segura, sua mão avançando como uma cobra e apertando a minha com força. No quarto de segundo antes que uma descarga de energia faça meu sangue saltar sob a pele, noto seu anel: um pequeno círculo de crânios entalhados. Nunca o vi em sua mão antes, mas sei o que é, e o que significa. Significa que eu não vou ter um inimigo apenas em Morfran, mas no vodu também.

— É bom que entenda mesmo — ele diz, e me solta. Não sei o que foi que correu por dentro de mim, mas fez o suor sair pela minha testa. Até na palma das minhas mãos.

O sininho soa sobre a porta da loja e Stella se apressa para receber Thomas, com as unhas clicando pelo chão. Quando ele entra, a tensão se dissipa e Morfran e eu respiramos fundo. Espero que a telepatia de Thomas não funcione neste momento preciso e que ele não esteja muito observador, ou vai me perguntar por que estou tão pouco à vontade e constrangido.

— A Carmel não veio? — pergunto.

— Ela ficou em casa, com dor de cabeça — ele responde. — Como você está se sentindo?

— Como se tivesse sido lançado a mais de três metros de altura no ar e caído sobre queimaduras de segundo grau. E você?

— Meio tonto, e fraco como um macarrão molhado. E talvez tenha esquecido uma letra do alfabeto. Se eu não tivesse pedido para sair, a sra. Snyder teria me mandado para casa assim mesmo. Ela falou que eu estou pálido. Achou que eu podia estar com mononucleose. — Ele sorri. Eu sorrio de volta e nós nos sentamos em silêncio.

É estranho e cheio de tensão, mas também é bom. É bom ficar um pouco por aqui, e dar um tempo, em vez de passar às pressas por este momento. Porque, o que quer que digamos em seguida, vai nos catapultar para algo perigoso, e acho que nenhum de nós sabe para onde isso pode levar.

— Então, acho que você vai mesmo tentar — diz Thomas. Eu gostaria que ele não parecesse tão hesitante, tão cético. A busca talvez esteja condenada ao fracasso, mas não há razão para considerar que será assim antes mesmo de começar.

— Acho que vou.

Ele dá um sorriso de lado.

— Quer ajuda?

Thomas. Ele é meu melhor amigo e às vezes ainda fala como se fosse apenas alguém que fica andando atrás de mim. Claro que eu quero a ajuda dele. Mais que isso: eu preciso dela.

— Você não tem que fazer isso — digo.

— Mas eu vou fazer — ele responde. — Tem alguma ideia de por onde começar?

Passo a mão pelo cabelo.

— Não. Só sinto essa urgência para entrar em ação, como se tivesse um cronômetro correndo em algum lugar que eu só ouço de longe.

Thomas encolhe os ombros.

— Talvez tenha mesmo. Figurativamente falando. Quanto mais tempo a Anna continuar onde está, talvez fique mais difícil ela passar para outro lugar. Ela pode ficar incorporada ali. Claro que isso é só conjetura.

Conjetura. Com toda a sinceridade, suposições improvisadas sobre piores cenários não são o que eu preciso neste momento.

— Vamos só esperar que não seja um relógio real — digo. — Ela já está lá há muito tempo, Thomas. Um segundo é tempo demais, depois do que ela fez por nós.

Pensamentos sobre o que ela fez a todos os que estão em seu porão — todos os adolescentes que foram parar no lugar errado e os andarilhos presos em sua teia — passam pela expressão de Thomas. Outras pessoas poderiam julgar o destino de Anna como uma punição adequada. Talvez muitas pessoas. Mas não eu. As mãos de Anna estavam atadas pela maldição que foi lançada sobre ela quando a assassinaram. Cada uma de suas vítimas foi uma presa da maldição, não dela. Isso é o que eu digo. Tenho plena consciência de que nenhuma das pessoas que ela dilacerou diria o mesmo.

— Não podemos ser precipitados, Cas — Thomas diz, e eu concordo. Mas também não podemos ficar dormindo no ponto.

12

Morfran escreve um bilhete para a escola pedindo que Thomas seja dispensado dos últimos dias de aula por estar com uma forte mononucleose. Nós passamos cada um de nossos momentos acordados examinando livros — volumes antigos e mofados que foram traduzidos de volumes mais antigos e mais mofados. Eu estava me sentindo agradecido por ter algo para fazer, por sentir que estava avançando. Mas, depois de três dias de sono mínimo e vivendo de sanduíche e pizza congelada, não temos praticamente nada para mostrar de nosso esforço. Cada livro é um beco sem saída, com muitas informações sobre contatos com o outro lado, mas nunca abordando a possibilidade de atravessar, quanto mais de trazer alguém de volta. Falei com todos os contatos que conheço que poderiam ter alguma informação e não consegui absolutamente nada.

Estamos sentados à mesa da cozinha de Thomas e Morfran, cercados de mais livros inúteis, enquanto Morfran acrescenta batatas a um cozido de carne no fogão. Do outro lado da janela, passarinhos voam de árvore em árvore e alguns grandes esquilos estão lutando pelo controle do comedouro para aves. Não vi mais Anna desde a noite em que entrei em contato com ela. Não sei por quê. Digo a mim mesmo que ela está com medo por mim, que se arrepende de ter me pedido para ir buscá-la e está se mantendo distante deliberadamente. É uma boa ilusão. Talvez até seja verdadeira.

— Tem falado com a Carmel? — pergunto a Thomas.

— Tenho. Ela disse que não estamos perdendo muita coisa na escola. Que é quase só festa e círculos de amizade.

Faço um som de desdém. Lembro de ter pensado a mesma coisa. Thomas não parece preocupado, mas eu me pergunto por que Carmel não me ligou. Nós não devíamos tê-la deixado sozinha por tantos dias. É evidente que o ritual deve ter mexido com ela.

— Por que ela não veio? — pergunto.

— Você sabe como ela se sente sobre isto — diz Thomas, sem levantar os olhos do livro que está lendo. Eu bato a caneta na página aberta que está à minha frente. Não há nada útil ali.

— Morfran — digo. — Me fale sobre zumbis. Fale como é que os voduístas e os obeahmen ressuscitam os mortos.

Um relance de movimento chama minha atenção: Thomas está passando a mão estendida na frente da garganta, me fazendo sinal para cortar a conversa.

— O quê? — pergunto. — Eles trazem pessoas de volta à vida, não trazem? Isso é travessia, pelo que ouvi dizer. Tem que haver alguma coisa ali que possamos usar.

Morfran baixa a colher no balcão com um estalo agudo. Ele se vira para mim, irritado.

— Para um matador de fantasmas profissional, você faz um monte de perguntas imbecis.

— O quê?

Thomas me cutuca.

— Morfran fica ofendido quando as pessoas dizem que o vodu pode trazer os mortos de volta. É uma espécie de estereótipo, entende?

— É tudo uma bobajada de Hollywood — Morfran resmunga. — Esses "zumbis" não passam de pobres almas drogadas que foram sedadas, enterradas e desenterradas. E depois ficam vagando por aí porque a droga era um veneno de baiacu que derreteu o seu cérebro.

Eu aperto os olhos.

— Então nunca houve um único zumbi real? Nem um só? A religião é famosa justamente por isso. — Eu não devia ter dito essa última parte. Os olhos de Morfran se arregalam por um momento e ele aperta os lábios.

— Nenhum voduísta real jamais tentou criar um zumbi. Não é possível trazer a vida de volta depois que ela se vai. — Ele vira outra vez para o cozido. Acho que esse é o fim do assunto.

— Não estamos conseguindo nada — murmuro. — Acho que essas pessoas nem sabiam de fato o que era o outro lado. Acho que elas só estão falando de fazer contato com fantasmas que ainda estavam presos aqui, neste plano.

— Por que você não telefona para o Gideon? — Thomas sugere. — Ele é a pessoa que mais sabe sobre o athame, não é? E, de acordo com a Carmel, o athame estava pulsando loucamente na noite do ritual. Foi por isso que ela achou que você fosse tentar atravessar. Ela achou que você pudesse.

— Tentei falar com o Gideon um monte de vezes. Tem alguma coisa acontecendo com ele. Ele não liga de volta.

— Será que ele está bem?

— Eu acho que sim. Eu sinto que ele está. E acho que alguém saberia e transmitiria a notícia se ele não estivesse.

O aposento fica em silêncio. Morfran está até mexendo a comida mais devagar, embora finja que não está escutando. Eles dois gostariam de saber mais sobre a faca. Por dentro, Morfran está se roendo para saber, tenho certeza disso. Mas Gideon já me contou tudo. Ele recitou para mim aquela droga de frase enigmática — *O sangue dos seus ancestrais forjou esse athame. Homens de poder sangraram seu guerreiro para banir os espíritos* —, e o resto se perdeu no tempo. Repito a frase em voz alta agora, distraidamente.

— A tia Riika também falou alguma coisa sobre ele — diz Thomas, baixinho, com o olhar vago, mas voltado na direção geral do athame em minha mochila. De repente, ele sorri. — Caramba, como nós somos idiotas. A faca é a porta? Ela se move para um lado e para o outro? É como a Riika disse. Ela nunca se fechou de fato. — A voz dele fica mais intensa, os olhos se abrem muito atrás dos óculos. — É por isso que o ritual do tambor não foi só vento e vozes como deveria ser! É por isso que conseguimos abrir a janela para o Inferno da Anna. Provavelmente é por isso que a Anna consegue se comunicar com você de lá. É aquele corte que ela levou do athame e que não a mandou embora. Ela pôs o pé na porta, por assim dizer.

— Espere aí — digo. O athame é uma lâmina de aço e um punho de madeira escura encerada. Não é algo que se possa abrir e passar por ele. A menos que... Minha cabeça está começando a doer. Não sou bom nessa coisa metafísica. Uma faca é uma faca, não é também uma porta. — Você está dizendo que eu posso usar a faca para abrir um portal?

— Estou dizendo que a faca *é* o portal.

Ele está me deixando confuso.

— Do que você está falando? Eu não posso passar pela faca. Nós não podemos puxar a Anna de volta pela faca.

— Cas, você está pensando em estados sólidos — Thomas explica, e sorri para Morfran, que, devo dizer, parece muito impressionado com o neto. — Lembre-se do que a Riika falou. Não sei por que não entendi antes. Não pense na faca. Pense na forma por trás da faca, no que o athame é, no seu núcleo. Ele não é uma faca, na verdade. É uma porta disfarçada de faca.

— Você está me deixando assustado.

— Nós só precisamos encontrar as pessoas que podem nos dizer como realmente usá-lo — Thomas explica, sem nem olhar para mim agora, mas para Morfran. — Temos que descobrir como abri-lo completamente.

Minha mochila está pesada, agora que estou carregando um portal inteiro dentro dela. O entusiasmo de Thomas é tanto que ele poderia flutuar, mas não consigo entender o que ele quer fazer. Ele quer abrir a faca. Está dizendo que do outro lado do athame está o Inferno de Anna? Não. A faca é a faca. Ela se encaixa na minha mão. No outro lado da faca tem... o outro lado da faca. Mas esse palpite é tudo que temos para seguir, e, cada vez que pergunto a ele sobre a viabilidade, ele sorri para mim como se fosse Yoda e eu apenas um idiota qualquer sem a Força.

— Nós vamos precisar do Gideon, isso é certeza. Precisamos saber mais sobre a procedência da faca e como ela foi usada no passado.

— Claro — digo. Thomas está dirigindo um pouco depressa demais e prestando um pouco de atenção de menos. Quando ele freia no sinal da parada antes do colégio, é repentino e me joga para a frente, quase para cima do painel.

— A Carmel ainda não está atendendo — ele murmura. — Espero que a gente não tenha que entrar para encontrá-la.

Duvido. Quando olhamos do alto da rua, parece que quase toda a escola está em volta do prédio e no estacionamento. Claro que eles estariam. É o último dia do ano escolar. Eu nem tinha notado.

Não demora para Thomas localizar Carmel; seu cabelo loiro reluz com um pouco mais de brilho que o de qualquer outra pessoa ali. Ela está no meio de um grupo, rindo, com a mochila no chão, apoiada em sua perna. Quando ela ouve o som inconfundível do motor do Tempo, seu olhar se volta rapidamente em nossa direção e seu rosto fica tenso. Mas o sorriso retorna em seguida, como se nunca tivesse ido embora.

— Talvez seja melhor a gente esperar e ligar para ela mais tarde — digo, sem saber por quê. Apesar de sua posição de rainha da escola, Carmel é nossa amiga em primeiro lugar. Ou, pelo menos, costumava ser.

— Por quê? — Thomas pergunta. — Ela vai querer saber disso. — Não digo nada enquanto ele estaciona na primeira vaga que encontra. Talvez ele esteja certo. Afinal, ela sempre quis saber.

Quando saímos, Carmel está de costas para nós. Ela está em um círculo de pessoas, mas, de alguma maneira, consegue ser percebida como o centro dele. Todos têm o corpo ligeiramente voltado para ela, mesmo quando não é ela que está falando. Tem algo errado aqui e, de repente, sinto vontade de segurar Thomas pelo ombro e fazê-lo dar meia-volta. *Nós não fazemos parte*, é o que meu sangue está gritando, mas não sei por quê. As pessoas em volta de Carmel são pessoas que já vi antes. Pessoas com quem já conversei de passagem, e elas sempre foram amistosas. Natalie e Katie estão ali. E também Sarah Sullivan e Heidi Trico. Os rapazes no grupo são os que restaram do Exército Troiano: Jordan Driscoll, Nate Bergstrom e Derek Pimms. Eles sabem que estamos nos aproximando, mas ninguém olha para nós. E há algo rígido no sorriso deles. Eles parecem triunfantes. Como gatos que engoliram um bando de canários.

— Carmel — Thomas chama e dá uma corridinha nos últimos passos até ela.

— Oi, Thomas. — Ela sorri. Não diz nada para mim, e nenhum dos outros presta muita atenção em mim também. Eles todos têm a expressão predadora fixa em Thomas, que não percebe nada.

— Oi — ele responde e, quando ela não diz mais nada e só fica ali parada olhando em expectativa, ele começa a se atrapalhar. — Hum, você não atendeu o telefone.

— É, eu estava aqui conversando — ela fala, dando de ombros.

— Eu pensei que você estivesse com mononucleose ou algo assim — Derek interrompe, com um sorriso malicioso. — Mas não sei como poderia ter pegado.

Thomas recua alguns centímetros. Eu quero dizer alguma coisa, mas é Carmel quem deveria estar falando. Esses são os amigos dela e, em qualquer dia normal, eles pensariam duas vezes antes de falar algo desagradável para Thomas. Em qualquer dia normal, Carmel lhes daria uma dura só por olharem errado para ele.

— Eu... Hum, podemos conversar um minuto com você? — Thomas está com as mãos enfiadas nos bolsos; ele não poderia parecer mais constrangido nem se começasse a chutar a terra. E Carmel só fica parada ali, indiferente.

— Claro — diz ela, com um meio sorriso. — Eu ligo para você mais tarde.

Thomas não sabe o que fazer. Está na ponta de sua língua perguntar o que aconteceu, qual foi o problema, e eu mal consigo manter a boca fechada e não dizer a ele para ficar quieto, para não lhes dar mais nada. Eles não merecem a satisfação de ver essa expressão no rosto dele.

— Ou talvez amanhã — diz Derek, aproximando-se mais de Carmel. Os olhos dele estão sobre ela de um jeito que faz meu estômago revirar. — Esta noite nós vamos sair, certo? — Ele a toca, passa o braço por sua cintura, e Thomas fica pálido.

— Talvez eu ligue para você amanhã — Carmel diz. Ela não se afasta do toque de Derek, e seu rosto mal se move enquanto o de Thomas desaba.

— Vamos — digo, por fim, e o seguro pelo ombro. No minuto em que o toco, ele se vira e volta para o carro, meio correndo, humilhado e arrasado de maneiras em que não quero nem pensar.

— Isso foi uma grande merda, Carmel — falo, e ela cruza os braços. Por um instante, parece que ela vai chorar. Mas, no fim, ela não faz nada além de olhar para o chão.

Há puro silêncio na viagem da escola para minha casa. Não consigo pensar em uma coisa sequer para dizer e me sinto inútil. Minha falta de experiência com amizade está transparecendo. Thomas parece frágil como uma folha seca. Outra pessoa saberia algo para falar, um caso ou história. Outra pessoa saberia o que fazer além de ficar sentado no banco do passageiro se sentindo constrangido.

Não sei se Thomas e Carmel estavam de fato namorando. Ela pode escapar da acusação de traição por uma tecnicalidade. Mas é apenas isso. Uma tecnicalidade. Porque ela e eu e todo mundo sabemos que Thomas é apaixonado por ela. E, nos últimos seis meses, ela fez um bom trabalho parecendo estar apaixonada por ele também.

— Eu... hum... só preciso ficar um pouco sozinho, está bem, Cas? — ele fala sem olhar para mim. — Não vou jogar meu carro na cachoeira, nada disso — diz ele, e tenta sorrir. — Só preciso ficar sozinho.

— Thomas — digo. Quando ponho a mão em seu ombro, ele levanta o braço e a empurra gentilmente. Eu entendo. — Está bem, cara. — Abro a porta. — Grita por mim se precisar de alguma coisa. — Eu saio.

Deveria haver mais para dizer, algo melhor que eu pudesse fazer. Mas o máximo que consigo é manter os olhos fixos à frente e não olhar para trás.

13

A casa está silenciosa de um jeito triste. Isso é o que eu noto quando entro. Não há nada dentro dela comigo, nada vivo e nada morto, e, de alguma maneira, isso não a faz parecer segura, mas insubstancial. Os sons que ela faz, o sussurro e o clique da porta da frente fechando e os rangidos do assoalho, são ocos e comuns. Ou talvez apenas pareça assim porque eu me sinto como se estivesse suspenso no meio de um acidente de trem. As coisas estão sendo esmagadas à minha volta e não vejo que ação eu poderia tomar. Thomas e Carmel estão desabando. Anna está sendo despedaçada. E eu não posso fazer absolutamente nada.

Não falei mais do que cinco palavras para minha mãe desde que tivemos nossa última discussão sobre eu ir atrás de Anna no Inferno, portanto, quando passo pela janela da cozinha e a vejo no quintal, sentada de pernas cruzadas na frente da desgrenhada cerejeira-silvestre, quase dou um pulo. Ela está com um vestido leve de verão e há algumas velas brancas acesas à sua volta, três que eu possa ver. A fumaça de algo, talvez incenso, sobe acima de sua cabeça e desaparece. Não reconheço esse feitiço, então vou até a porta dos fundos. O trabalho de minha mãe com encantamentos nestes últimos tempos é quase todo comercial. Apenas sob circunstâncias especiais ela se dedica a fazer algo pessoal. Então, sinto muito, mas, se ela estiver tentando me prender à casa, ou me impedir de fazer algum mal a mim mesmo, vou me mudar daqui.

Ela não diz nada quando me aproximo, nem sequer se vira quando minha sombra cai sobre ela. Uma foto de Anna está apoiada na base da árvore. É a do jornal que eu cortei no outono. Eu sempre a tenho comigo.

— Onde você pegou isso? — pergunto.

— Peguei da sua carteira hoje de manhã, antes de você sair com o Thomas — ela responde. Sua voz é triste e serena, ainda sob a influência do encantamento que estava fazendo. Minhas mãos amolecem. Eu estava pronto para arrancar a foto de volta, mas toda a resolução se dissolveu de meus braços.

— O que você está fazendo?

— Rezando — ela diz apenas, e eu me sento ao lado dela na grama. As chamas no alto das velas são pequenas e tão imóveis que poderiam ser sólidas. A fumaça que vi subindo acima da cabeça de minha mãe vem de um pedaço de resina de âmbar depositado sobre uma pedra plana e queimando em um tranquilo azul e verde.

— Vai funcionar? — indago. — Ela vai sentir?

— Não sei — ela responde. — Talvez. Provavelmente não, mas espero que sim. Ela está tão longe. Além do limite.

Não digo nada. Ela está perto o bastante de mim, ligada a mim com força suficiente para encontrar seu caminho de volta.

— Nós temos uma pista — digo. — O athame. Talvez a gente possa usá-lo.

— Usá-lo como? — A voz dela é tensa; ela ainda preferiria não saber.

— Talvez ele possa abrir uma porta. Ou ele é a porta. Talvez a gente possa abrir *ele*. — Sacudo a cabeça. — O Thomas sabe explicar melhor. Bom, na verdade, não muito.

Minha mãe suspira, olhando para a imagem de Anna. Na foto, ela é uma menina de dezesseis anos, com cabelo castanho-escuro, blusa branca e um sorriso que não parece muito verdadeiro.

— Eu sei por que você tem que fazer isso — mamãe diz, por fim. — Mas não posso me convencer a querer que você faça. Você entende?

Faço um gesto afirmativo com a cabeça. Isso é o máximo que vou obter e, de verdade, mais do que deveria pedir. Ela respira fundo e sopra todas as velas de uma vez sem virar a cabeça, o que me faz sorrir. É um velho truque de salão de bruxa que ela fazia todo o tempo quando eu era criança. Então ela apaga a resina de âmbar, pega a foto de Anna e a devolve para mim. Enquanto a guardo de volta na carteira, ela puxa um fino envelope branco que estava sob seu joelho.

— Isso chegou para você pelo correio hoje — diz ela. — É do Gideon.

— Do Gideon? — digo, intrigado, e pego o envelope. Isso é um pouco estranho. Geralmente, quando ele nos manda correspondência, é um pacote enorme de livros e as barras de cereal cobertas de chocolate de que minha mãe gosta. Mas, quando o abro e viro o conteúdo em minha mão, tudo o que cai é uma velha fotografia desbotada.

À minha volta, escuto os sons de cera batendo em cera quando minha mãe recolhe as velas. Ela me diz algo, alguma pergunta vaga, enquanto se move em torno da árvore, limpando as cinzas da resina de âmbar na pedra. Eu não ouço o que ela diz. Estou com a atenção fixa na foto em minha mão.

Nela, um homem de túnica e capuz está de pé diante de um altar. Atrás dele, há outras pessoas, vestidas de maneira similar em túnicas vermelhas. É uma foto de Gideon, fazendo um ritual, com meu athame na mão. Mas não é essa a parte que paralisa meu cérebro. É o fato de que as outras pessoas na foto parecem estar segurando meu athame também. Há pelo menos cinco facas idênticas na fotografia.

— O que é isso? — pergunto, e mostro para minha mãe.

— É o Gideon — ela responde, distraidamente, e então para quando vê os athames.

— Eu sei que é o Gideon — digo. — Mas quem são eles? E o que é *isto*? — Aponto para as facas. Réplicas, é o que quero acreditar que elas sejam. Imitações. Mas por quê? E se não forem? Existem outros, por aí, fazendo o mesmo que eu faço? Como é que eu nunca soube? Esses são meus primeiros pensamentos. Meu segundo pensamento é que estou olhando para as pessoas que criaram o athame. Mas não pode ser. De acordo com meu pai, e com Gideon também, o athame pode ser, literalmente, mais velho que o pó da terra.

Minha mãe ainda está olhando para a fotografia.

— Você pode me explicar? — pergunto, mesmo estando claro que ela não pode. — Por que ele mandou isto para mim? Sem nenhuma explicação?

Ela se inclina e pega o envelope rasgado.

— Eu não acho que foi ele — ela fala. — É o endereço do Gideon, mas não é a letra dele.

— Quando foi a última vez que você teve notícias dele? — quero saber, imaginando de novo se aconteceu alguma coisa.

— Ontem. Ele está bem. Não mencionou nada disso. — Ela olha para a casa. — Vou ligar para ele e perguntar.

— Não — digo de repente. — Não faça isso. — Pigarreio, imaginando como explicar o que estou pensando, mas, quando ela suspira, sei que já adivinhou. — Acho melhor eu ir até lá.

Há uma ligeira pausa.

— Você quer simplesmente fazer as malas e ir para Londres? — Ela pisca. Não foi o "não" direto que eu esperava. Na verdade, há mais curiosidade nos olhos de minha mãe do que talvez eu jamais tenha visto. É a fotografia. Ela sente isso também. Quem quer que a tenha mandado, mandou como uma isca, e está funcionando para nós dois.

— Eu vou com você — diz ela. — Vou reservar os voos amanhã de manhã.

— Não, mãe. — Ponho a mão no braço dela e rezo para conseguir fazê-la entender. Ela não pode ir junto. Porque alguém, ou algo, quer que eu vá lá. Toda aquela força mágica de que Morfran vem falando, aquela tempestade que empurra e puxa, finalmente estou sentindo seu cheiro. Esta foto não é só uma foto. É uma grande e gorda migalha marcando a trilha. E, se eu a seguir, ela me levará a Anna. Sinto isso em minhas entranhas. — Escute — digo. — Eu vou até o Gideon. Ele vai me explicar isto e me proteger. Você sabe que vai.

Ela olha para a fotografia com a dúvida evidente no rosto. Não está pronta para deixar que uma imagem mude tudo que sabemos sobre um homem que conhecemos quase a vida toda. Sinceramente, eu também não estou pronto. Gideon vai explicar tudo quando eu chegar lá.

— Quem quer que sejam essas pessoas na foto — diz ela —, você acha que eles sabem sobre o athame? De onde ele veio?

— Acho — respondo. E acho que Gideon também sabe. Acho que ele sempre soube.

— E você acha que eles vão saber abri-lo, como o Thomas disse?

— Acho — digo. E mais que isso. Tudo parece conectado. Minha mãe está olhando para a base da árvore, para a mancha preta de cinzas que ficou de sua oração.

— Eu quero que você faça uma coisa para mim, Cas — ela fala, com a voz distante. — Eu sei que você quer salvá-la. Sei que você acha que tem que fazer isso. Mas, quando o momento chegar, se o preço for alto demais, quero que você se lembre de que é meu filho. Promete?

Tento sorrir.

— O que te faz pensar que vai haver um preço?

— Sempre há um preço. Você promete?

— Prometo.

Ela sacode a cabeça, limpa a grama e a terra do vestido, na verdade limpando a solenidade do momento anterior.

— Leve o Thomas e a Carmel com você — diz ela. — Eu posso ajudar com a passagem deles.

— Isso talvez seja um problema — digo e lhe conto o que aconteceu. Por um momento, parece que ela pode ter uma sugestão, algo que eu deva fazer ou um jeito de unir os dois outra vez, mas ela sacode a cabeça.

— Eu sinto muito, Cas — fala e dá uma batidinha no meu braço, como se tivesse sido eu a pessoa dispensada.

Um dia e meio se passa sem nem uma mensagem de Thomas. Olho o celular a cada cinco minutos como um adolescente apaixonado, imaginando se deveria ligar para ele, ou se é melhor deixá-lo em paz. Talvez ele e Carmel tenham conseguido conversar. Se esse for o caso, não quero interromper. Mas minha cabeça vai explodir se não contar a ele sobre a fotografia logo. E sobre a viagem para Londres. Talvez ele nem queira ir.

Minha mãe e eu estamos na cozinha, nos mantendo ocupados. Ela tirou o dia de folga de ser bruxa e decidiu experimentar um novo cozido. Alguma coisa com seis tipos de feijão e frango que não me anima muito, mas ela parece alegremente distraída e ousada em seu avental com estampa de galo, então vou fazer minha parte e ser ousado o bastante para comê-lo quando sair do forno. Até agora, evitamos falar qualquer coisa relacionada a Anna, ou ao athame, ou ao Inferno, ou a Gideon. É reconfortante que tenhamos outras coisas para conversar.

Quando alguém bate à porta, começo a me levantar da cadeira. Mas não é Thomas. Parada na entrada está Carmel. Ela parece culpada e um pouco perdida, mas suas roupas ainda combinam e seu cabelo continua perfeito. Em contraste, em algum outro lugar de Thunder Bay, Thomas é um lixo total.

— Oi — diz ela. Minha mãe e eu nos entreolhamos. Não somos muito bons para fingir naturalidade; só ficamos meio congelados, eu semilevantado da cadeira e minha mãe semi-inclinada sobre o fogão, com suas luvas de pegar panela.

— Posso falar com você? — Carmel pergunta.

— Você já falou com o Thomas?

Ela desvia os olhos.

— Talvez você devesse falar com ele primeiro — digo.

O jeito como ela está ali parada acaba me fazendo ceder. Nunca vi Carmel Jones parecer tão deslocada antes. Ela está inquieta, tentando decidir se deve ficar ou ir embora, uma das mãos na maçaneta, a outra segurando a alça da mochila com tanta força que ela poderia se romper. Minha mãe faz um sinal com a cabeça para a porta, depois para cima, indicando meu quarto, e me olha com desaprovação. Eu suspiro.

— Você pode ficar para o almoço, Carmel — minha mãe diz.

Carmel sorri, trêmula.

— Obrigada, sra. Lowood. O que está preparando?

— Não sei. Eu inventei.

— A gente já desce, mãe — digo, e passo por Carmel a caminho da escada. As perguntas voam pela minha cabeça enquanto nos dirigimos ao meu quarto. O que ela está fazendo aqui? O que ela quer? Por que não foi acertar as coisas com o Thomas?

— Como foi o grande encontro com o Derek? — pergunto, assim que fecho a porta.

Ela encolhe os ombros.

— Foi normal.

— Não valeu partir o coração do Thomas então, não é? — disparo. Não sei por que eu me sinto tão traído. Parte de mim achava que o encontro com o Derek era só um disfarce e que ela não iria. Isso me irrita, e quero que ela diga logo o que veio fazer aqui, que me pergunte se ainda somos amigos, para eu poder dizer que não e que ela desapareça da minha casa.

— O Derek não é tão ruim assim — ela diz, e mal posso acreditar que ouvi isso. — Mas ele não é a razão... de nada disso.

A meio caminho de lançar meu próximo insulto, eu paro. Ela está olhando para mim com calma, e o pedido de desculpas em seu rosto não é só por Thomas. Carmel não veio aqui para explicar. Ela não veio perguntar se ainda somos amigos. Ela veio aqui para me dizer que não somos.

— Minha mãe estava certa — murmuro. Ela está rompendo comigo.

— O quê?

— Nada. O que está havendo, Carmel?

Ela muda de posição. Havia planejado alguma coisa, algum grande discurso, mas, agora que está aqui, isso não funciona. As palavras "eu nunca" e "é só que" escapam de sua boca e eu me apoio na cômoda. Vai haver alguma hesitação até que ela comece para valer. A seu favor, ela não faz beicinho, nem tenta me conduzir com perguntas para eu facilitar a situação. Carmel é sempre mais forte do que eu imaginava que ela seria, e é por isso que o que está acontecendo não faz sentido. Por fim, ela me encara de frente.

— Não há um jeito de dizer isso que não vá parecer egoísta — diz ela. — É egoísta. Eu assumo.

— Certo.

— Ainda estou feliz por ter conhecido você, e o Thomas. E, tirando todos os assassinatos — ela faz uma careta —, eu não me arrependo de nada que aconteceu.

Permaneço em silêncio, à espera do *mas*. Ele está vindo.

— Mas acho que o fato é que eu não quero mais isso. Fiz planos e metas desde sempre para a minha vida, e eles não combinam bem com morte e com mortos. Eu achei que poderia fazer as duas coisas. Que eu poderia ter as duas coisas. Mas não posso. Então, estou escolhendo o outro caminho. — Seu queixo está levantado, pronto para a briga, à espera de que eu a ataque. O engraçado é que não quero brigar. Carmel não está presa a isso como eu, ou mesmo como Thomas. Ninguém a criou para ser uma bruxa nem fundiu seu sangue com aço sabe-se lá quantas centenas de anos atrás. Ela pode escolher. E, apesar de minha amizade com Thomas, não posso ficar bravo por isso.

— Imagino que o momento não seja muito bom — diz ela. — Com tudo que está acontecendo com a Anna.

— Tudo bem — falo. — E não é egoísta. Quer dizer, é, mas... não tem problema. O que tem problema é você ter jogado o Derek na cara do Thomas daquele jeito.

Ela sacode a cabeça com ar culpado.

— Foi o único jeito em que eu pude pensar para ele desistir de mim.

— Foi crueldade, Carmel. O cara te ama. Você sabe disso, certo? Se você conversasse com ele, ele...

— Largaria tudo? — Ela sorri. — Eu nunca pediria que ele fizesse isso.

— Por que não?

— Porque eu também o amo. — Ela morde o lábio e muda de posição. Seus braços estão cruzados muito apertados sobre o peito.

Qualquer que tenha sido a impressão que ela passou naquele último dia de escola, a decisão que Carmel tomou não foi fácil. Ela ainda está hesitando. Posso ver as ideias girando em sua cabeça. Ela quer perguntar se está cometendo um erro, se vai se arrepender, mas tem medo do que eu diria.

— Você vai cuidar dele, não vai? — ela pergunta.

— Vou estar aqui se ele precisar. Vou ficar de olho nele.

Carmel sorri.

— É melhor olhar bem. Ele sabe ser muito desajeitado às vezes. — Seu rosto se contrai e ela enxuga a face depressa, talvez escondendo uma lágrima. — Vou sentir falta dele, Cas. Você não tem ideia de como eu vou sentir falta dele.

Essa é a minha deixa para me aproximar e dar o abraço mais constrangido que ela já recebeu. Mas ela o recebe e apoia o que parece ser todo o seu peso em meu ombro.

— Nós vamos sentir sua falta também, Carmel — digo.

14

— Thomas, está em casa?

Bato algumas vezes, mas a porta está aberta quando testo a maçaneta. Dou uma espiada dentro da casa e não vejo nada fora do lugar. Morfran e Thomas mantêm tudo bem limpo para uma dupla de homens solteiros. A única reclamação que qualquer pessoa poderia fazer é que eles vivem matando as plantas da casa. Assobio chamando Stella, mas não fico surpreso por ela não vir. O carro de Morfran não está aqui, e ela sempre vai com ele para a loja. Fecho a porta e avanço, atravessando a cozinha. Há uma música abafada vindo de trás da porta fechada do quarto de Thomas. Dou uma batidinha e viro a maçaneta.

— Thomas?

— Oi, Cas.

A cena não é o que eu esperava. Ele está de pé, vestido e em atividade, andando da cômoda atulhada para a cama mais atulhada ainda. Há livros abertos por toda parte e folhas soltas de papel espalhadas. Ele está com seu notebook também, no meio de três cinzeiros cheios. Nojento. Há um cigarro aceso entre seus dedos, e a fumaça o acompanha como uma cauda lânguida e levantada.

— Tentei te ligar — digo, entrando.

— Eu desliguei o telefone — ele responde, e tira uma baforada do cigarro. Suas mãos estão trêmulas, e ele não olha para mim. Só continua virando páginas. É assim que Thomas fica quando está na pior, fumando um cigarro atrás do outro e se afogando em pesquisas. Há quanto tempo será que ele não come? Ou dorme?

— Você devia pegar mais leve com isso. — Faço um gesto indicando o cigarro e Thomas olha como se tivesse esquecido que ele estava lá antes de esmagá-lo em um cinzeiro já cheio. A ação parece sacudi-lo um pouco, e ele para e coça a cabeça como alguém acordando de um sonho.

— Acho que andei fumando muito — diz ele e lambe os lábios. Quando engole, faz uma cara de nojo e empurra o cinzeiro. — Eca. Talvez agora eu finalmente pare.

— Talvez.

— O que está fazendo aqui?

Eu lhe lanço um olhar incrédulo.

— Vim ver como você está — respondo. — Faz quatro dias. Achei que no mínimo eu ia chegar aqui e encontrar você com o cabelo tingido de preto, ouvindo Staind.

Ele sorri.

— Cheguei perto disso alguns dias.

— Quer conversar a respeito?

Seu "não" é tão abrupto que quase dou um passo atrás. Mas então ele encolhe os ombros e sacode a cabeça.

— Desculpe. Eu ia te ligar hoje. Sério. Só estava com o nariz enfiado em papéis, tentando descobrir alguma coisa útil. Não tive muita sorte.

Quase digo que ele não precisava se preocupar com isso em um momento como esse, mas o jeito nervoso como ele coça a cabeça está praticamente me implorando para não tocar no assunto. Uma distração seria legal, esse gesto diz. Uma distração é necessária. Então, tiro do bolso a fotografia de um jovem Gideon vestido com uma túnica.

— Acho que eu tive um pouco — digo. Thomas pega a foto e a examina. — É o Gideon — acrescento, porque ele provavelmente não ia saber. Ele só viu uma ou duas fotos de Gideon depois que ele já estava bem velho.

— As facas — Thomas comenta. — Todas parecem exatamente com a sua.

— Até onde eu sei, uma delas é a minha. Acho que estamos vendo aqui as pessoas que criaram o athame. É o que a minha intuição me diz.

— Você *acha*? Onde arrumou isto?

— Alguém me mandou. Veio do endereço do Gideon.

Thomas examina a fotografia outra vez e nota algo que faz suas sobrancelhas subirem cinco centímetros.

— O que foi? — pergunto, enquanto ele começa a procurar pelo quarto, remexendo pilhas de papéis e de livros.

— Não sei se é alguma coisa. Parece que já vi isso em algum lugar. — Ele folheia uma pilha de fotocópias, que soltam tinta preta em seus dedos. — Aqui! — Puxa um maço de folhas presas com um clipe e vira os papéis até que seus olhos se acendem. — Olhe para estas túnicas — ele diz, mostrando para mim. — O desenho do nó celta nas pontas do cinto e na gola. O mesmo que na fotografia.

Estou olhando para uma cópia de uma cópia, mas ele tem razão. As túnicas são iguais. E não acho que qualquer pessoa pode chegar e comprar uma dessas em uma feira renascentista. Elas são feitas sob encomenda. Usadas apenas por um grupo específico e seleto de pessoas que, aparentemente, se chamam de Ordem da Biodag Dubh.

— Onde você achou isto? — pergunto.

— Um dos velhos amigos do meu avô tem uma biblioteca de ocultismo fantástica. Ele está copiando tudo que encontra e mandando por fax para mim. Isto aqui foi tirado de uma velha edição do *Fortean Times*. — Ele pega as páginas da minha mão e começa a ler, pronunciando o gaélico foneticamente, o que, com muita probabilidade, está extremamente errado. — A Ordem da Biodag Dubh. A Ordem da Adaga Negra. Supostamente, era um grupo que controlava algo que eles chamavam de "a arma escondida". — Ele faz uma pausa e aperta os olhos para minha mochila, onde o athame está. — Não se sabe exatamente o que era essa arma, mas acredita-se que a própria Ordem a tenha forjado mais ou menos na época da sua criação, que teria sido entre os séculos III e I a.C. O poder exato da arma também é desconhecido; no entanto, vários documentos fazem alusão ao uso de uma adaga negra para matar monstros de lagos, similares à Nessie dos tempos modernos. — Ele faz uma careta e sacode a cabeça. — Não se sabe se a adaga negra e a arma escondida se referem ao mesmo artefato. — Folheia as páginas restantes, procurando alguma continuação do artigo, mas não há mais nada.

— Isso é a coisa mais vaga que já ouvi.

— É bem ruim. Os artigos costumam ser muito melhores. Deve ter sido um colaborador temporário. — Ele joga as folhas de fax sobre a cama. — Mas você tem que admitir que, tirando a parte do monstro do Loch Ness, há uma sugestão de algo interessante aqui. As referências a uma arma desconhecida, talvez uma adaga escondida, e as duas fotografias parecidas... Quer dizer, esses pelo menos são pontos que precisam ser ligados.

A Ordem da Biodag Dubh. Será isso? Teriam sido eles que criaram o athame? E por que essas coisas sempre têm que se chamar Ordem de Alguma Coisa?

— Quanto você sabe sobre Gideon Palmer? — Thomas pergunta.

— Ele é amigo do meu pai. É como um avô para mim — respondo, e dou de ombros. Não gosto do tom na voz de Thomas. É muito desconfiado, e, depois de ver a foto, eu já estou desconfiado o suficiente. — Olha, não vamos tirar conclusões precipitadas. Esta foto pode ser de qualquer coisa. O Gideon está envolvido com ocultismo desde que era criança.

— Mas esse é o seu athame, não é? — Thomas pergunta, checando a fotografia mais uma vez para ter certeza de que não se enganou.

— Não sei. É difícil dizer — falo, embora não seja nada difícil.

— Não é isso que você pensa de verdade — diz ele, invadindo minha mente. — Você está tentando se convencer de que é isso.

Talvez eu esteja. Talvez o envolvimento de Gideon em toda essa história seja algo que eu preferia não saber.

— Escute — digo. — Não importa. Podemos perguntar a ele pessoalmente. — Thomas olha para mim. — Minha mãe vai comprar dois bilhetes para Londres. Quer ir?

— Enfrentar uma antiga ordem druídica secreta que obviamente quer que você saiba que eles existem? — Thomas zomba. Seu olhar passeia para o maço de cigarros, mas, após um segundo, ele só passa a mão pelo rosto com força. Quando seus olhos ficam visíveis outra vez, parecem cansados, como se a máscara da distração estivesse se desfazendo e ele já não se importasse muito com nada. — Por que não? — ele fala. — A gente pode pegar esses caras.

— Não sei por que você não quer que eu o avise que você está indo — minha mãe diz, enquanto coloca mais um par de meias em minha mala. Já não cabe mais nada, mas ela não para de enfiar coisas. Levo dez minutos para convencê-la a tirar os pacotes de ervas de alecrim, porque o cheiro vai chamar a atenção dos cães de guarda.

— Eu quero que seja surpresa. — É verdade. Quero ter uma vantagem sobre ele, porque, desde que vi aquela foto, sinto que ele tinha uma sobre mim. Confio em Gideon com a minha vida. Sempre confiei, e meu pai também. Ele nunca faria nada para me prejudicar, ou para me pôr em perigo. Eu sei disso. Ou estou só sendo burro?

— Surpresa — minha mãe diz, daquele jeito que mães têm de repetir coisas só para ter a última palavra. Ela está preocupada. Tem uma prega entre as sobrancelhas, e as refeições nestes últimos dias foram estupendas. Ela está me alimentando com todos os meus pratos favoritos, como se fosse minha última chance de comê-los. Suas mãos esmagam minhas meias, e ela suspira antes de fechar a mala e puxar o zíper.

Nosso voo sai em quatro horas. Temos uma conexão em Toronto e devemos pousar em Heathrow às dez horas da noite, no horário de Londres. Thomas está me mandando mensagens nas últimas duas horas e meia, perguntando o que levar na mala, como se eu devesse saber. Não vou para Londres, e não visito Gideon, desde os meus quatro anos. Toda a experiência é uma lembrança vaga e fragmentada.

— Ah — minha mãe diz de repente. — Eu quase esqueci. — Ela abre o zíper da mala outra vez, olha para mim e estende a mão.

— O quê?

Ela sorri.

— Theseus Cassio, você não pode viajar com isso no bolso.

— Certo — concordo e pego o athame. Parece um erro bobo que minha mente estava cometendo de propósito. A ideia de colocar minha faca na bagagem despachada, correndo o risco de perdê-la, me revira o estômago. — Tem certeza de que não pode pôr algum feitiço nele? — pergunto, não totalmente de brincadeira. — Para ele ficar invisível para os detectores de metal?

— Não é possível — ela responde. Eu o entrego e vejo, com os dentes apertados, ela enfiá-lo bem no meio da mala e cobri-lo com roupas. — O Gideon vai manter você em segurança — ela sussurra, e então de novo: — O Gideon vai manter você em segurança — como um encantamento. A dúvida paira em volta dela como insetos lentos, mas seus braços estão rígidos e imóveis ao seu lado. Me ocorre que eu a prendi a este ato tão fortemente quanto se a tivesse amarrado com uma corda, por causa de minha teimosia, de minha recusa em esquecer Anna.

— Mãe — digo e paro.

— O que é, Cas?

Eu vou voltar, é o que eu ia dizer. Mas isto não é um jogo, e essa não é uma promessa que eu deva fazer.

15

Thomas vai bem no voo para Toronto, mas passa a primeira hora e meia do voo para Londres segurando o saquinho para enjoo perto da boca. Ele não chega a vomitar, mas está definitivamente verde. Alguns ginger ales depois, porém, já se sente melhor e confortável o bastante para tentar ler o livro de capa dura de Joe Hill que trouxe consigo.

— As palavras não ficam paradas — ele murmura depois de um minuto, fecha o livro e olha pela janela (eu o deixei ficar no assento da janela) para a total escuridão.

— Nós devíamos tentar dormir um pouco — digo — para não estar muito cansados quando aterrissarmos.

— Mas vão ser dez horas da noite lá. Não é melhor tentar ficar acordados para dormir quando chegarmos?

— Não. Nós não sabemos quanto tempo vai demorar para termos uma chance de dormir. Descanse enquanto pode.

— Esse é o problema — ele resmunga, e dá um soco no inadequado travesseiro de bordo. Pobre garoto. Deve ter um milhão de coisas na cabeça, a menor das quais é medo de avião. Não consegui ter coragem de perguntar se ele conversou com Carmel, e ele não mencionou nada. E não me perguntou muito sobre o que vamos fazer em Londres, o que é muito pouco característico de Thomas. Pode ser que a viagem seja uma fuga conveniente. Mas ele tem plena consciência do perigo. O longo aperto de mão que trocou com Morfran no aeroporto falou bem alto.

Ele vira de lado o melhor que pode no assento apertado da classe econômica. Thomas é educado ao extremo e não reclinou a poltrona. Seu pescoço vai estar parecendo um pretzel amassado quando ele acordar, se é que ele vai conseguir dormir. Fecho os olhos e faço o que posso para ficar confortável. É quase impossível. Não consigo parar de pensar no athame, enterrado dentro de minha mala na barriga do avião, ou pelo menos é melhor que esteja mesmo. Não consigo parar de pensar em Anna, e no som da voz dela, me pedindo para tirá-la de lá. Estamos viajando a mais de oitocentos quilômetros por hora, mas isso ainda é muito devagar.

Quando aterrissamos em Heathrow, entrei oficialmente em modo zumbi. O sono foi escasso: meia hora aqui, quinze minutos ali, e tudo isso com um mau jeito no pescoço. Thomas não se saiu muito melhor. Nossos olhos estão vermelhos e irritados e o ar no avião estava tão seco que estamos a ponto de esfarelar e cair em um par de pilhas de areia colorida de Thomas e Cas. Tudo é surreal, as cores brilhantes demais e o piso não tão estável sob meus pés. O terminal está tranquilo às dez e meia da noite, e isso pelo menos facilita um pouco as coisas. Não temos que nadar pelo meio de um rio de gente.

Mas nosso cérebro está lento, e, depois de pegar a bagagem (que foi uma tarefa torturante — esperar ao lado da esteira, balançando sobre os calcanhares, paranoico de medo de que o athame não tivesse sido embarcado no voo de conexão em Toronto, ou de que alguém o tivesse pegado antes de mim), nos vemos andando a esmo, sem saber o que fazer em seguida.

— Eu pensei que você já tinha vindo aqui — Thomas diz, mal-humorado.

— É, quando eu tinha quatro anos — respondo, igualmente mal-humorado.

— A gente devia pegar um táxi. Você tem o endereço, não tem?

Olho em volta pelo terminal, lendo as sinalizações. Planejei comprar um cartão de viagem e pegar o metrô. Agora, tudo isso parece complicado. Mas não vou começar a viagem entregando os pontos, então arrasto minha mala pelo terminal seguindo as setas para os trens.

—Não foi tão difícil, foi? — pergunto para Thomas meia hora depois, quando nos sentamos, exaustos, no banco do trem do metrô. Ele levanta a sobrancelha para mim e eu sorrio. Depois de mais uma mudança de linha só ligeiramente confusa, descemos na estação Highbury & Islington e subimos nos arrastando para o nível da rua.

— Vê alguma coisa conhecida? — Thomas indaga, espiando em volta. Os postes de luz iluminam a calçada e as vitrines das lojas. Parece vagamente familiar, mas imagino que toda Londres pareceria vagamente familiar. Respiro fundo. O ar está claro e fresco. Uma segunda respirada traz um cheiro de lixo. Isso parece familiar também, mas provavelmente só porque não é diferente de outras cidades grandes e urbanas.

— Relaxa, cara — digo. — Nós vamos chegar lá. — Deito minha mala na calçada e a abro. No minuto em que o athame é enfiado em meu bolso traseiro, meu sangue flui com mais facilidade. É como um segundo fôlego, mas é melhor eu não fazer hora; Thomas parece cansado o suficiente para me matar, esvaziar meu interior e me usar de rede. Felizmente, eu tinha procurado no Google Maps o trajeto desta estação para o endereço de Gideon e não é mais que um quilômetro e meio daqui até sua casa.

— Vamos — digo, e ele geme. Caminhamos depressa, com as malas pulando sobre o piso desigual, passando por restaurantes indianos com letreiros de neon e pubs com porta de madeira. Quatro quarteirões adiante, viro à direita, supondo que seja a direção certa. As ruas não são bem indicadas, ou talvez sejam e eu só não consiga enxergar no escuro. Nas ruas laterais, a iluminação é mais fraca e a área em que estamos não se parece nada com a vizinhança de Gideon. Há um alambrado de um lado e um muro alto de tijolos do outro. Latas de cerveja e lixo entulham a sarjeta e tudo parece úmido. Mas talvez esse seja o jeito como sempre foi e eu era novo demais para lembrar. Ou talvez isso seja como as coisas se tornaram desde então.

— Certo, pare — Thomas ofega. Ele estaca e se apoia na mala.

— O que foi?

— Você está perdido.

— Eu não estou perdido.

— Nem vem, Cas. — Ele bate o dedo indicador na têmpora. — Você está andando em círculos aqui dentro.

Sua expressão presunçosa me tira do sério e eu penso muito alto: *Essa merda de leitura de mente é irritante pra caralho*, e ele sorri.

— Seja como for, continuamos perdidos.

— Eu estou um pouco desorientado, só isso — digo. Mas ele está certo. Vamos ter que encontrar um telefone, ou pedir informações em um pub. O último pub por que passamos era convidativo; as portas estavam abertas e a luz amarela banhou nosso rosto. Do lado de dentro, as pessoas estavam rindo. Olho de volta para o caminho de onde viemos e vejo uma das sombras se mover por conta própria.

— O que foi? — Thomas pergunta.

— Nada — respondo, piscando. — Só olhos cansados. — Mas meus pés não querem me levar naquela direção. — Vamos continuar.

— Está bem — Thomas diz, e dá uma olhada para trás.

Caminhamos em silêncio e meus ouvidos estão sintonizados atrás de nós, eliminando o rangido das rodinhas de nossas malas. Não há nada lá. É a exaustão pregando truques na minha visão, e os meus nervos. Só que eu não acredito nisso. O som de meus passos parece pesado e um pouco excessivo, como se algo estivesse usando o barulho deles para se ocultar. Thomas acelerou o ritmo para andar ao meu lado e não atrás. Seu radar também foi ativado, mas talvez ele só esteja sendo influenciado por mim. Não poderíamos estar em lugar pior do que esta rua secundária sombria e deserta, cercada de vielas entre prédios e espaços escuros entre carros estacionados. Gostaria que não tivéssemos parado de falar, que algo rompesse o silêncio sinistro que amplifica cada ruído. O silêncio está nos fazendo imaginar coisas. Não há nada nos seguindo. Não há nada lá atrás.

Thomas está andando mais depressa. A pulsação do pânico está vencendo, e, dada a opção de lutar ou fugir, eu sei para qual ele está tendendo. Mas fugir como? Não sabemos para onde estamos indo. Até onde poderíamos chegar? E quanto disso é produto de falta de sono e de uma imaginação hiperativa?

Dez passos à frente, a calçada desaparece em uma sombra comprida. Estaremos no escuro por pelo menos vinte metros. Eu paro e olho para trás, examinando os espaços sob os carros estacionados e atento a qualquer movimento. Não há nada.

— Você não está enganado — Thomas sussurra. — Tem alguma coisa aí atrás. Acho que está nos seguindo desde que saímos da estação.

— Pode ser só um ladrão — murmuro. Todo o meu corpo fica tenso como uma mola ao som de movimento à frente, na sombra. Thomas chega perto de mim; ele ouviu também. De alguma maneira, a coisa passou para a nossa frente. Ou talvez haja mais de um. Puxo o athame do bolso traseiro e de dentro da bainha e deixo a luz da rua brilhar na lâmina. É meio tolo, mas talvez os assuste. Exausto como estou, não tenho energia para lidar nem com um gato de beco, quanto mais com qualquer outra coisa.

— O que vamos fazer? — Thomas pergunta. Por que ele está perguntando para mim? Tudo que sei é que não podermos ficar parados embaixo do poste de luz até o nascer do sol. Não temos escolha a não ser ir em frente, para a sombra.

Quando sou empurrado sobre um joelho, primeiro penso que foi Thomas, até que ele grita "Cuidado!" uns três segundos tarde demais. Meus dedos deslizam no concreto e eu me levanto depressa. Olhos cansados piscam no escuro enquanto guardo o athame de volta no bolso. O que quer que tenha me atacado, não estava morto, e a faca não pode ser usada nos vivos. Um objeto redondo voa em minha direção; eu abaixo e ele colide com o prédio atrás de mim.

— O que é isso? — Thomas pergunta, e é jogado para trás, ou pelo menos eu acho que é. A rua é tão escura e o espaço é apertado. Thomas é empurrado para baixo do poste de luz, onde ricocheteia em um carro estacionado e bate de volta nos tijolos da parede, como se estivesse em uma máquina de pinball. Alguém surge diante de minha visão ainda não muito ajustada e enfia o pé solidamente em meu peito. Caio de bunda no chão. Ele ataca de novo e eu levanto o braço para me defender, mas só consigo dar um empurrão com força. É desorientador o jeito como ele se move; em arrancos rápidos e lentos. Isso acaba com meu equilíbrio.

Acabe com isso. É exaustão; não é nenhuma droga. *Tenha foco e se recupere*. Quando ele ataca outra vez, eu me abaixo e bloqueio, depois acerto um golpe em sua cabeça que o joga longe.

— Vá embora! — grito e evito por pouco uma tentativa desajeitada de me derrubar com as pernas. Por um segundo, acho que ele vai apenas desistir e correr. Em vez disso, ele se levanta, estica o corpo e fica parecendo uns trinta centímetros mais alto. Palavras alcançam meus ouvidos, faladas no que imagino que seja gaélico, e o ar em minha volta me pressiona violentamente

É uma maldição. Para fazer o que eu não sei, mas a pressão em meus ouvidos é dez vezes pior que no avião.

— Thomas, o que ele está fazendo? — grito. Foi um erro. Eu não devia ter deixado o ar sair. Meus pulmões estão apertados demais para receber mais ar. O encantamento ocupa o espaço inteiro. Meus olhos estão queimando. Não consigo respirar. Não posso exalar, nem inalar. Tudo está congelado. A calçada está fazendo pressão contra meus joelhos. Eu caí.

Minha mente grita por Thomas, por ajuda, mas já posso ouvi-lo, sussurrando um encantamento para se contrapor ao outro. O do atacante é lírico e recheado de oclusivas; o de Thomas é profundo e cheio de melodia. A voz de Thomas fica gradualmente mais alta, elevando-se acima da outra voz, até que a outra voz hesita e falha. Meus pulmões se abrem. O súbito fluxo de ar em minha garganta e de sangue em meu cérebro me faz estremecer.

Thomas não para, mesmo quando a figura que nos atacou já está dobrada sobre si mesma. Um braço esboça uma defesa frágil, e o som do ar sendo puxado para seus pulmões é áspero e ralo.

— Pare!

Estendo a mão e Thomas interrompe seu canto. Não fui eu quem falou.

— Pare, pare! — a figura grita e acena para nos afastarmos. — Vocês venceram, está bem? Vocês venceram.

— Vencemos o quê? — digo, com raiva. — O que você estava tentando fazer?

A figura recua lentamente pela calçada. Entre as arfadas por ar está o que soa como fragmentos de riso. A figura se arrasta até o poste de luz, com a mão no peito, e joga o capuz para trás.

— É uma menina. — Thomas se espanta, e eu lhe dou uma cotovelada leve. Mas ele está certo. É uma garota, de pé à nossa frente com um boné xadrez e um jeito inocente. Ela está até sorrindo.

— Estão na rua errada — diz ela. Seu sotaque é parecido com o de Gideon, porém mais descuidado e menos preciso. — Se estão procurando Gideon Palmer, é melhor me seguirem.

16

A garota se vira e começa a andar. Simplesmente a andar, como se dois minutos antes ela não tivesse nos emboscado na rua e tentado me matar. Ela espera que a sigamos, acha que temos que fazer isso se quisermos chegar até Gideon antes que as pernas cedam sob nós. E nós seguimos, com reservas. Esse comportamento, mais o ataque, provavelmente a qualifica como agressiva, ou petulante, no mínimo. Não é isso que Gideon diria?

— Vocês erraram só por duas ruas — diz ela. — Mas, por aqui, duas ruas podem fazer muita diferença. — Sua mão aponta para a direita e nós viramos juntos. — Para este lado tem casas de verdade.

Olho com atenção para as costas dela. Por baixo do boné xadrez, o cabelo loiro desce em uma trança apertada. Há autoconfiança em seus passos e no modo como ela não está prestando atenção em nós, que estamos bem atrás dela. Lá na calçada, embaixo do poste de luz, ela não pediu desculpas. Não ficou nem um pouco constrangida. Nem por nos atacar e nem mesmo por perder.

— Quem é você? — pergunto.

— O Gideon me mandou pegar vocês na estação. — Não exatamente uma resposta. Metade de uma. Algo que eu poderia dizer.

— Minha mãe avisou que nós estávamos vindo, não é?

Ela encolhe os ombros.

— Talvez. Talvez não. Não teria importado. O Gideon saberia. Ele tem um jeito de saber quase tudo. Você não acha?

— Por que você nos atacou? — indaga Thomas. A pergunta sai entre dentes semicerrados. Ele continua me lançando olhares cortantes. Acha que não deveríamos confiar nela. Eu *não* confio nela. Só a estou seguindo porque estamos perdidos.

Ela ri; o som é melodioso e juvenil, mas não agudo.

— Eu não ia fazer isso. Mas aí você levantou aquela faca, daquele jeito Crocodilo Dundee. Eu não resisti a criar uma pequena confusão. — Ela se vira um pouco e me lança um sorriso travesso. — Eu queria ver do que era feito o matador de fantasmas.

Ridiculamente, parte de mim quer explicar, dizer que estou sob o efeito da mudança de fuso horário e só com uma hora de sono. Mas eu não deveria me importar em impressioná-la. E não me importo. É só aquele sorriso petulante dela que me faz pensar assim.

A rua em que estamos agora parece mais familiar que as outras. Estamos passando por casas com muros de tijolos e portões de ferro baixos, arbustos bem aparados e bons carros estacionados do lado de dentro do portão. Luzes brancas e amarelas espreitam entre cortinas fechadas e nos jardins há canteiros de flores, com as pétalas ainda não fechadas para a noite.

— Chegamos — diz ela, e para tão repentinamente que eu quase me choco com suas costas. A curvatura de sua face me diz que ela fez de propósito. Essa menina está acabando com o que resta dos meus nervos. Mas, quando ela sorri para mim, tenho que forçar os cantos da boca para não retribuir. Ela abre o portão e o segura aberto com um gesto exagerado de boas-vindas. Paro por um segundo, apenas o suficiente para registrar que a casa de Gideon pouco mudou, ou talvez não tenha mudado nada. Então a garota corre na frente até a porta. Ela a abre e entra sem bater.

Nós nos esprememos pelo corredor de Gideon, fazendo tanto barulho que até um búfalo ficaria com vergonha, as malas batendo nas paredes e os sapatos rangendo no chão de madeira. À nossa frente, no fim de uma passagem estreita, está a cozinha. Vejo de relance uma chaleira no fogão, soltando vapor. Ele estava à nossa espera. Ouço sua voz antes de ver seu rosto.

— Finalmente você os encontrou, minha querida? Eu já estava pensando em ligar para Heathrow e perguntar sobre o voo.

— Eles se perderam um pouco — a menina responde. — Mas estão inteiros.

Não graças a você, penso, mas Gideon aparece na entrada do corredor, e a visão dele em carne e osso, pela primeira vez em uns dez anos, me faz esquecer o resto.

— Theseus Cassio Lowood.

— Gideon.

— Você não devia ter vindo.

Eu engulo. Seus anos avançados não tiraram nada da severidade de sua voz, ou da rigidez de sua coluna.

— Como você sabia que eu vinha? — pergunto.

— Do mesmo jeito que sei tudo — ele responde. — Tenho espiões por toda parte. Você não viu os olhos se movendo nos quadros em sua casa?

Não sei se devo ou não sorrir. Foi uma brincadeira, mas ele não falou como se fosse. Não venho aqui há mais de dez anos e estou com a sensação de que vou ser chutado para fora.

— Hum, sou Thomas Sabin — meu amigo se apresenta. Bem pensado. Gideon só consegue ficar ali na cozinha por mais alguns segundos antes que suas boas maneiras inglesas falem mais alto. Ele se aproxima e aperta a mão de Thomas.

— Esse aí é perigoso — a menina diz da cozinha, onde está de pé com os braços cruzados. Agora que a luz é melhor, posso ver que ela tem mais ou menos a nossa idade, ou talvez seja um pouco mais nova. Seus olhos são rápidos e verde-escuros. — Eu achei que ele fosse explodir meu coração. Pensei que você tinha dito que ele não andava com magos negros.

— Eu não sou nenhum mago negro — Thomas protesta. Ele enrubesce, mas pelo menos não fica mexendo os pés.

Gideon finalmente olha para mim outra vez e não posso evitar que meus olhos baixem para o chão. Depois do que parecem horas e de um suspiro cansado, ele me puxa para um abraço. Os anos não tiraram a força de seus braços também. Mas é estranho ser agora alto o suficiente para minha cabeça ficar acima de seu ombro e não pressionada contra seu estômago. É triste, mas não sei bem por quê. Talvez porque tanto tempo tenha se passado.

Quando ele me solta, há um carinho em seus olhos que a expressão dura do queixo não pode mascarar. Mas ele tenta.

— Você está igualzinho — ele diz. — Só esticou um pouco. Desculpe a Jessy. — Ele se vira um pouco e faz um sinal para a garota se aproximar. — Ela tem uma tendência a partir logo para os punhos. — Quando Gideon estende o braço, ela se move com naturalidade para junto dele. — Como eu imagino que ela não tenha tido a gentileza de se apresentar, eu mesmo o faço. Theseus, esta é Jestine Rearden. Minha sobrinha.

Só o que consigo pensar em dizer é:

— Eu nem sabia que você tinha uma sobrinha.

— Nós não éramos próximos. — Jestine encolhe os ombros. — Até recentemente.

Gideon sorri para ela, mas o sorriso é frio. É real mas não é, e passa pela minha cabeça o pensamento de que essa Jestine não é sobrinha de Gideon, afinal, mas sua namorada ou algo assim. Só que isso não é certo. Na verdade, me dá um pouco de vontade de vomitar.

— Você nos dá um minuto, minha querida? Tenho certeza de que Thomas e Theseus precisam descansar.

Jestine concorda com a cabeça e sorri sem mostrar os dentes. Seus olhos se demoram em mim, divertidos e avaliadores. O que ela está olhando? Todo mundo fica um lixo depois de um voo internacional. Quando ela sai sem se despedir, Thomas diz "Boa noite", bem alto atrás dela, e faz uma expressão de desdém. Quem quer que ela seja, já conseguiu entrar com sucesso em sua lista negra.

Depois que Thomas e eu ligamos para Morfran e minha mãe para avisar que chegamos em segurança, Gideon nos conduz ao andar superior, para um quarto de hóspedes onde eu fiquei quando era criança, quando mamãe, papai e eu passamos o verão com ele.

— É só isso? — indago. — Você não vai me perguntar por que estou aqui?

— Eu sei por que você está aqui — Gideon diz, taciturno. — Pode dormir no quarto de hóspedes. E, de manhã, você vai voltar para casa.

— Uma recepção e tanto — Thomas resmunga, depois de termos arrastado nossas malas para o quarto de hóspedes no segundo andar, e eu disfarço um sorriso. Quando está irritado, ele fica igualzinho a Morfran. — Eu nem sabia que ele tinha uma sobrinha.

— Eu também não sabia — respondo.

— Ela é o maior alto astral. — Ele pôs sua mala ao pé da melhor cama. O quarto de hóspedes, estranhamente, parece ter sido arrumado para nós, com duas camas de solteiro e não uma de casal como se esperaria em um quarto de hóspedes. Mas é verdade que Gideon sabia que estávamos vindo. Thomas puxa as cobertas e se senta, tirando os sapatos com os dedos do outro pé.

— O que foi aquilo que ela estava fazendo comigo? — pergunto.

— Alguma maldição. Não sei. A gente não vê isso com muita frequência.

— Teria me matado?

Ele tem vontade de dizer que sim, mas é honesto mesmo quando está bravo.

— Não se ela parasse depois de você desmaiar — ele diz, por fim. — Mas quem sabe se ela teria parado?

Ela teria parado. Algo no jeito como ela pulou em cima de nós, no jeito como nos golpeou; era como se fosse apenas treino, apenas um teste. Estava ali no tom de sua voz e no modo como ela desistiu. Ela achou engraçado ter perdido.

— Vamos ter as respostas de manhã — digo, puxando as cobertas de minha cama.

— Eu não gosto disso. E não me sinto seguro nesta casa. Não vou conseguir dormir. Talvez a gente devesse dormir por turnos.

— Thomas, ninguém vai nos machucar aqui — digo, tirando os sapatos e me deitando. — E tenho certeza de que você levaria a melhor se ela tentasse. A propósito, onde você aprendeu aquele feitiço?

Ele encolhe os ombros.

— O Morfran me ensinou um pouco de magia negra. — Ele aperta a boca em uma linha firme. — Mas não gosto de usar. Me faz sentir mal, e desonesto. — Ele olha para mim com ar acusador. — Só que *ela* não parece ter nenhum problema com isso.

— Vamos falar sobre isso amanhã, Thomas — digo. Ele resmunga mais um pouco, mas, apesar do que disse sobre não se sentir seguro, começa a ressonar trinta segundos depois que as luzes se apagam. Em silêncio, ponho o athame embaixo do travesseiro e tento fazer o mesmo.

Jestine está na cozinha na manhã seguinte quando desço a escada. Está de costas para mim, lavando pratos, e não se vira, mas sente que estou aqui. Ela não está com o boné hoje, e uns sessenta centímetros de cabelo dourado-escuro desce por suas costas. Há mechas avermelhadas, como fitas.

— Quer que eu faça alguma coisa para você comer? — ela pergunta.

— Não, obrigado — digo. Há croissants em uma cesta na mesa. Pego um e parto uma ponta.

— Quer manteiga? — Ela se vira. Vejo um grande hematoma escuro em seu queixo. Eu fiz isso. Lembro de ter feito e de fazê-la se dobrar de dor. Quando aconteceu, eu não sabia quem ela era. Agora, o hematoma olha para mim como uma acusação. Mas por que eu tenho que me sentir mal com isso? Foi ela quem me atacou e recebeu o que merecia.

Ela vai até o armário e pega um pires e uma faca, depois põe uma vasilha de manteiga sobre a mesa antes de ir à geladeira em busca da geleia.

— Sinto muito pelo seu rosto — digo e indico vagamente o hematoma.

Ela sorri.

— Não, você não sente. Não mais do que eu sinto por ter arrancado o ar dos seus pulmões. Eu tinha que testar você. E, sinceramente, não fiquei muito impressionada.

— Eu tinha acabado de chegar de uma viagem longa.

— Desculpas, desculpas. — Ela se encosta no balcão e enfia um dedo no passante da calça jeans. — Eu ouço histórias sobre você desde que tenho idade suficiente para ouvir. Theseus Cassio, o grande caçador de fantasmas. Theseus Cassio, o portador da arma. E, no momento em que vi você, já te joguei sentado na calçada. — Ela sorri. — Mas imagino que, se eu fosse uma morta, a história seria diferente.

— Quem te contou essas histórias? — pergunto.

— A Ordem da Biodag Dubh — diz ela, com os olhos verdes faiscando. — Claro que, de todos os membros atuais, é o Gideon quem tem as melhores histórias.

Ela parte um pedaço de croissant e enfia na boca, levando-o para a bochecha como um esquilo. A Ordem da Biodag Dubh. Até alguns dias atrás, eu nunca tinha ouvido falar nisso. Agora, aqui está outra vez, e pronunciado corretamente. É uma luta evitar que minha voz trema.

— Ordem do quê? — digo, pegando a manteiga. — Bidak Dube?

Ela sorri.

— Está fazendo gozação com meu sotaque?

— Um pouco.

— Ah. Ou está só se fazendo de bobo?

— Um pouco disso também. — Revelar demais seria um erro. Especialmente porque o que eu estaria revelando é que sei aproximadamente zero.

Jestine vira de novo para a pia e mergulha as mãos na água, para terminar os últimos pratos.

— O Gideon saiu para comprar umas coisas para o almoço. Ele queria estar de volta antes que você acordasse. — Ela esvazia a pia e seca as mãos em uma toalha. — Escute, desculpe se eu apavorei seu amigo. Para ser sincera, eu não achava que seria capaz de enganar você. — Ela dá de ombros. — É como o Gideon diz. Eu sempre parto primeiro para os punhos.

Concordo com a cabeça, mas Thomas vai precisar de um pedido de desculpas melhor do que esse.

— Quem ensinou magia para você? — pergunto. — Foi a Ordem?

— Sim. E os meus pais.

— Quem ensinou você a lutar?

Ela levanta o queixo.

— Não precisei de muito ensino. Algumas pessoas simplesmente têm jeito para isso, não concorda?

Há um nó na minha barriga em relação a essa garota, puxando em direções diferentes. Um lado me diz que ela é sobrinha de Gideon e que, só por isso, eu posso confiar nela. O outro lado dá uma olhada para ela e me diz que, sobrinha ou não, Gideon não poderia controlá-la. Ninguém poderia. Ela tem uma determinação indisfarçável.

Thomas está se movimentando no segundo andar. Seus passos rangem e ouvimos o barulho de água quando ele liga o chuveiro. É estranho estar aqui. É quase como uma experiência fora do corpo, ou um sonho acordado. A maioria das coisas é do jeito que eu lembrava, até mesmo a organização da mobília. Mas outras são notavelmente diferentes. A presença de Jestine, por exemplo. Ela se move pela cozinha, limpando e enxugando coisas com um pano de prato. Parece estar em casa; parece da família de Gideon. Não sei por quê, mas essa essência de pertencer a um lugar me faz sentir falta de meu pai de uma maneira que eu não sentia há anos.

A porta se abre e, segundos depois, Gideon entra na cozinha. Jestine pega a sacola de compras e começa a desembalá-la.

— Theseus — diz Gideon, virando-se. — Dormiu bem?

— Muito bem — respondo, o que é uma mentira educada. Apesar da falta de sono no avião e da exaustão total, havia muita inquietude no ar. Fiquei acordado até o fim dos tempos, ouvindo o ressonar suave de Thomas. Quando o sono veio, foi leve e carregado de ameaças.

Gideon me examina. Ele ainda parece tão jovem. Quer dizer, ele parece velho, mas não muito mais velho do que dez anos atrás, então isso significa jovem para mim. Usa uma camisa cinza com as mangas enroladas acima dos cotovelos sobre a calça bege. É uma aparência meio desleixada, uma espécie de Indiana Jones em idade de aposentadoria. Me faz desejar não estar prestes a acusá-lo de ser um mentiroso e traidor membro de uma sociedade secreta.

— Acho que precisamos conversar — diz ele e me chama para fora da cozinha.

Quando chegamos ao escritório, ele fecha a porta e eu respiro fundo. Dizem que o cheiro é a memória mais forte. Eu acredito nisso. O cérebro nunca esquece um cheiro marcante, e o odor dos livros antigos encadernados em couro que povoam este aposento é definitivamente marcante. Olho em volta para as estantes, embutidas na parede e cheias não só de livros de ocultismo, mas também de clássicos: *Alice no País das Maravilhas*, *Um conto de duas cidades* e *Anna Karenina* se destacam nas prateleiras. A velha escadinha rolante está ali, descansando em um canto, só esperando que alguém brinque nela. Ou a use, que seja.

Eu me viro com um grande sorriso no rosto, como se tivesse quatro anos outra vez, mas a sensação desvanece rapidamente quando vejo quanto os óculos de Gideon deslizaram pelo nariz. Esta vai ser uma daquelas conversas em que são ditas coisas que nunca mais irão embora, e eu me surpreendo por descobrir que não quero tê-la ainda. Seria bom reviver coisas aqui, ouvir as velhas histórias de Gideon sobre meu pai e deixá-lo me mostrar a casa. Seria bom.

— Você sabia que eu vinha — digo. — Sabe por que estou aqui?

— Imagino que a maior parte do mundo paranormal saiba por que você está aqui. Sua busca tem sido tão sutil quanto uma debandada de elefantes. — Ele faz uma pausa e ajeita os óculos. — Mas isso não responde a pergunta. Imagino que eu poderia dizer que sei do que você está atrás. Mas não exatamente por que está aqui.

— Estou aqui para pedir sua ajuda.

Ele sorri.

— E que tipo de ajuda você acha que eu poderia lhe dar?

— O tipo de ajuda que faça o Thomas e eu conseguirmos abrir uma porta para o outro lado.

Os olhos de Gideon se voltam rapidamente na direção do corredor.

— Eu já lhe disse, Theseus — ele fala com cuidado. — Isso não é possível. Você precisa deixar a menina ir embora.

— Eu não posso deixar ela ir embora. Aquele corte que a Anna levou depois do primeiro ritual na casa dela a fez ficar ligada ao athame de alguma maneira. Ela está atravessando. Só me diga como tirar ela de lá e tudo volta ao normal. — Ou pelo menos tão normal quanto sempre foi.

— Você por acaso está ouvindo o que eu digo? O que o faz pensar que eu sei como fazer isso?

— Eu não penso que você sabe — falo. Levo a mão ao bolso traseiro e puxo a fotografia dele e do resto da Ordem. Mesmo olhando para ela na minha mão, ainda não parece real. Que ele pudesse estar envolvido com algo assim o tempo todo e nunca ter falado nada. — Penso que eles sabem.

Gideon olha para a foto. Ele não tenta pegá-la. Não tenta fazer nada. Eu esperava algo diferente. Ultraje, ou pelo menos hesitação. Em vez disso, ele respira fundo e tira os óculos para esfregar o nariz com o polegar e o indicador.

— Quem são eles? — pergunto, quando me canso de seu silêncio.

— Eles — Gideon responde, com pesar — são membros da Ordem da Biodag Dubh.

— Os criadores do athame — falo.

Gideon põe os óculos de novo e caminha pesadamente para se sentar atrás da mesa.

— Sim — diz ele. — Os criadores do athame.

Foi o que pensei. Mas ainda não consigo acreditar.

— Por que você não me contou? Todos esses anos?

— Seu pai me proibiu. Ele rompeu com a Ordem antes de você nascer. Quando começou a querer ouvir a consciência. Quando começou a decidir quais fantasmas seriam mortos e quais seriam poupados. — A voz de Gideon torna-se mais intensa por uns instantes. Mas isso logo passa e ele só parece cansado. — A Ordem da Biodag Dubh acredita que o athame é puro propósito. Ele não é um instrumento para ser usado de acordo com a vontade de alguém. Aos olhos deles, você e o seu pai corromperam o athame.

Meu pai o corrompeu? Isso é ridículo. O athame e seu propósito dirigiram toda a minha vida. Custaram ao meu pai a vida dele. Essa maldita coisa pode servir ao meu propósito pelo menos uma vez. Ele deve isso a mim. Ele deve isso a nós.

— Eu posso ver o que você está pensando, Theseus. Não tão bem quanto seu amigo telepata lá em cima, talvez, mas posso ver. Minhas palavras não estão influenciando você. Nada disso está entrando na sua cabeça. A Ordem criou o athame para enviar os mortos. Agora, você quer usá-lo para puxar uma garota morta de volta. Mesmo que houvesse uma maneira, eles prefeririam destruir a faca a deixar que isso acontecesse.

— Eu tenho que fazer isso. Não posso deixar que ela fique sofrendo lá, sem nem tentar. — Engulo em seco e aperto os dentes. — Eu a amo.

— Ela está morta.

— Isso não significa para mim o mesmo que para outras pessoas.

Seu rosto é tomado por uma palidez que me perturba. Ele parece alguém que está diante de um pelotão de fuzilamento.

— Quando esteve aqui da última vez, você era tão pequeno — diz ele. — Só o que estava na sua cabeça era se sua mãe ia ou não deixar você comer duas fatias de bolo de maçã. — Seus olhos viajam para a escadinha rolante no canto. Ele está me imaginando ali, rindo enquanto ele a empurrava ao longo das estantes.

— Gideon. Eu não sou mais criança. Me trate como você teria tratado o meu pai. — Mas essa foi a coisa errada a dizer, e ele aperta os olhos para mim como se eu lhe tivesse dado um tapa na cara.

— Não posso fazer isso agora — ele fala, para si mesmo tanto quanto para mim. Sua mão faz um aceno sem energia, e o modo como seus ombros se curvam quando ele se senta na poltrona faz parte de mim querer deixá-lo descansar. Mas o grito de Anna está para sempre em meus ouvidos.

— Eu não tenho tempo para isso — digo, mas ele fecha os olhos. — Ela está esperando por mim.

— Ela está no Inferno, Theseus. O tempo não tem significado para ela, longo ou curto. A dor e o medo são constantes, e qualquer minuto ou hora que você lhe poupar, você vai ver, vai se mostrar irrelevante.

— Gideon...

— Me deixe descansar — ele diz. — O que eu tenho a dizer não vai fazer diferença. Você não entende? Eu não mandei a fotografia para você. Foi a Ordem. Eles querem você aqui.

17

A porta se fecha suavemente atrás de mim. Estou surpreso, porque minha vontade era batê-la, fazê-la sacudir nas dobradiças. Mas Gideon ainda está no escritório, pensando em silêncio, ou talvez até cochilando, e sua voz em minha cabeça diz que ter um ataque de fúria não vai servir para nada.

— Como foi? — Thomas pergunta, espiando da cozinha.

— Ele está cochilando — respondo. — O que isso lhe diz?

Entro na cozinha e encontro Thomas e Jestine sentados juntos à mesa, dividindo uma romã.

— Ele é velho, Cas — diz ela. — Já era velho na última vez em que você esteve aqui. Cochilar não é nada fora do normal. — Ela pega uma colherada da polpa vermelha e mastiga cuidadosamente para separar as sementes.

À minha direita, Thomas mastiga sua romã e cospe as sementes em uma caneca.

— Nós não atravessamos o oceano para fazer hora e andar na London Eye — ele reclama. A princípio, acho que diz isso por mim, mas não. Ele parece irritado e mal-humorado; o cabelo molhado depois do banho lhe dá um ar de gato quase afogado.

— Ei, não desconte na Jestine. Não é culpa dela — digo. Thomas aperta a boca e Jestine sorri.

— Vocês dois estão precisando de uma distração — ela decide e levanta da mesa. — Vamos. Quando a gente voltar, o Gideon vai ter acordado.

—∞—

Alguém deveria dizer a Jestine que distrações só funcionam quando você não sabe que está sendo distraído. Alguém deveria dizer isso a Thomas também, porque ele parece alheio a tudo que não seja ela; eles estão conversando animadamente sobre projeção astral ou algo assim. Não tenho muita certeza. A conversa já passou por pelo menos seis assuntos desde que descemos do metrô na estação London Bridge e eu não me preocupei em acompanhar. Jestine o ganhou com sua conversa de bruxa. O fato de ela ser uma menina bonita também não atrapalhou. Quem sabe ela o ajude a superar Carmel.

— Cas, vamos. — Ela vira para trás e me puxa pela blusa. — Estamos quase lá.

O "lá" a que ela se refere é a Torre de Londres, a fortaleza em forma de castelo que fica na margem norte do Tâmisa. É um local turístico e histórico, cenário de inúmeras torturas e execuções, de Lady Jane Grey a Guy Fawkes. Olhando para ela enquanto atravessamos a Tower Bridge, eu me pergunto quantos gritos ecoaram nas paredes de pedra. Imagino quanto sangue está na memória daquele chão. Eles costumavam pôr cabeças cortadas em estacas e exibi-las na ponte até que elas caíssem no rio. Dou uma espiada na água marrom. Em algum lugar lá embaixo, velhos ossos ainda podem estar lutando para se soltar do limo.

Jestine compra os ingressos e nós entramos. Ela diz que não precisamos esperar o tour guiado; ela já esteve aqui muitas vezes e lembra todas as partes interessantes. Nós a seguimos enquanto ela nos conduz pelos espaços, contando histórias sobre os corvos negros e gordos que caminham pelo gramado. Thomas ouve, sorri e faz algumas perguntas educadas, mas a história não prende muito sua atenção. Uns dez minutos depois, eu o pego olhando melancólico e com uma expressão abatida para os longos cabelos loiros de Jestine. Eles o fazem lembrar de Carmel, mas não deveriam; os de Jestine têm aquelas mechas vermelhas. Ela não se parece nem um pouco com Carmel. Os olhos de Carmel são amistosos e castanhos. Os de Jestine parecem vidro verde. A beleza de Carmel é clássica, enquanto Jestine é, basicamente, só alguém que chama a atenção.

— Cas, você está ouvindo? — Ela sorri e eu pigarreio. Percebo que estava olhando fixo para ela.

— Não muito.

— Já esteve aqui antes?

— Uma vez. Naquele verão, o Gideon me trouxe aqui com a minha mãe. Não se sinta mal. Foi bem entediante para mim daquela vez também. — No meio de toda essa perda de tempo, minha mente se volta para Anna. Ela sofre em minha imaginação e eu sofro com ela. Imagino o pior, cada dor concebível, para me torturar. É a única penitência que posso me impor, até tirá-la de lá.

Atrás de nós, um dos guias Beefeaters está conduzindo um grupo de visitantes, fazendo comentários espirituosos que produzem risos bem-humorados, contando as mesmas piadas que ele conta uma dúzia de vezes por dia. Jestine me observa em silêncio. Depois de alguns segundos, ela nos leva para a Torre Branca.

— Não dava para ir para algum lugar com menos escadas? — Thomas resmunga depois de percorrer o terceiro andar. Ele está cheio de escudos e estátuas de cavalos e de cavaleiros em cota de malha e armadura. Crianças exclamam aahs e oohs e apontam com os dedos. Os pais fazem o mesmo. Toda a torre vibra com passos e conversas. Está quente da temperatura de junho e de muita gente aglomerada e o zumbido de moscas é audível.

— Está ouvindo o zumbido? — Thomas pergunta.

— Moscas — respondo, e ele me olha de lado.

— É, mas cadê as moscas?

Eu olho em volta. O zumbido é alto o bastante para parecer que estamos dentro de um celeiro, mas não há moscas à vista. E ninguém parece estar reparando. Há um cheiro também, enjoativo e metálico. Eu o conheceria em qualquer lugar. Sangue velho.

— Cas — Thomas diz baixinho. — Olhe para trás.

Quando me viro, estou olhando para uma vitrine de armas usadas. Elas não foram limpas ou polidas e estão cobertas de sangue seco e pedaços de tecido humano. Uma metade de uma longa maça com espinhos tem um pedaço de couro cabeludo com cabelos pendurado. Ela foi usada para rachar a cabeça de alguém. O zumbido de moscas fantasmas faz Thomas golpear o ar ainda que elas não sejam reais. Olho em volta e o resto da exposição é igual. Vitrines e mais vitrines cheias de relíquias de guerra borrifadas e manchadas de vermelho. Sob a armadura de um dos cavaleiros, uma prega de intestino aparece em um cor-de-rosa borrachento. Minha mão desliza para o bolso, para o athame, mas sinto Jestine tocar minhas costas.

— Não vá puxar isso de novo — diz ela.

— O que está acontecendo aqui? — pergunto. — Não estava assim quando entramos.

— É o jeito como elas foram usadas? — Thomas que saber. — Isso realmente aconteceu?

Jestine passa os olhos pela exibição sangrenta e encolhe os ombros.

— Não sei. É bem possível. Mas talvez não. Pode ser só uma manifestação, a raiva impotente de dezenas de coisas mortas fluindo por este lugar como uma corrente. São tantos que eles não têm vozes separadas. Não têm mais ideia de quem são. Eles apenas se manifestam assim.

— Você se lembra disso quando esteve aqui, Cas? — Thomas pergunta. Sacudo a cabeça.

— Eu achei que você teria se sintonizado com isso de imediato — diz Jestine. — Mas talvez eles não tenham mostrado para você. A maioria das pessoas não pode ver, claro, mas, na última vez em que estive aqui, uma menininha entrou e começou a chorar. Ninguém conseguia fazê-la parar. Ela não dizia o que estava acontecendo, mas eu sabia. Ela andou por esta sala com a família, chorando, enquanto eles tentavam fazer ela olhar para o cavaleiro estripado para se alegrar.

Thomas engole em seco.

— Isso é perturbador.

— Quando você viu pela primeira vez? — pergunto.

— Meus pais me trouxeram aqui quando eu tinha oito anos.

— Você chorou?

— Nunca — diz ela e levanta o queixo. — Mas eu já entendia. — Ela inclina a cabeça para a porta. — Querem conhecer a rainha?

A rainha está na capela, sentada na primeira fila, em silêncio, bem para a esquerda. O cabelo castanho-escuro desce pelas costas e sua postura é ereta, sustentada em um corpete. Mesmo ali do fundo, a quase dez metros de distância, não há como ter dúvida de que ela está morta.

Não há nenhum tour na capela no momento, e um jovem casal acabava de tirar uma foto dos vitrais quando entramos. Agora, estamos sozinhos.

— Não sei que rainha ela é — diz Jestine. — A maioria acha que é o fantasma de Ana Bolena, a segunda esposa de Henrique VIII. Mas pode ser Lady Jane Grey. Ela não fala. E não se parece com nenhum dos retratos.

É estranho. Há uma mulher morta à minha frente como dezenas de outras mulheres mortas que já vi. Mas esta é uma rainha, e famosa. Se é possível ficar impressionado com os mortos, acho que isso é o que está acontecendo.

Jestine move-se para o fundo da capela, perto da porta.

— Ela responde? — pergunto. É improvável. Ela não é corpórea; se fosse, seria visível para todos e o casal que tirava fotos aqui não tinha a menor ideia de que estava acompanhado. Mas eu fico pensando se ela vai aparecer em algumas das fotografias reveladas e lhes dar uma boa história para contar aos amigos e vizinhos.

— Para mim, não — Jestine diz em um sussurro, ao mesmo tempo em que a rainha se vira, em uma lenta rotação, para olhar para mim. O movimento é majestoso, ou cuidadoso. Talvez ambos. Ela está equilibrando a cabeça cortada sobre o pescoço. Abaixo do corte, ela não é nada além de sangue. Mas tem mais alguma coisa. Ouço o roçar de seu vestido contra o banco. Ela não é mais apenas vapor.

Nunca vi os retratos que Jestine mencionou, então não posso falar de nenhuma semelhança. Mas a mulher que está olhando para mim não parece muito mais que uma menina. Ela é miúda, de lábios finos e pálida. Somente os olhos são belos, escuros e límpidos. Há nela uma dignidade delicada, e um pouco de surpresa. É como qualquer rainha reagiria se visse de repente à sua frente um garoto de cabelo caindo nos olhos e roupas amarfanhadas.

— Devo fazer uma reverência ou algo assim? — pergunto com o canto da boca.

— Você deve se apressar, isso sim — Jestine diz, espiando pela porta. — O próximo grupo vai estar aqui em dois minutos.

Thomas e eu nos entreolhamos.

— Apressar para fazer o quê? — pergunto.

— Para enviá-la — Jestine sussurra, e levanta uma sobrancelha. — Use o athame.

— Ela matou pessoas? — Thomas indaga. — Ela já machucou alguém?

Eu duvido disso. Duvido que ela tenha sequer assustado pessoas. Não posso imaginar que essa menina, que já foi uma rainha, tenha em algum momento representado uma ameaça para quem quer que seja. Ela é sóbria e está estranhamente em paz. É difícil explicar, mas imagino que ela acharia todo esse conceito rude e impróprio. A ideia de apunhalá-la, ou de "enviá-la", como Jestine aparentemente chama, me faz enrubescer.

— Vamos sair daqui — murmuro, e caminho para a porta. Com o canto do olho, vejo Thomas esboçando uma reverência desajeitada antes de me seguir. Olho para trás mais uma vez. A rainha não está mais olhando para nós. Ela mora em sua igreja sem se preocupar com os vivos, equilibrando a cabeça sobre o pescoço rasgado.

— Teve alguma coisa que eu não percebi? — Jestine pergunta assim que estamos de novo ao ar livre.

Eu os conduzo depressa para a saída. Gideon deve estar acordado agora e para mim já chega deste lugar.

— Ei — diz ela, e segura meu braço. — Eu ofendi você? Fiz alguma coisa errada?

— Não — respondo. Inspiro profundamente e expiro. Ela é atrevida, e meio agressiva. Mas estou tentando me lembrar de que ela já se desculpou por isso, e do seu hábito de ir direto para a briga, sem pensar. — É só que... eu não "envio" fantasmas se eles não forem uma ameaça para os vivos.

A expressão no rosto dela é de genuína surpresa.

— Mas não é esse o seu propósito.

— O quê?

— Você é o instrumento. O portador da arma. É a vontade da arma que é importante. Não a sua. E o athame não faz distinções.

Estamos parados diante dos degraus perto do portão de saída, de frente um para o outro. Ela disse as palavras com convicção. Com crença. Ela foi doutrinada com essa lei, provavelmente desde sempre. O jeito como está olhando para mim, direto nos meus olhos, é um desafio para que eu a contrarie. Ainda que isso não vá fazê-la mudar de ideia.

— Bom, eu sou o portador, como você diz. É o meu sangue na lâmina. Então acho que, agora que está em minha mão, o athame faz, sim, distinções.

— Espere aí — diz Thomas. — Ela é membro da...

— Membro da Ordem de Blá-Blá-Blá. Sim, acho que é.

Jestine levanta o queixo. Ela não fez nada para disfarçar o hematoma em seu rosto. Nenhuma maquiagem, nada. Mas também não o usa como um emblema.

— Claro que sou — ela diz, com um sorriso prepotente. — Quem você acha que lhe mandou a fotografia?

A boca de Thomas se abre ligeiramente.

— Você não teve receio de que seu tio pudesse não gostar disso? — pergunto. Jestine dá de ombros. Acho que ela dá de ombros mais ainda do que eu.

— A Ordem achou que era hora de você saber. Mas não fique muito bravo com o Gideon. Ele não é um membro de verdade há décadas.

Ele deve ter saído com meu pai.

— Se ele não é mais um membro, o que nós vamos fazer? — Thomas pergunta.

— Ah, eu não me preocuparia com isso — Jestine responde. — Nós estávamos esperando vocês.

De pé no escritório, Gideon fica um longo tempo olhando para nós três. Quando seu olhar finalmente se assenta, é em Jestine.

— O que você contou a eles? — pergunta.

— Nada que eles já não soubessem — responde ela.

Sinto Thomas olhar para mim, mas não retorno o olhar. Isso só aumentaria a sensação de vertigem hitchcockiana que está subindo lentamente pela minha garganta desde que saímos da Torre de Londres. É a sensação de que estamos por fora de tudo. Todos sabem mais do que nós, e estar do lado desinformado da situação já começa a me irritar.

Gideon respira fundo.

— Este é o ponto de dar meia-volta, Theseus — diz ele, com os olhos baixos para a mesa. E ele está certo, como sempre. Eu sinto isso. Senti desde que decidi vir para cá. Mas aqui estamos nós. Este é o último momento, o último segundo, em que eu poderia ir embora, e Thomas e eu poderíamos voltar para Thunder Bay e nada mudaria. Continuaríamos como somos e Anna ficaria onde está.

Olho para Jestine. Ela está com os olhos baixos, mas há uma estranha expressão presunçosa em seu rosto. Como se ela soubesse muito bem que já passamos do ponto de dar meia-volta alguns países atrás.

— Só me diga — peço. — O que é, exatamente, a Ordem da... Adaga Negra? — Jestine torce o nariz para a anglicização do nome, mas não estou com disposição para enrolar a língua e assassinar o gaélico.

— Eles são os descendentes das pessoas que criaram o athame — responde Gideon.

— Como eu — digo.

— Não — diz Jestine. — Você é descendente do guerreiro que eles ligaram ao athame.

— Eles são os descendentes dos que conjuraram o poder. Magos. Costumavam ser chamados de druidas e videntes. Agora, não têm mais um nome de fato.

— E você era um deles — digo, mas ele sacode a cabeça.

— Não tradicionalmente. Eles me trouxeram para dentro depois que fiquei amigo de seu pai. Minha família tem ligações com a Ordem, claro. A maioria das famílias antigas tem; quase tudo é diluído e bastardizado ao longo de milhares de anos no tempo. — Ele sacode a cabeça, fica pensativo. Pelo jeito como fala, isso está por toda parte, mas eu levei dezessete anos para descobrir.

Eu me sinto como se tivesse sido vendado e girado e, então, tivessem me descoberto os olhos e me jogado na luz. Nunca percebi que eu era um estranho naquele clube antigo. Achei que eu *fosse* o clube. Eu. Meu sangue. Minha faca. Fim.

— E os athames na foto, Gideon? São só cópias? Ou há outros por aí como o meu?

Gideon estende a mão.

— Posso segurá-lo, Theseus? Só por um momento.

Thomas sacode a cabeça, mas está tudo bem. Eu sempre soube que Gideon tem segredos. Ele deve ter muitos outros além desse. Isso não significa que eu não confie nele.

Levo a mão ao bolso traseiro. Meus dedos deslizam o athame de dentro da bainha e eu o viro gentilmente para colocá-lo, com o punho para a frente, na mão de Gideon. Ele o aceita com solenidade e vira para uma estante de carvalho escuro. Gavetas abrem e fecham. Ele está trabalhando com discrição, mas consigo perceber um brilho de aço. Quando ele se vira de novo para nós, está segurando uma bandeja e, nela, há quatro facas, todas elas idênticas. Réplicas exatas do meu athame.

— Os athames tradicionais da Ordem — diz Gideon. — Não saem a preço de banana, como vocês diriam, mas... não. Não são como o seu. Não há outros como o seu. — Ele move o dedo para Jestine, chamando-a para se aproximar. Quando ela chega perto, há um ar de reverência em seu rosto que quase me faz explodir em uma risada sarcástica. Mas, ao mesmo tempo, eu me sinto um pouco envergonhado. Ela parece tão... respeitosa. Não sei se alguma vez eu olhei para o athame desse jeito.

Gideon põe a bandeja sobre a mesa e rearranja as facas, embaralhando-as como se fosse um jogo dos três copos. Quando Jestine chega na frente da bandeja, ele se afasta e pede que ela selecione qual é a verdadeira.

Embora o athame nunca tenha sido danificado e não tenha nenhuma marca ou cicatriz para diferenciá-lo dos outros, eu o reconheço de imediato. É o terceiro a partir da esquerda. Sinto-o com tanta força que é como se ele estivesse acenando para mim. Jestine não tem ideia, mas seus olhos verdes cintilam diante do desafio. Depois de algumas respiradas fundas, ela estende a mão sobre a bandeja e a passa lentamente de um lado para outro. Meu pulso acelera quando ela hesita sobre a faca errada. Não quero que ela faça a escolha certa. Pode ser mesquinho, mas não quero.

Ela fecha os olhos. Gideon está com a respiração em suspense. Depois de trinta segundos tensos, seus olhos se abrem e ela sorri antes de baixar a mão para a bandeja e pegar minha faca.

— Muito bem — diz Gideon, mas ele não parece satisfeito. Jestine assente com a cabeça e devolve a faca para mim. Eu a guardo na bainha e tento não parecer um menino com um brinquedo quebrado enquanto faço isso.

— Isso tudo é muito divertido — digo —, mas o que tem a ver com a história? Afinal, a Ordem sabe como atravessar para o outro lado ou não?

— Claro que sabe — Jestine responde. Seu rosto está corado depois de sabe-se lá que truque de salão ela usou para identificar minha faca. — Eles já fizeram isso antes. Vão fazer de novo para você, se estiver disposto a pagar o preço.

— Que preço? — Thomas e eu perguntamos juntos, mas eles não dizem nada e ignoram a pergunta como se não tivesse existido

— Vou entrar em contato com eles — diz Gideon e, quando Jestine o encara, ele repete a frase, com mais firmeza. Não olha para mim nenhuma vez, concentrando-se, em vez disso, nas réplicas do athame, limpando-as com um tecido macio como se elas fossem importantes, antes de guardá-las de volta nas gavetas. — Descanse um pouco, Theseus — diz ele, com a forte implicação de que vou precisar disso.

Em cima, no quarto de hóspedes, Thomas e eu nos sentamos em silêncio em nossas respectivas camas. Ele não está gostando dessa história. Eu não o culpo. Mas não vim até aqui para não fazer nada. Ela ainda está à minha espera. Ainda posso ouvir sua voz, e seus gritos.

— O que você acha que a Ordem vai fazer? — ele pergunta.

— Nos ajudar a abrir a porta para o Inferno, se tivermos sorte — respondo. Sorte. Haha. A ironia.

— Ela disse que vai haver um preço. Será que ela sabe mesmo o que está falando? Você tem alguma ideia do que vai ser?

— Não. Mas sempre há um preço; você sabe disso. Não é o que vocês bruxos vivem fazendo? Dar e tomar, equilibrar as coisas, três galinhas por meio quilo de manteiga?

— Eu não estou falando de trocar produtos de fazenda — ele diz, mas posso ouvir que está sorrindo. Talvez amanhã eu deva mandá-lo de volta para casa. Antes que ele se machuque, ou se veja envolvido em algo que, depois desta noite, parece ser um assunto só meu.

— Cas?

— Fala.

— Acho que você não deveria confiar na Jestine.

— Por quê?

— Porque — ele diz devagar —, enquanto ela tentava adivinhar qual era o athame lá embaixo, estava pensando em quanto o queria. Estava pensando que o athame era dela.

Eu pisco. *E daí?*, é minha reação automática. É um desejo inalcançável. Uma fantasia. O athame é meu e sempre será.

— Thomas?

— Sim?

— Você conseguiria identificar o athame naquela bandeja?

— Nunca — diz ele. — Nem em um milhão de anos.

18

Anna e eu estamos sentados a uma mesa redonda de madeira, olhando para um longo gramado verde, intocado pelas lâminas de um cortador de grama. As flores brancas e amarelas de plantas silvestres ondulam em uma brisa que não posso sentir, aglomeradas em canteiros naturais. Estamos em uma varanda, talvez a varanda de sua velha casa vitoriana.

— Adoro o sol — diz ela, e ele é definitivamente belo, um branco brilhante e intenso que incide sobre a grama e a transforma em lâminas prateadas. Mas não há calor. Nenhuma sensação em meu corpo, nenhuma consciência da cadeira ou banco em que devo estar sentado e, se eu virasse a cabeça para olhar além do rosto dela, não haveria nada ali. Atrás de nós, não há uma casa. Há só a impressão de uma casa, em minha mente. É tudo na minha mente.

— Ele é tão raro — diz ela, e finalmente posso vê-la. Minha perspectiva muda e ela está lá, com o rosto na sombra. O cabelo escuro está tranquilo sobre os ombros, exceto por alguns fios rebeldes perto de sua garganta, movendo-se na brisa. Estendo a mão para o outro lado da mesa, certo de que não vou alcançar o suficiente, ou que a maldita mesa vai perder suas dimensões espaciais, mas minha palma roça o ombro dela, e seu cabelo é preto e frio entre meus dedos. O alívio quando a toco é tão forte. Ela está segura. Ilesa. O sol está em suas faces.

— Anna.

— Olhe — ela diz e sorri. Há árvores agora, em volta da clareira. Entre os troncos vejo a forma de um veado. Ele aparece e desaparece,

uma forma escura, e me faz pensar em carvão sendo apagado de um desenho. Então ele se vai e Anna está ao meu lado. Muito perto para estar do outro lado de uma mesa. Toda ela está pressionada contra a lateral de meu corpo.

— Isso é o que vamos ter? — pergunto.

— Isso é o que temos — ela responde.

Olho para a mão dela e espanto um besouro. Ele cai de costas, com as pernas se debatendo. Meus braços a envolvem. Beijo seu ombro, a curva de seu pescoço. Na madeira do chão, o besouro se tornou uma casca vazia e esfarelenta. Seis pernas articuladas estão caídas, desconectadas, ao seu lado. A pele dela contra a minha face é um conforto suave. Quero ficar aqui para sempre.

— Para sempre — Anna sussurra. — Mas o que isso vai tomar?

— O quê?

— O que eles vão tomar — ela repete.

— Eles? — pergunto, e ela se mexe em meus braços. Sua carne é dura e as articulações, moles e pendentes. Quando ela cai no chão com ruído, vejo que era apenas uma marionete de madeira, em um vestido de papel cinzento. O rosto é um bloco inteiro, sem entalhes, exceto por uma palavra, queimada em um negro profundo e intenso.

ORDEM.

Acordo pendurado meio para fora da cama, com a mão de Thomas em meu ombro.

— Tudo bem, cara?

— Pesadelo — murmuro. — Perturbador.

— Perturbador? — Thomas segura a ponta do meu lençol. — Eu nem sabia que dava para suar tanto. Vou pegar um copo de água para você.

Eu me sento e acendo o abajur de cabeceira.

— Não, eu estou bem. — Mas não estou, e, pela cara dele, isso está claro. Sinto como se fosse vomitar, ou gritar, ou fazer as duas coisas ao mesmo tempo.

— Foi com a Anna?

— Atualmente, é sempre com a Anna. — Thomas não diz nada e eu baixo os olhos para o chão. Foi só um sonho. Só um pesadelo, como eu tive a minha vida inteira. Não significa nada. Não pode significar. Anna não sabe de nada sobre a Ordem; ela não sabe nada sobre nada. Tudo que ela vê e sente é dor. Só de pensar nela, trancada ali com a ruína do obeahman, me dá vontade de socar alguma coisa até que não reste nada além de ossos em minha mão. Ela sofreu por décadas sob uma maldição e conseguiu, de alguma forma, continuar ela mesma, mas isso vai acabar com ela. E se ela não souber quem eu sou, ou quem ela é, quando eu conseguir chegar lá? E se ela não for humana?

O que isso vai tomar? É uma troca? Eu faria isso. Eu faria, eu...

— Ei — Thomas diz de repente. — Isso não vai acontecer. Mas nós vamos tirar ela de lá. Eu prometo. — Ele estende o braço e me sacode. — Não pense essa merda. — Ele meio que sorri. — E não pense tão alto. Eu fico com dor de cabeça.

Olho para ele. A metade esquerda de seu cabelo está lisa. A metade direita está toda espetada para cima. Ele parece o Dentes-de-Sabre do filme. Mas está completamente sério quando promete que vamos até o fim. Ele está apavorado, praticamente mijando nas calças de medo. Mas Thomas está sempre com medo. O importante é que esse tipo de medo não é profundo. Não o impede de fazer o que precisa ser feito. Não significa que ele não seja corajoso.

— Você é o único que está realmente me apoiando nisso — digo. — Por quê?

Ele encolhe os ombros.

— Eu não posso falar pelos outros. Mas... ela é a sua Anna. — Ele encolhe os ombros outra vez. — Você gosta dela. Ela é importante. Então... — Ele passa a mão pelo rosto e pelo cabelo arrepiado. — Se fosse... se fosse a Carmel, eu ia querer fazer a mesma coisa. E eu esperaria que você me ajudasse.

— Sinto muito pela Carmel — digo, e ele faz um gesto meio que dispensando o assunto.

— Eu não percebi nada. Mas acho que foi bobeira minha. Eu devia ter percebido que ela não... — Ele para e dá um sorriso triste.

Eu poderia lhe contar que não teve nada a ver com ele. Poderia lhe contar que Carmel o ama. Mas isso não facilitaria as coisas e ele talvez não acreditasse em mim. — Enfim, é por isso que estou ajudando — diz ele e endireita o corpo. — Que foi? Achou que era só por sua causa? Que a sua história me deixava emocionado?

Eu rio. Os resíduos do pesadelo estão se dissolvendo do meu sangue. Mas o rosto de madeira, e as letras queimadas que o atravessavam, vão ficar comigo por um bom tempo.

Acho que a única função de Jestine nesta casa é fazer o café da manhã. O cheiro de ovos amanteigados se espalha por todo o piso térreo, e, quando faço a curva e entro na cozinha, há um verdadeiro bufê sobre a mesa: uma vasilha com aveia, ovos preparados de duas maneiras (mexidos e fritos dos dois lados), linguiça e bacon, uma cesta de frutas, uma pequena pilha de torradas e todo o estoque de geleias de Gideon (que inclui a geleia vegetal que eles chamam de Marmite. Nojenta).

— Você e o Gideon estão administrando uma pousada secreta? — pergunto, e ela sorri de lado.

— Até parece que ele ia permitir tantos estranhos passando pela porta da sua casa. Não, eu só gosto de cozinhar, e gosto de mantê-lo alimentado. Mas não sente ainda — diz ela e aponta uma espátula para o meu peito. — Ele está no escritório se preparando para sair. É melhor você ir lhe desejar boa sorte.

— Por quê? Ele está em perigo?

Os olhos de Jestine não me dão nenhuma pista e nada nela sequer se move. Minha cabeça me diz que não deveria gostar dela. Mas eu gosto, mesmo assim.

— Está bem — digo, depois de um segundo.

O escritório está silencioso, mas, quando abro a porta, ele está ali, atrás de sua mesa, abrindo quietamente uma gaveta e passando os dedos pelo conteúdo dela. Ele só me dá uma olhada rápida que não interrompe o movimento deliberado e focado de suas mãos.

— Você vai partir amanhã — diz Gideon. — Eu estou partindo hoje.

— Partindo para onde?

— Para a Ordem, claro — ele responde, sério. Mas isso eu já sabia. Queria saber qual o lugar. Mas ele provavelmente entendeu.

Gideon abre outra gaveta e tira as réplicas de athames de sua caixa de veludo vermelho. Guarda cada uma delas em uma bainha de couro, depois em um saquinho de seda, que é amarrado e colocado na mala aberta. Eu nem a tinha notado, apoiada na poltrona.

Um alívio estranho está soltando músculos que estavam contraídos há semanas. Há meses. É o alívio de ter uma chance, de ter um vislumbre de pelo menos uma pequena fresta de luz no fim do túnel.

— Jestine fez o café da manhã — digo. — Dá tempo de você comer antes de ir, não dá?

— Não muito. — Suas mãos estão trêmulas quando ele guarda algumas camisas dobradas na mala.

— Bem... — Não sei o que dizer. O tremor dele me deixa nervoso. Mostra sua idade. E o jeito como se apoiou na poltrona enquanto arruma a mala não ajuda; dá a impressão de costas curvadas.

— Eu prometi ao seu pai — ele murmura. — Mas você continuaria pressionando. Você não desiste. Puxou isso dele. Dele e da sua mãe também, na verdade.

Ameaço um sorriso, mas ele não falou isso como um elogio.

— Por que não vamos juntos? — pergunto, e ele me olha de baixo. *Foi você quem começou isso*, diz aquela expressão. Então eu não vou ceder ou demonstrar inquietude. Não vou deixar que ele veja que estou nervoso por não saber bem em que estou entrando.

— Como chegamos lá? É longe? — Assim que saem de minha boca, as perguntas parecem ridículas. Como se eu estivesse esperando entrar no metrô, viajar quatro estações e chegar à porta de uma ordem druídica muito antiga. Mas, de repente, é isso mesmo. Estamos no século XXI. Chegar dessa maneira e encontrar um punhado de velhos em túnicas marrons seria igualmente estranho.

— Jestine vai levar você — Gideon responde. — Ela sabe o caminho.

As perguntas estão vindo em ondas na minha cabeça e fluindo rapidamente para devaneio e conjetura. Estou imaginando como deve ser a Ordem quando eu encontrá-la. Estou imaginando Anna, estendendo o braço para ela, através de um portal rasgado entre dimensões. O rosto de madeira da marionete brilha em flashes no meio disso tudo, as letras pretas gravadas pulando para os meus olhos como o momento construído especialmente para levar para o grito em um filme de terror.

— Theseus.

Levanto os olhos. Gideon está com as costas retas outra vez e a mala está fechada.

— Esta nunca teria sido minha escolha — diz ele. — No momento em que você veio para cá, me deixou de mãos atadas.

— É um teste, não é? — pergunto, e Gideon baixa os olhos. — É muito ruim? O que vai estar à nossa espera enquanto você viaja no vagão privativo de um trem, ou no banco traseiro de um Rolls Royce dando instruções para o motorista?

Ele não demonstra se preocupar muito. Na verdade, está dando corda no relógio de bolso.

— Você não está nem preocupado com a Jestine?

Gideon pega a mala.

— Jestine — ele faz um som de ligeiro desdém, passando por mim. — A Jestine sabe cuidar de si mesma.

— Ela não é sua sobrinha, é? — digo, depressa. Ele faz uma pausa logo antes de abrir a porta. — Então quem ela é? Quem ela é de verdade?

— Você ainda não adivinhou? — ele pergunta. — Ela é a garota que eles treinaram para substituir você.

— Essa linguiça está incrível — Thomas diz, de boca cheia.

— São bangers — Jestine corrige. — Nós chamamos de bangers.

— A troco de que vocês chamam assim? — pergunta Thomas, fazendo cara de desgosto enquanto devora o resto.

— Sei lá. — Ela ri. — A gente só chama.

Eu mal estou ouvindo. Só estou enfiando coisas automaticamente na boca, tentando não ficar encarando Jestine. O jeito como ela sorri, a risada fácil, o modo como conseguiu ganhar Thomas apesar das desconfianças dele, todas essas coisas se justapõem às palavras de Gideon. Quer dizer, ela é… legal. Ela não escondeu informações, não mentiu para nós. Nem sequer agiu como se valesse a pena mentir para nós. E ela parece gostar de Gideon, embora seja óbvio que sua lealdade é à Ordem.

— Estou totalmente cheio — Thomas declara. — Vou tomar um banho. — Ele se afasta da mesa e hesita, com uma expressão de sofrimento. — Mas vou ajudar você a limpar primeiro.

Jestine ri.

— Pode ir — diz ela e bate na mão dele que estava pegando o prato vazio. — O Cas e eu vamos lavar os pratos.

Ao ver que ela está falando sério, ele encolhe os ombros para mim e vai para a escada.

— Ele não parece muito preocupado com nada disso — Jestine comenta, enquanto pega os pratos e os leva para a pia. E ela tem razão. Ele não parece. — Ele é sempre tão… arrojado? Há quanto tempo ele está com você?

Arrojado? Nunca pensei no Thomas como arrojado.

— Um tempo — respondo. — Talvez ele só esteja ficando acostumado.

— Você se acostumou?

Eu suspiro e levanto para guardar as geleias na geladeira.

— Não. Não dá para se acostumar de verdade.

— Como é? Quer dizer, você sempre tem medo? — Ela está de costas para mim enquanto faz a pergunta. Minha substituta está me sondando para obter informações. Como se eu fosse ser seu mentor ou algo assim, treiná-la antes de minhas duas últimas semanas no cargo. Ela olha para mim por cima do ombro, esperando a resposta.

Respiro fundo.

— Não. Não é medo, exatamente. A gente só fica sempre em alerta. Acho que é meio como limpar a cena do crime. Só que interativo.

Jestine ri. Ela prendeu o cabelo para trás para não atrapalhar na pia e ele desce por suas costas em uma longa corda dourada e vermelha. Eu me lembro dela na noite em que chegamos aqui, quando ela pulou sobre nós. Talvez eu tenha que baixar um pouco a bola dessa menina.

— Por que o sorriso? — ela pergunta.

— Nada — digo. — Você já não sabe sobre fantasmas? A Ordem deve ter lhe ensinado.

— Já vi uns tantos. E estou pronta para enfrentar, se eles vierem para cima de mim. — Ela enxagua uma xícara de café e a coloca no escorredor. — Mas não tanto quanto você. — As mãos dela mergulham de novo na água ensaboada e ela dá um gritinho.

— O que foi?

— Cortei o dedo — ela murmura, e o levanta. Há um corte entre a primeira e a segunda articulação e o sangue vermelho-vivo se mistura com a água e escorre pela palma. — O prato da manteiga estava lascado. Mas não é nada; a água faz parecer pior.

Eu sei disso, mas mesmo assim pego um pano de prato, enrolo no dedo dela e pressiono. Sinto sua pulsação através do tecido fino.

— Onde estão os band-aids?

— Não precisa de tudo isso — diz ela. — Deve parar de sangrar em um minuto. Mas é melhor você terminar de lavar a louça. — Ela me dá um largo sorriso. — Não quero que fique ardendo.

— Claro — respondo, e sorrio de volta. Ela baixa a cabeça para lamber e assoprar o corte e eu sinto seu perfume. Ainda estou meio segurando a sua mão.

A campainha da porta toca, estridente e repentina; eu me afasto depressa e quase puxo o pano comigo. Não sei por quê, mas, por um segundo, meu cérebro estava certo de que seria Anna, de que ela ia arrancar a porta das dobradiças com seus punhos cheios de veias pretas e me pegar em flagrante. Mas estamos apenas lavando a louça. Não estou fazendo nada de mais

Jestine vai atender a porta e eu enfio a mão na água ensaboada, procurando com cuidado o prato de manteiga quebrado. Não me interessa quem está tocando. Só o que importa é que não é Anna, e, mesmo se fosse, estou completamente inocente, só esfregando uma frigideira de ovo. Mas a voz de Jestine está se elevando e a voz que responde é feminina. Pelos que eu nunca soube que tinha se eriçam em minha nuca. Estico o pescoço para espiar, bem a tempo de ver Carmel irrompendo pelo corredor.

19

— Você simplesmente pegou ele e arrastou para o outro lado do oceano? — Carmel diz, batendo os pés no chão com indignação. — Onde ele não tem nenhum contato ou apoio? Para enfiá-lo sabe-se lá em quê? — Ela aperta os olhos. — Você me disse que ia cuidar dele.

— Carmel, na verdade eu disse…

— Não me importa o que você disse!

— Como você nos achou aqui? — pergunto, e ela finalmente respira. Ela invadiu a casa como um furacão de botas até os joelhos e fez tudo parar de repente. No andar de cima, ouço o chuveiro desligar abruptamente. Espero que Thomas não escorregue e quebre a cabeça na pressa de chegar aqui embaixo. Espero que ele se lembre de se enrolar em uma toalha.

— O Morfran me contou — responde Carmel. — Sua mãe me contou. — A fúria está suspensa na voz dela, nem subindo nem se amenizando. Seus olhos pousam em minhas mãos, estudando minhas mangas arregaçadas e as bolhas de sabão que pingam no chão. Isso deve compor uma pequena e pitoresca cena doméstica. Nada como a torrente de perigo que ela esperava. Limpo a espuma nas laterais do jeans.

Jestine desliza de trás, com cuidado para não virar as costas para Carmel, alguém que ela não conhece. Há tensão em seus movimentos também, como se ela estivesse pronta para atacar. Quem quer que a tenha ensinado, ensinou bem. Ela se move como eu e é duas vezes mais desconfiada. Olho para ela e sacudo a cabeça. Não quero que Carmel seja recebida do mesmo jeito que nós fomos, com Jestine entoando maldições e arrancando o ar dos pulmões dela.

— Ela falou que conhecia você — explica Jestine. — Acho que estava falando a verdade.

— Claro que eu estava — diz Carmel, fazendo uma inspeção rápida em Jestine enquanto se posta ao meu lado. Ela estende a mão. — Sou Carmel Jones. Sou amiga do Thomas e do Cas. — Quando elas apertam as mãos, meu estômago relaxa. Jestine só está curiosa, e a hostilidade de Carmel está voltada contra mim. É estranho, mas meus instintos me diziam que elas se dariam tão bem quanto uma cobra e um mangusto.

— Posso levar sua mala? — pergunta Jestine, indicando a grande mochila de Carmel, uma peça branca de designer com vistosos fechos de zíper.

— Claro — diz Carmel, e a entrega. — Obrigada.

Olhamos um para o outro, esperando até que Jestine esteja no andar de cima e não possa mais nos ouvir. É difícil manter uma expressão séria. Carmel está com sua melhor cara de brava-indignada, mas dá para perceber que a vontade dela realmente é me abraçar. Em vez disso, ela me empurra com tanta força que eu me desequilibro para trás e me seguro no braço do sofá.

— Por que você não me disse que estavam vindo para cá? — ela pergunta.

— Eu estava meio com a impressão de que você não queria saber.

Seu rosto se enruga.

— Eu não queria saber.

— Então o que você está fazendo aqui?

Nós dois levantamos os olhos. Thomas está parado no meio da escada. Ele desceu tão silencioso. Eu esperava que ele fosse correr para baixo. Meio que esperava que ele rolasse os degraus e aterrissasse aos nossos pés, com xampu no cabelo e nu como veio ao mundo. Observo com atenção a expressão de Carmel quando o vê. É tão feliz quanto pode ser alguém que sabe que não tem o direito de estar tão feliz.

— Podemos conversar? — ela pergunta. A pulsação no pescoço dela acelera quando ele aperta os lábios, mas nós dois conhecemos Thomas. Ele não a mandaria embora desse jeito depois de ela ter atravessado o oceano.

— Lá fora — ele diz, e passa por nós em direção à porta. Carmel o segue e eu estico o pescoço por diferentes janelas, acompanhando seu progresso enquanto eles contornam a lateral da casa.

— Tem algo tenso ali — diz Jestine em meu ouvido, e eu dou um pulo. As pessoas se movem em silêncio com muita facilidade neste lugar. — Ela vai conosco?

— Acho que sim. Espero que sim.

— Então espero que resolvam o problema deles. A última coisa que precisamos é de dramas e sofrimentos e pessoas tomando decisões idiotas. — Ela cruza os braços e volta para a cozinha para terminar de limpar os restos do café da manhã.

Eu devia perguntar a Jestine por quê, o que nós vamos enfrentar, mas Thomas e Carmel desapareceram de vista. A presença de Carmel aqui está fazendo minha cabeça girar. Ela é quase surreal, um pedaço inesperado de Thunder Bay colado no cenário. Depois do que ela disse para mim naquele dia em meu quarto, achei que não fosse aparecer mais. Ela havia feito uma escolha, de ter a vida que eu e Thomas não íamos ter. Eu fiquei feliz por ela. Mas, enquanto sigo Jestine de volta para a cozinha, há uma grande bola de alívio em meu peito, e de alegria também, de que essa coisa de que eu não posso fugir também não é tão fácil de ser abandonada pelos outros.

Checando as janelas, pego um relance deles pela janela mais a oeste que dá para o jardim dos fundos, se eu me inclinar bastante para a esquerda. A cena é bem intensa; toda de contatos visuais diretos e mãos abertas. Mas, droga, eu não sei leitura labial.

— Você parece uma velha — Jestine brinca. — Limpe a marca do seu nariz do vidro e ajude aqui com os pratos. — Ela põe a esponja na minha mão. — Você lava. Eu enxugo.

Trabalhamos em silêncio por um minuto e a expressão de riso cresce em torno dos lábios dela. Ela deve achar que estou tentando ouvir o que eles estão dizendo.

— Nós temos que ir de manhã — Jestine diz. — É uma viagem longa de trem e uma longa caminhada depois. Vai levar uns bons dois dias de viagem.

— Viagem para onde, exatamente?

Ela estende a mão para pegar uma travessa.

— Não há *exatamente*. A Ordem não tem um ponto em um mapa. É em algum lugar nas Highlands escocesas. Na área oeste, ao norte do Loch Etive.

— Você já esteve lá? — Entendo seu silêncio como um sim. — Me conte. O que devemos esperar de lá?

— Não sei. Muitos pinheiros e talvez uns pica-paus.

Agora ela começa a bancar a espertinha? A irritação sobe pelos meus braços, começando na água quente e terminando em minha boca apertada.

— Detesto lavar louça — digo. — E detesto a ideia de ser arrastado pela Escócia por alguém que eu mal conheço. Eles vão me testar. Você poderia pelo menos me dizer como.

A expressão dela é um misto de surpresa e admiração.

— Sem essa. Está muito claro — falo. — Por que outra razão nós não poderíamos simplesmente ir com o Gideon? E aí, o que é? Você não pode me contar?

— Você gostaria disso, não é? — ela diz e joga o pano de prato sobre o balcão. — Você é tão transparente. — Então se inclina para mais perto de mim, me examinando. — O desafio deixa você excitado. Assim como a autoconfiança de saber que você vai passar.

— Pare de enrolar, Jestine.

— Eu não estou enrolando, *Theseus Cassio*. Não posso te contar porque eu não sei. — Ela me dá as costas. — Você não é o único que está sendo testado. Nós somos parecidos, você e eu. Eu sabia que seríamos. Só não sabia quanto.

Thomas e Carmel voltam para dentro depois de uma hora e me encontram esparramado no sofá da sala de estar de Gideon, alternando entre a BBC 1 e a BBC 2. Eles entram meio desajeitados e se sentam,

Carmel ao meu lado e Thomas na poltrona. Parecem constrangidamente, incomodamente reconciliados, como um tipo de emenda que ainda não colou direito. Carmel é quem parece mais abatida, mas pode ser só por causa da viagem longa.

— E aí? — pergunto. — Somos uma grande família feliz outra vez?

Eles me olham com cara azeda. A pergunta não saiu bem como eu queria.

— Acho que estou em liberdade condicional — diz Carmel. Dou uma olhada para Thomas. Ele parece feliz, mas cauteloso. E tem razão. Sua confiança foi abalada. Na minha mente também estão passando muitas frases. Tenho vontade de cruzar os braços e dizer coisas como: "Não volte se não for para ficar!" e "Se você acha que nada mudou, está enganada". Mas ela provavelmente já ouviu tudo isso de Thomas. Não era eu o namorado. Não sei por que me sinto como se devesse ter uma chance de gritar com ela também.

Caramba. Eu me acostumei mesmo com o papel de segurar vela.

— Cas? Aconteceu alguma coisa? — Thomas pergunta, franzindo a testa.

— Nós vamos partir amanhã — digo. — Para encontrar a Ordem da Blá-Blá-Blá.

— Ordem do quê? — Carmel quer saber, e, quando eu não respondo, Thomas explica. Escuto mais ou menos, rio da pronúncia dele e completo informações quando ele pede.

— A viagem vai ser um teste — falo. — E eu não acho que vai ser o último.

O comentário de Jestine sobre gostar da emoção do desafio ainda está borbulhando em meu estômago. Gostar. Por que eu gostaria? Mas eu gosto, é verdade, e exatamente pela razão que ela descreveu. E isso é bem doentio, quando a gente pensa bem.

— Vamos dar uma volta — digo.

Eles se levantam e se entreolham, captando a vibe ruim.

— Só não vamos andar muito, está bem? — Carmel murmura. — Não sei o que deu na minha cabeça quando viajei com estas botas.

Do lado de fora, o sol está brilhando e não há nuvens no céu. Vamos até a sombra das árvores para poder conversar sem apertar os olhos.

— O que está acontecendo? — Thomas pergunta quando paramos.

— O Gideon me contou uma coisa antes de sair. Sobre a Ordem e a Jestine. — Eu mudo de posição. Ainda parece tão impossível. — Ele disse que a estão treinando para ocupar o meu lugar.

— Eu sabia que você não devia confiar nela — Thomas exclama e vira para Carmel. — Eu soube no minuto em que ela jogou a maldição nele na viela.

— Olha, só porque eles a treinaram para a posição não quer dizer que ela vai tentar roubar o lugar de mim. A Jestine não é o problema. Nós podemos confiar nela. — Thomas claramente pensa que eu sou um imbecil. Carmel se abstém de fazer julgamentos. — Eu acho que podemos. E é melhor você torcer para podermos mesmo. Ela vai nos levar para as Highlands escocesas amanhã.

Carmel inclina a cabeça.

— Não precisa forçar esse sotaque quando diz "Highlands escocesas". Você sabe tão bem quanto nós que isso aqui não é brincadeira. Quem são essas pessoas? Em que estamos entrando?

— Não sei. Esse é o problema. Mas não esperem que eles fiquem felizes por me ver. — Isso é dizer pouco. Eu penso toda hora no jeito que Jestine falou do lado de fora da capela na Torre de Londres e no modo reverente como ela olha para o athame. Para essas pessoas, eu cometi sacrilégio.

— Se eles querem que a Jestine fique no seu lugar, o que isso representa para você? — Carmel pergunta.

— Não sei. Espero que o respeito deles pelo athame se estenda pelo menos em parte à linhagem de sangue original do guerreiro. — Dou uma olhada para Thomas. — Mas, quando descobrirem o que eu quero fazer com a Anna, eles vão se opor. Não seria nada mal eu ter a rede de vodu do Morfran como um trunfo.

Ele concorda.

— Vou dizer a ele.

— E, depois que fizer isso, acho bom vocês dois ficarem aqui. Esperem por mim aqui, na casa do Gideon. Ele vai me dar cobertura. Não quero que vocês se metam nisso.

Eles estão pálidos. Quando Carmel desliza a mão para a de Thomas, posso vê-la tremer.

— Cas — ela diz gentilmente e me olha direto nos olhos. — Cale essa boca.

20

A viagem de trem parece não acabar mais. O que não faz sentido. Ela deveria parecer mais curta e mais rápida do que eu gostaria, meus nervos deveriam estar à flor da pele, imaginando que porra eu vou encontrar do outro lado do caminho. Os discursos de advertência de minha mãe, e de Morfran, e de Gideon passeiam de um lado para o outro dentro de minha cabeça. Ouço meu pai também, me dizendo, como sempre fazia, que nunca existe desculpa para não ter medo. Ele dizia que o medo o mantinha atento, que o mantinha se agarrando firmemente à vida. Batimentos cardíacos rápidos, para manter os batimentos cardíacos sempre frescos em sua mente. Esse talvez tenha sido o único conselho dele que eu dispensei. Tive minha cota de medo nos anos depois de seu assassinato. E, além disso, quando penso em sua morte, não gosto de pensar que ele morreu com medo.

Do lado de fora, não há nada além de grandes extensões de verde, margeadas por árvores. O interior do país ainda é pastoril, e, se eu visse uma carruagem atravessando os campos, não estranharia. Há tanto campo que parece continuar para sempre. Não demorou para que a cidade desaparecesse atrás de nós depois que deixamos a estação em King's Cross.

Estou sentado com Jestine, que parou de falar e está visivelmente tensa. Isso é o que ela esperou toda a sua vida, imagino. Minha substituição. A ideia me aperta a garganta. Se for isso que eu precisar fazer, eu farei? Se esse for o preço para salvar Anna, se chegarmos lá e tudo que eles me pedirem para fazer em troca for lhes entregar educadamente o athame do meu pai, eu o farei? Não tenho certeza. Nunca pensei que não teria certeza.

Do outro lado do compartimento, Carmel e Thomas estão sentados lado a lado. Eles estão conversando um pouco, mas essencialmente olhando pela janela. Desde que Carmel chegou, o que fazemos parece um pouco com encenação, tentando trazer de volta a nossa velha dinâmica quando ela, obviamente, foi alterada. Mas vamos continuar tentando, até dar certo.

Meus pensamentos se desviam para Anna, e sua imagem surge tão forte em meus sentidos que quase posso ver seu reflexo na janela. Preciso de todo o meu esforço para piscar e parar de vê-la.

— Por que você não quer pensar nela? — Thomas pergunta, e eu dou um pulo. Ele está sentado atrás de mim agora, inclinado sobre a divisão entre os bancos. Droga de barulho de trem. Carmel está estendida sobre os dois assentos e, ao meu lado, Jestine também dorme, encolhida em volta de sua mochila.

— Ela é a razão de tudo isso — diz ele. — Então por que a culpa?

Aperto os olhos para ele. Thomas entra na minha cabeça nas horas mais impróprias.

— A Carmel vai ter uma vida bem irritante.

— A Carmel já descobriu como me bloquear na maior parte do tempo. — Ele encolhe os ombros. — Você, nem tanto. Então?

— Não sei — suspiro. — Porque, quando eu penso nela, tem um monte de merda que eu estou esquecendo.

— O quê, por exemplo?

Ele sabe que não quero falar sobre isso. Mal consigo organizar as ideias em minha própria cabeça.

— Posso só pensar as merdas aleatórias que passam pela minha mente e depois você interpreta?

— Só se você quiser que eu fique com um sangramento nasal incontrolável. — Ele sorri. — Fale.

Como se fosse a coisa mais simples do mundo. As palavras se acumularam na minha garganta e, se eu abrir a boca, vou vomitar sabe lá por quanto tempo.

— Tá. O obeahman, para começar. Se eu estiver certo, ele está lá também. E todos nós lembramos como ele me detonou da última vez. E agora ele está detonando a Anna também. Em segundo lugar, em que tipo de porra maquiavélica eu estou entrando com essa Ordem? A Jestine disse que haveria um preço, e disso eu não tenho dúvida. E também tem esse teste e nós estamos todos entrando nele às cegas.

— Nós não temos escolha — diz Thomas. — O relógio está correndo. A cautela pode ser um luxo.

Faço um som de desagrado. Se a cautela for um luxo para mim, tudo bem. Eu sei o que estou disposto a pagar. Thomas e Carmel não são parte disso, mas podem acabar sendo arrastados para o meio da confusão.

— Olha — diz ele. — A situação está sinistra. Tenebrosa, se você quiser um pouco mais de drama. — E sorri. — Mas não se sinta culpado por estar ansioso para vê-la outra vez. *Eu* estou ansioso para isso.

Não há dúvida em seus olhos. Ele está absolutamente certo de que o plano irá de A para B e tudo acabará bem, com arco-íris e potes de ouro. É como se tivesse esquecido completamente quantas pessoas acabaram mortas por minha causa no outono passado.

Trocamos de trem em Glasgow e finalmente desembarcamos em Loch Etive, um lago azul longo e largo que reflete o céu com uma imobilidade macabra. Enquanto o atravessávamos no ferry para a margem norte, eu não conseguia deixar de pensar na profundidade sob o barco, na ideia de que o reflexo do céu e das nuvens estava mascarando todo um mundo de escuridão, cavernas e coisas nadantes. Estou contente por estar do outro lado, em terra firme. Há musgos aqui, e umidade no ar, limpando meus pulmões. Mas, ainda agora, sinto o lago sobre meu ombro, imóvel e sinistro como as mandíbulas abertas de uma armadilha. Prefiro o lago Superior, com suas ondas e fúrias. Ele não mantém sua violência em segredo.

Jestine pegou seu telefone. Ela vem checando periodicamente se há mensagens de Gideon, mas não está de fato esperando por uma. "O serviço de celular aqui no norte é instável", disse ela. Agora, ela fecha o telefone e gira o pescoço para cima e para os lados, alongando-

-se depois de dormir quase em forma de Q durante horas no trem. Seu cabelo está solto sobre os ombros. Estamos vestidos confortavelmente, em camadas de roupas e tênis, mochilas nas costas, parecendo para todo mundo excursionistas caminhando pelo campo, o que, imagino, seja bastante comum. Só o que nos diferencia é nossa expressão tensa, nervosa. Há uma vibração muito forte de estranho-em-uma-terra-estranha passando entre nós. Estou acostumado a me adaptar rapidamente em lugares novos. Deus sabe quanto eu já mudei de casa. Talvez criar raízes em Thunder Bay tenha me amolecido. Ter que depender de Jestine para tudo também não me cai bem, mas não tenho outra opção. Pelo menos ela está fazendo um trabalho decente ao manter a mente de Thomas e Carmel distraída do que teremos à frente, contando pitorescas histórias locais. Ela fala de heróis antigos e cães leais, e conta sobre o cara de *Coração valente* e onde ele fazia suas reuniões. Quando entramos em um pub para comer batatas fritas e hambúrgueres, percebo que ela desviou meus pensamentos de tudo também.

— Fico feliz que vocês dois estejam bem — diz Jestine, olhando para Carmel e Thomas do outro lado da mesa. — Formam um casal muito fofo.

Carmel sorri e ajeita o cabelo, preso em um rabo de cavalo balançante.

— Não — diz ela, e cutuca Thomas com o ombro. — Ele é muito bonito para mim. — Thomas sorri, segura a mão dela e a beija. Como eles acabaram de voltar a ficar juntos, estou levando numa boa essas demonstrações públicas de afeto.

Jestine sorri e respira fundo.

— Nós podemos passar a noite aqui e recomeçar de manhã. Há quartos para alugar lá em cima e nós temos uma caminhada longa pela frente. — Ela levanta as sobrancelhas para Thomas e Carmel. — Como vocês querem os quartos? Vocês dois em um e nós dois em outro? Ou separando meninos e meninas?

— Meninos e meninas — digo depressa.

— Certo. Eu já volto. — Jestine se levanta para providenciar os quartos, me deixando com meus amigos espantados.

— Como foi isso? — Carmel pergunta.

— Isso o quê?

Como de hábito, me fazer de bobo não resolve nada.

— Tem alguma coisa rolando? — Ela faz um movimento com a cabeça na direção de Jestine. — Não — ela diz, respondendo à própria pergunta. Mas está olhando para Jestine, avaliando quanto ela é atraente.

— Claro que não — digo.

— Claro que não — Thomas ecoa. — Se bem que — diz ele, e aperta os olhos — o Cas tem uma quedinha por garotas que dão uma dura nele.

Eu rio e jogo uma batata frita nele.

— A Jestine não me deu uma dura. E até parece que a Carmel não daria uma em você. — Nós sorrimos e voltamos a comer com o humor mais leve. Mas, quando Jestine retorna à mesa, evito olhar para ela, só para deixar bem claro.

Meus olhos estão abertos no escuro. Não há luz no quarto, apenas uns azuis tênues e frios entrando pela janela. Thomas está roncando na cama ao lado da minha, mas não serrando troncos nem nada parecido. Não foi ele que me acordou. Também não foi um pesadelo. Não há adrenalina no meu corpo, nem sensação de formigamento nas costas ou pernas. Sussurros. Lembro de sussurros, mas não consigo discernir se o som foi em sonho ou acordado. Meu olhar gira para a janela, para o lago lá fora. Mas não é isso. Claro que não é. Aquele lago não vai deslizar para fora de suas margens e vir até aqui atrás de nós, por mais coisas que ele tenha puxado para baixo e afogado.

Devem ser só meus nervos. Mesmo assim, minhas pernas viram para fora da cama e eu visto o jeans, depois puxo o athame de baixo do travesseiro. *Siga sua intuição* é o credo que sempre me serviu melhor, e minha intuição diz que há uma razão para eu ter acordado de repente no meio da noite. E estou bem acordado, totalmente desperto. Quase nem reparo no frio seco do chão contra meus pés descalços.

Quando abro a porta do quarto, o corredor está em silêncio. Isso quase nunca acontece; sempre há um som de alguma criança vindo de algum lugar, o rangido do prédio em suas fundações, o zumbido distante de uma geladeira ligada. Mas, neste momento, não há nada, e é como se fosse um manto abafando tudo.

Não há luz suficiente. Por mais que eu abra os olhos, eles não conseguem absorver luminosidade para eu enxergar alguma coisa, e só me lembro vagamente da disposição do corredor quando subimos para os quartos. Fizemos duas curvas à esquerda. Carmel e Jestine continuaram mais para o fundo; a porta do quarto delas era virando a esquina. O athame se agita em minha palma; a madeira desliza de encontro à minha pele.

Alguém grita e eu corro na direção do som. Carmel está me chamando. Então, de repente, ela não está mais. Quando sua voz some, minha adrenalina dispara. Estou na frente da porta aberta do quarto delas em dois segundos, apertando os olhos contra a luz da lâmpada de cabeceira de Jestine.

Carmel está fora da cama, pressionada contra a parede. Jestine ainda está na cama, mas sentada muito ereta. Seus olhos estão fixos no outro lado do quarto e seus lábios se movem rapidamente em um canto gaélico, a voz saindo uniforme e forte da garganta. Há uma mulher de pé no meio do quarto em uma camisola branca longa. Uma cabeleira loira muito clara desce em espirais sobre seus ombros e pelas costas. Ela está obviamente morta, sua pele mais roxa que branca e com sulcos profundos, como rugas, só que ela não é velha. É enrugada, como se tivesse sido deixada apodrecendo em uma banheira.

— Carmel — digo e estendo a mão. Ela ouve, mas não reage; talvez esteja chocada demais para se mover. A voz de Jestine fica progressivamente mais alta e o fantasma se eleva do chão. Os dentes amarelados estão expostos; ela está ficando mais irritada a cada segundo. Quando começa a desferir golpes no ar, espalha água pútrida por toda parte. Carmel dá um grito e cobre o rosto com o braço.

— Cas! Eu não consigo segurar ela por muito mais tempo — diz Jestine, e, no momento em que interrompe o canto, o feitiço perde força e o fantasma avança para a cama.

Eu não penso, só lanço o athame. Ele sai de minha mão e se enfia no peito dela com um *toc* carnoso, como se tivesse se conectado com o tronco de uma árvore. O fantasma cai na mesma hora.

— O que está acontecendo? — exclama Thomas, entrando correndo e colidindo comigo por trás antes de passar e chegar em Carmel.

— Boa pergunta — digo e avanço para dentro do quarto para poder fechar a porta. Jestine se inclina sobre a borda da cama e olha para o corpo. Antes que eu possa dizer alguma coisa tranquilizante, ela o empurra e o vira de face para cima. O punho do athame se projeta em ângulo reto do centro do peito.

— Ele não deveria... se desintegrar ou algo assim? — ela pergunta, inclinando a cabeça.

— Bom, às vezes eles explodem — respondo, e ela recua depressa. Encolho os ombros. — O cara já estava estripado, mas, quando eu enfiei o athame no que ainda restava, o intestino dele meio que... estourou. Mas não em pequenos pedacinhos.

— Eca. — Jestine faz uma careta.

— Cas — diz Carmel e, quando olho, ela sacode a cabeça para mim. Paro de falar, mas, sério, se ela espera delicadezas nem devia ter voltado. Eu me aproximo do fantasma. Os olhos não são mais visíveis; ou desapareceram ou caíram para dentro do crânio. Apesar da repugnância inerente da pele roxa apodrecida e do jeito que ela brilha como se tivesse acabado de ser tirada da água, não é pior do que outras coisas que já vi. Se isso é o que a Ordem chama de teste, estive me preocupando à toa. Cutuco o fantasma com o dedo do pé. É apenas uma casca corpórea agora. Vai se degradar por conta própria, e, se isso não acontecer, acho que poderíamos pôr algum peso nele e afundá-lo no lago.

— O que aconteceu? — pergunto a Jestine.

— Foi estranho — ela responde. — Eu estava dormindo e, de repente, estava acordada. Havia algo se movendo no quarto. Estava inclinado sobre a cama da Carmel. — Ela levanta a cabeça na direção de Carmel, ainda de pé perto da porta, com o braço de Thomas em volta de seus ombros. — Então eu comecei o encantamento.

Olho para Carmel para confirmar, mas ela encolhe os ombros.

— Quando eu acordei, a coisa estava do lado da minha cama. A Jestine estava falando. — Ela se encosta mais em Thomas. — Foi tudo muito rápido.

— O que era esse encantamento? — Thomas pergunta.

— Só um feitiço de restrição gaélico. Eu conheço desde pequena. — Ela dá de ombros. — Não é o que eu tinha planejado usar. Foi a primeira coisa que me veio à cabeça.

— Como assim, não é o que você tinha planejado usar? Por que você estava planejando usar alguma coisa? — pergunto.

— Não é que eu estava planejando. Só sabia que este lugar era assombrado. Não tinha certeza se o fantasma ia aparecer. Eu só falei umas palavras quando entramos, para tentar atraí-lo, depois fui dormir e torci para funcionar.

— Você é maluca? — Thomas grita. Levanto a mão, fazendo um gesto para ele baixar a voz. Ele aperta os lábios e olha bravo para mim.

— Você fez isso de propósito? — pergunto a Jestine.

— Achei que seria um bom treino — ela responde. — E admito que estava curiosa. Eu aprendi como o athame é usado, mas, claro, nunca tinha visto.

— Bom, na próxima vez que ficar curiosa, seria bom avisar sua colega de quarto — Carmel declara, ríspida. Thomas beija o alto da cabeça dela e a abraça com mais força.

Olho para o corpo, imaginando quem ela seria. Imaginando se teria sido um fantasma que eu precisaria matar. Jestine está sentada, imperturbável, ao pé da cama. Tenho vontade de esganá-la, gritar até os ouvidos dela explodirem por ter colocado pessoas em perigo. Em vez disso, me abaixo para puxar o athame. Quando meus dedos se fecham em volta do punho, eles hesitam e meu estômago revira um pouco quando tenho que sacudi-lo para soltar a lâmina do osso.

A faca desliza para fora, coberta com uma camada fina de sangue arroxeado. Assim que a ponta da lâmina sai, o ferimento se expande, enrolando a pele para trás em camadas, rasgando o tecido falso da camisola. Ele leva a pele para baixo até o osso e torna o osso preto, depois pó; a dispersão total de músculo, tendão, pano e cabelo leva menos de cinco segundos.

— Nunca mais ponha meus amigos em perigo — digo.

Jestine me encara, desafiadora como de hábito. Depois de alguns segundos, ela concorda com a cabeça e pede desculpas a Carmel. Mas, naqueles poucos segundos, eu vi o que ela estava pensando. Ela estava pensando que eu era um hipócrita por lhe dizer isso.

21

Transferimos as coisas das meninas para nosso quarto, mas, depois disso, ninguém consegue dormir de novo. Thomas e Carmel estão sentados juntos na cama dele, só abraçados, sem dizer praticamente nada. Jestine se enfia na minha cama e eu passo as horas que faltam até o amanhecer na janela, sentado em uma cadeira, olhando para a mancha escura do lago.

— Aquele lançamento foi perfeito — Jestine me diz a certa altura, talvez tentando fazer as pazes, e eu faço um barulho afirmativo com a garganta, ainda sem vontade de conversar com ela. Acho que ela teria dormido outra vez, mas se sente muito culpada para se permitir isso, vendo como Carmel está abalada. Assim que há luz suficiente, começamos a nos preparar.

— Já está pago — diz Jestine, enfiando o pijama na mochila. — Acho que podíamos deixar as chaves no bar e ir embora.

— Tem certeza de que a gente chega à Ordem até anoitecer? — Carmel pergunta, olhando para a extensão de neblina e árvores. Há muito escuro e nada mais lá fora, e a impressão é a de que talvez seja apenas isso infinitamente.

— Esse é o plano — responde Jestine, e colocamos as mochilas nas costas.

Descemos a escada fazendo o mínimo barulho possível. Mas imagino que isso nem seja necessário, considerando o tumulto que fizemos às três da manhã. Seria de esperar que todas as luzes se acendessem e a dona do estabelecimento viesse bater na porta e irrompesse no quarto com um bastão de beisebol na mão. Só que eles não jogam beisebol neste país. Então talvez ela apareça segurando um bastão de críquete, ou só um pedaço de pau, sei lá.

Na base da escada, eu me viro e estendo a mão para pegar as duas chaves. Vou deixá-las perto da caixa registradora.

— Espero que não tenham quebrado nada esta noite.

A voz é tão inesperada que Thomas escorrega nos últimos degraus e Carmel e Jestine têm que segurá-lo. É a proprietária da pousada, uma mulher robusta de cabelos cinza-escuros com um vestido tipo camisa. Ela está atrás do balcão, olhando firme para nós enquanto enxuga copos com uma toalha branca.

Chego até o balcão e lhe estendo as chaves.

— Não — respondo. — Não quebramos nada. Desculpe se nós a acordamos. Nossa amiga teve um pesadelo e nós reagimos com um pouco de exagero.

— Um pouco de exagero — diz ela, e levanta a sobrancelha. Quando pega as chaves, ela as agarra, praticamente as arranca da minha mão. Sua voz é baixa, um resmungo rouco; tem um sotaque pesado e o palito de dentes que se projeta do canto da boca não facilita para entender o que ela diz. — Eu devia cobrar uma noite a mais de vocês. Pelo esforço extra que vamos ter que fazer de agora em diante.

— Esforço extra? — pergunto.

— Toda hospedaria escocesa precisa de uma assombração — diz ela, guardando um copo e começando a enxugar outro. — Uma história para os turistas. Alguns passos em corredores vazios à noite. — Ela levanta os olhos para mim. — Imagino que vou ter que dar um jeito de fazer isso eu mesma daqui por diante.

— Desculpe — digo, e falo sério. Aperto os dentes para conter a vontade de me virar com raiva para Jestine, mas isso não adiantaria nada. Ela só ia piscar de volta inocentemente, sem ver nada errado. Não gosto da ideia de segui-la por um território desconhecido. Não depois de ela ter sido esperta o bastante para me induzir a quebrar minhas próprias regras.

— Que merda foi aquela? — Thomas pergunta, assim que saímos. — Como ela sabia?

Ninguém responde. Não tenho a menor ideia. Este lugar é estranho. As pessoas olham para a gente com uma piscadinha e têm uma ligação com magia, como se todos fossem primos em quarto grau de Merlin. A proprietária era uma mulher comum, mas falar com ela dava a sensação de se estar falando com um hobbit. Agora, do lado de fora, até o frio do ar parece esquisito, e os contornos das árvores parecem escuros demais. Mas não há nada a fazer a não ser seguir Jestine, e ela nos leva pela estrada mal pavimentada, onde enchemos nossas garrafas de água em um bebedouro e depois partimos por uma trilha de seixos e cascalhos pelo meio do bosque.

Depois que estamos em movimento e o sol se levanta mais no céu, finalmente visível entre as copas das árvores, as coisas parecem melhores. A caminhada não é difícil; segue por uma trilha bem marcada e algumas colinas suaves. Pessoas passam por nós em pequenos grupos, em seu caminho para o Loch e além. Todas parecem alegres, curtidas pelo sol, vestidas com roupas esportivas e boné. Aves e pequenos mamíferos se agitam na vegetação baixa e nos galhos das árvores e Jestine aponta para os mais interessantes. Quando paramos para um almoço de frutas e barras de cereal, até a cor de Carmel já voltou ao normal.

— Mais algumas horas nesta trilha e vamos deixar o caminho e entrar na floresta.

— Como assim? — pergunto.

— Devemos seguir pela trilha por metade de um dia e, então, vamos ver a marca — responde Jestine.

— Que marca?

Ela encolhe os ombros e os outros de nós se entreolham. Carmel pergunta se ela se refere à Ordem, mas eu sei que não. Ela não sabe o que é a marca.

— Você disse que já esteve aqui antes — falo, e os olhos dela se alargam, inocentes. — Você disse que conhecia o caminho.

— Eu não falei nada disso. Estive na Ordem antes, mas não sei exatamente como chegar lá, e com certeza não a pé. — Ela parte uma barra de granola. As mastigadas soam como ossos quebrando.

Tento lembrar. Ela de fato não disse isso. Gideon disse que ela sabia o caminho. Mas ele provavelmente queria dizer que ela foi instruída sobre o caminho, não que já o tivesse seguido antes.

— Como você pode já ter estado lá e não saber onde é? Você não foi praticamente criada lá? — pergunto.

— Fui criada pelos meus pais — ela responde, me olhando com sobrancelhas levantadas. — Estive no local várias vezes. Mas, quando eu ia lá, era vendada.

Thomas e eu nos entreolhamos, só para confirmar a maluquice daquilo.

— É tradição — diz Jestine, percebendo o olhar. — Nem todos nós rompemos a tradição. — Não tenho que perguntar para saber do que ela está falando.

— Não foi legal o que você fez na hospedaria, Jestine.

— Por quê? Ela estava morta e o athame a enviou. — Ela dá de ombros. — É muito simples.

— Não é simples — digo. — Aquele fantasma provavelmente nunca prejudicou nenhuma pessoa viva desde que morreu.

— E daí? Este não é o lugar dele. Ele está morto. E não me olhe desse jeito, como se eu tivesse passado por uma lavagem cerebral. A sua moral não é a única que existe no mundo. Só porque é a sua, não quer dizer que esteja certa.

— Mas você não se pergunta para onde eles podem estar sendo enviados? — Thomas indaga, em uma tentativa de manter a conversa sensata. Porque eu estou a ponto de levantar o dedo médio para ela. Ou mostrar a língua.

— O athame os envia para onde eles precisam estar — ela responde.

— Quem lhe disse isso? A Ordem?

Jestine e eu nos encaramos. Ela vai desviar primeiro, nem que meus olhos fiquem completamente secos.

— Espere aí — diz Carmel. — Voltando ao ponto, você está dizendo que ninguém sabe para onde estamos indo? — Ela olha para todos nós; nossa cara vazia serve de confirmação. — E nós vamos sair desta trilha bem cuidada e entrar no meio da floresta sem marca nenhuma?

— Há uma marca — diz Jestine, calmamente.

— O quê? Uma bandeira ou algo assim? A menos que haja uma trilha delas para nos orientar pelo meio das árvores, isso não me tranquiliza. — Ela olha para mim. — Você viu pela janela hoje de manhã. Essas árvores continuam por quilômetros. E nós não temos nem uma bússola. Pessoas morrem assim.

Ela tem razão. Pessoas morrem assim. Com mais frequência do que gostaríamos de pensar. Mas Gideon sabe que estamos vindo. Se não aparecermos na hora esperada, ele vai mandar alguém à nossa procura. Além disso, em minha intuição eu não acredito que nós *possamos* nos perder. Olhando para Jestine, acho que ela também não acredita. Como vou explicar isso para Carmel?

— Thomas, você já foi escoteiro? — pergunto, e ele franze a testa para mim. É claro que não. — Ouçam, se vocês quiserem, podem seguir a trilha de volta para a hospedaria.

Thomas fica tenso diante da sugestão, mas Carmel cruza os braços.

— Eu não vou a lugar nenhum — ela diz, teimosa. — Só achei que valia a pena mencionar que isto é uma idiotice e nós provavelmente vamos morrer.

— Anotado — digo, e Jestine sorri. O sorriso me deixa mais à vontade. Ela não guarda ressentimentos; pode-se discordar dela sem se tornar seu inimigo. Tive vontade de estrangulá-la por metade do tempo desde que a conheci, mas gosto disso.

— É melhor a gente ir logo — diz ela. — Para não perdermos a luz.

—∞—

Depois de mais uma hora e sabe-se lá quantos quilômetros, Jestine começa a reduzir o passo. De vez em quando ela para e olha em volta para o bosque em todas as direções. Ela acha que já andamos o suficiente. Agora está ficando nervosa, com receio de que a marca não esteja lá. Quando ela sobe até o alto de uma pequena colina, nós todos tiramos a mochila das costas e nos sentamos enquanto ela examina. Apesar de bons tênis e de estarmos relativamente em boa forma, estamos cansados. Carmel esfrega a parte de trás dos joelhos e Thomas massageia o ombro. Eles estão ligeiramente pálidos, e suados.

— Ali está — diz Jestine, em um tom que sugere que ela sempre soube que estaria. Ela se vira para nós, triunfante, com um brilho petulante nos olhos. Mais adiante no caminho, nas árvores na margem da trilha, eu vejo: uma fita preta, amarrada em volta de um tronco, a mais de quatro metros do solo.

— Nós saímos da trilha aqui — ela nos avisa. — E do outro lado está a Ordem. O Gideon disse que seriam só duas horas pela floresta. Só mais alguns quilômetros.

— A gente consegue — digo para Thomas e Carmel, e eles se levantam, olhando para a fita e tentando dominar a ansiedade.

— Talvez o chão da floresta seja mais macio, pelo menos — diz Thomas.

Jestine sorri.

— Isso mesmo. Vamos lá.

22

— É uma floresta antiga — diz Jestine, depois que o cenário muda gradualmente de campina para pinheiros para árvores decíduas e troncos caídos cobertos de musgo.

— É linda — diz Carmel, e ela tem razão. As árvores se elevam muito altas sobre nossa cabeça, e nossos passos sussurram em meio a um cobertor de musgos e samambaias. Tudo no campo de visão é verde ou cinza. Quando o solo aparece, ele é preto como breu. A luz se infiltra entre as folhas, refletindo e refratando em suas superfícies macias, pintando tudo de uma claridade viva e completa. Os únicos sons vêm de nós, intrusos obscenos, crepitando no silêncio com raspadas de mochilas de lona e pés desajeitados.

— Olhem — diz Thomas. — Um sinal.

Levanto os olhos. Uma placa preta de madeira foi pregada em um dos troncos. Escrita em tinta branca, destaca-se a frase: "O mundo tem muitos lugares bonitos".

— Que estranho — diz ele, e nós encolhemos os ombros.

— Parece humilde. Como se dissessem que esta floresta é bonita, mas não é a *mais* bonita — comenta Carmel. Jestine sorri disso, mas, quando passamos pela placa, algo começa a ruminar no fundo de meu cérebro. Imagens passam pela minha memória, imagens desconectadas e fabricadas de coisas que nunca vi de verdade, como figuras em um livro.

— Eu sei que lugar é este — digo baixinho, no exato momento em que Thomas aponta e diz:

— Mais um.

Dessa vez, a placa diz: "Pense no amor da sua família".

— Isso é um pouco aleatório — diz Carmel.

— Não é aleatório quando você sabe onde estamos — digo, e todos os três me olham assustados. Eu não sei o que Gideon estava pensando quando nos mandou para cá. Quando eu o vir na Ordem, sou capaz de torcer seu pescoço. Respiro fundo e presto atenção; um ressoante nada atinge meus ouvidos. Não há cantos de passarinhos nem corridas de patas de esquilos. Nem mesmo o som do vento. A brisa é sufocada pela densidade das árvores. Sob a camada de ar claro, meu nariz mal o detecta, misturado com o cheiro do barro e da decomposição da vegetação. O lugar é entremeado de morte. É um lugar de que só ouvi falar pela boca de charlatões como Margarida Bristol, um lugar relegado a histórias de fogueira de acampamento.

É a floresta do Suicídio. Estou andando pela porra da floresta do Suicídio com dois bruxos e uma faca que brilha para os mortos como um maldito farol.

— Floresta do Suicídio? — Thomas guincha. — Como assim, "floresta do Suicídio"? — O que, claro, desencadeia uma explosão de perguntas similarmente alarmantes de Carmel, e mesmo algumas de Jestine.

— É exatamente o que o nome diz — respondo, olhando com tristeza para a inútil placa pintada que não ajuda praticamente nada a fazer as pessoas mudarem de ideia. — É aqui que as pessoas vêm morrer. Ou, mais precisamente, é aqui que vêm se matar. Elas vêm de toda a região. Para tomar uma overdose, ou cortar os pulsos, ou se enforcar.

— Isso é terrível — diz Carmel. Ela se aperta com os braços e chega mais perto de Thomas, que também se encosta mais nela, tão verde que poderia competir com os musgos. — Você tem certeza?

— Tenho.

— É horrível. E tudo que eles têm aqui são essas plaquinhas bobas? Devia haver... patrulhas ou... ajuda, ou qualquer outra coisa.

— Imagino que haja patrulhas — diz Jestine. — Só que elas são principalmente para recolher os corpos, não para evitar suicídios.

— Como assim, você imagina? — pergunto. — Não vá me dizer que não sabia onde estávamos entrando. Se eu sabia sobre isto lá do outro lado do mundo, você tinha que saber morando aqui do lado.

— Bom, claro que eu ouvi falar — diz ela. — Por meninas na escola e coisa assim. Nunca pensei que existisse de verdade. Era como a história da babá que atende o telefone e as ligações estão vindo de dentro da casa. É como o bicho-papão.

Thomas sacode a cabeça, mas não há razão para não acreditar nela. A floresta do Suicídio não é algo que a polícia queira divulgar publicamente. Isso só faria mais pessoas virem aqui para se matar.

— Eu não quero atravessar — Carmel declara. — Não parece... certo. Nós temos que contornar.

— Não há como contornar — diz Jestine. Mas claro que tem que haver. A floresta do Suicídio não pode fazer fronteira com nada. — Temos que atravessar. Se não fizermos isso, podemos nos perder, e você estava certa quando disse que havia quilômetros e quilômetros de florestas para a gente morrer nelas. Eu não estou com vontade de acabar como mais um corpo no meio do bosque.

A frase faz efeito em Thomas e Carmel, e eles olham para o chão e as árvores em volta. Eu vou ser o voto decisivo. Se eu quiser tentar encontrar um caminho para contornar, Jestine virá conosco. Talvez eu devesse. Mas não vou. Porque aquele fantasma na hospedaria não era o teste que a Ordem tinha planejado. Isto é. E já chegamos até aqui.

— Fiquem todos juntos — digo, e a esperança no rosto de Carmel se desfaz. — Provavelmente não vamos encontrar nada pior do que alguns corpos. Só fiquem atentos.

Mudamos a formação e agora eu sigo na frente, Jestine atrás e Thomas e Carmel no meio. Quando passamos pela segunda placa, não posso evitar a sensação de que estamos caminhando para um buraco negro. Mas essa é uma sensação com que eu provavelmente deveria me acostumar.

Dez minutos tensos se passam antes de termos nossa primeira visão. Carmel se assusta, mas é apenas uma pilha de ossos espalhados, um tórax e um pedaço de um braço, tomados pelo musgo.

— Está tudo bem — Thomas murmura, enquanto eu fico atento para garantir que os ossos não vão se juntar.

— Não está — Carmel murmura de volta. — Está pior. Não sei por que está pior, mas está.

Ela tem razão. A beleza da floresta sumiu. Não há nada aqui além de sofrimento e silêncio. Parece impossível que alguém possa querer passar seus últimos momentos neste lugar, e eu me pergunto se o bosque os atrai para dentro com falsas brisas e luz solar, vestindo uma máscara de paz, se é todo um amaldiçoado sistema de raízes e galhos caçando as pessoas como uma aranha.

— Não vamos demorar para atravessar — diz Jestine. — Não pode ser muito mais do que um quilômetro agora. É só continuar seguindo para nordeste.

— Ela está certa — digo, tropeçando em um tronco caído. — Mais meia hora e estaremos fora. — Outro corpo aparece em minha visão periférica, este mais fresco, ainda vestido e inteiro. Está pendurado de encontro ao tronco da árvore. Só posso ver sua lateral e mantenho os olhos apontados para a frente, mas fico atento a qualquer movimento, observando se o pescoço quebrado não vira de repente em nossa direção. Nada. Passamos e ele é apenas mais um corpo. Apenas uma alma perdida.

A marcha prossegue e tentamos manter os passos silenciosos, apesar de nossa vontade de correr. Há corpos e mais corpos nesta floresta, alguns em pilhas e alguns espalhados em partes separadas. Alguém de terno e gravata se deitou apoiado a um tronco caído e continua lá, com a mandíbula aberta e os globos oculares negros. Quero estender o braço para trás e pegar a mão de Carmel. Temos que dar um jeito de nos segurar uns nos outros.

— Me conte de novo por que você está passando por tudo isso — Jestine diz lá de trás. — O Gideon já me contou alguma coisa e depois o Thomas me contou mais. Mas conte outra vez. Por que todo esse trabalho por uma garota morta?

— Essa garota morta salvou nossa vida — respondo.

— Fiquei sabendo. Mas isso só significa que você deveria acender uma vela e lembrar dela de vez em quando. Não significa cruzar o oceano e atravessar a floresta dos mortos só para encontrar um caminho para o outro lado e puxá-la de volta. Ela fez isso porque quis, não foi?

Olho em volta. Não há corpos visíveis, no momento.

— Não como estes — digo. — Ela fez o que precisava fazer. E acabou em um lugar onde não era para estar.

— Onde quer que ela esteja, é do jeito que ela fez — diz Jestine. — Você sabe disso, não sabe? Você sabe que, onde ela está, não é como a maioria das pessoas pensa em Céu ou Inferno. Só é fora. Fora de tudo. Fora de regras, e de lógica, e leis. Não tem valores, bem ou mal. Certo ou errado.

Caminho mais rápido, embora minhas pernas pareçam tão confiáveis quanto macarrão cozido.

— Como você sabe? — pergunto, e ela ri, ofegante.

— Eu não sei. É só o que me ensinaram; o que me disseram.

Dou uma olhada sobre o ombro para Thomas, que encolhe os ombros.

— Cada doutrina tem sua própria teoria — diz ele. — Talvez estejam certas. Talvez nenhuma esteja. De qualquer modo, eu não sou filósofo.

— Bom, e o que o Morfran diria?

— Ele diria que nós somos todos uns idiotas por estar andando pelo meio da floresta do Suicídio. Ainda estamos indo na direção certa?

— Estamos — digo, mas, assim que ele pergunta, não tenho mais certeza. A luz é estranha aqui e não posso acompanhar o sol. Parece que estamos andando em uma linha reta, mas uma linha pode se curvar sobre si mesma se a gente andar por ela tempo suficiente. E nós estamos andando há um longo tempo.

— Então — diz Jestine, depois de alguns momentos de silêncio tenso. — Vocês eram todos amigos dessa menina morta?

— Sim — responde Carmel. O tom dela é seco. Ela gostaria que Jestine calasse a boca. Não por estar brava, mas porque preferiria que toda a nossa atenção ficasse concentrada nas árvores e nos corpos. Mas, até agora, são só corpos. Quilômetros e mais quilômetros de corpos em decomposição. É desagradável, mas não perigoso.

— E talvez mais que amigos?

— Você tem um problema com isso, Jestine? — Carmel pergunta.

— Não — Jestine responde. — Não tenho. É só que eu fico me perguntando… pra quê? Mesmo que vocês não morram tentando e consigam, de algum jeito, trazer a garota de volta... não é como se ela e o Cas pudessem casar e constituir família.

— Podemos só ficar quietos e sair logo deste bosque da morte? — replico, irritado, e mantenho os olhos à frente. A troco de que ficar falando nisso, quando há pessoas penduradas nos galhos como malditos enfeites de árvore de Natal? Concentrar-se no momento presente parece mais importante do que fazer conjeturas teóricas.

Jestine não cala a boca. Ela continua falando, só que não comigo. Agora ela fala com Thomas, em voz baixa, uma conversa informal sobre Morfran e magia. Talvez esteja fazendo isso para provar que eu não mando nela. Mas acho que é para disfarçar seu crescente nervosismo. Porque estamos andando há tempo demais e não há nenhum fim à vista. Ainda assim, nossas pernas continuam avançando, e o pensamento unificado é que não pode faltar muito. Talvez, se pensarmos com muita força, isso se torne realidade.

Mais um quilômetro deve ter se passado quando Carmel finalmente murmura:

— Nós não estamos indo no caminho certo. Já devíamos ter chegado.

Eu gostaria que ela não tivesse dito nada. Há uma leve camada de suor de pânico em minha testa. Pelo menos nos últimos cinco minutos, estive pensando a mesma coisa. Já andamos demais. Ou Jestine estava errada quando nos disse a distância ou a floresta do Suicídio está se esticando. A pulsação em minha garganta diz que é a segunda opção, que entramos nela e ela não está nos deixando sair. Afinal, pode ser que ninguém pretendesse de fato se matar aqui. Talvez eles só façam isso depois que a floresta os deixa loucos.

— Pare — Carmel diz, e segura minha blusa por trás. — Estamos andando em círculos.

— Nós não estamos andando em círculos — digo. — Podemos estar totalmente ferrados, mas isso eu sei. Estive andando em linha reta o tempo todo e, da última vez que chequei, minhas pernas continuavam as duas do mesmo tamanho.

— Olhe — diz ela. Seu braço se ergue sobre meu ombro, apontando para as árvores. À esquerda, há um corpo pendurado junto a um tronco, enforcado por uma corda de náilon preta. Ele está vestindo um colete de brim e uma camiseta marrom rasgada. Um de seus pés está faltando.

— Nós já vimos este antes. É o mesmo. Eu lembro. Estamos andando em círculos. Não sei como, mas estamos.

— Merda. — Ela está certa. Eu também me lembro desse. Mas não tenho ideia de como conseguimos voltar pelo mesmo caminho.

— Isso não é possível — diz Thomas. — Nós teríamos sentido se tivéssemos feito uma curva tão grande.

— Eu não vou por aí outra vez. — Carmel sacode a cabeça. Seus olhos estão muito arregalados, rodeados de branco. — Temos que tentar outro caminho. Outra direção.

— Só há um caminho para a Ordem — Jestine intervém, e Carmel vira para ela com irritação.

— Bom, talvez a gente não vá chegar até a Ordem! — Sua voz fica mais baixa. — Talvez nunca tenha sido essa a ideia.

— Não entrem em pânico — é tudo que posso pensar em dizer. É tudo que importa. Não entendo como essas árvores estão se estendendo. Não entendo como fui tirado tanto do caminho a ponto de voltar para o começo. Mas sei que, se algum de nós entrar em pânico agora, será o fim. O que correr primeiro vai liberar o medo de todos os outros, como um tiro de largada, e nós vamos correr. Vamos ficar perdidos e talvez separados antes que sequer saibamos o que estamos fazendo.

— Cas.

— O quê? — pergunto, olhando para Thomas. Seus olhos estão tão grandes quanto ovos atrás dos óculos. Ele está olhando sobre meu ombro.

Eu me viro. O corpo ainda está lá, pendurado na árvore, a mandíbula aberta e a pele flácida. Meus olhos examinam o cenário e nada se move. O corpo só está lá pendurado. Então… eu pisco por um segundo… e ele está maior. Só que não está realmente maior. Está mais perto.

— Essa coisa se moveu — Carmel sussurra e agarra minha manga. — Não estava ali antes. Estava lá — aponta. — Estava mais longe. Eu tenho certeza.

— Talvez não — diz Jestine. — Talvez seja impressão sua.

Claro. É uma explicação razoável, que não me dá vontade de fazer xixi nas calças e sair correndo aos gritos. Estivemos nesta floresta tempo demais, só isso. A realidade está começando a se deformar.

Algo atrás de nós se move, fazendo um barulho leve entre as folhas e quebrando gravetos. Nós nos viramos por instinto; é o primeiro ruído que as árvores fizeram desde que entramos no meio delas. O que quer que seja, não está perto o bastante para vermos. Algumas das samambaias presas a um freixo parecem estar se mexendo, mas não posso dizer se realmente estão ou eu só estou imaginando.

— Virem!

O grito de Thomas faz meu couro cabeludo se arrepiar enquanto giro. O corpo se moveu outra vez. Está pelo menos três árvores mais perto e, desta vez, está pendurado de frente para nós. Os olhos baços em decomposição nos fitam com algo que é quase interesse. Atrás de nós, as árvores farfalham de novo, mas eu não me viro para olhar. Sei o que aconteceria. Quando eu me voltasse para cá de novo, aqueles olhos embranquecidos poderiam estar a centímetros de meu rosto.

— Todo mundo junto em círculo — digo, minha voz tão controlada quanto consigo. Nosso tempo é limitado. O movimento nas árvores está por toda volta agora, e não está parando. Todos os corpos por que passamos antes estão a caminho. Eles devem ter estado nos espreitando o tempo todo, e eu não gosto de pensar em suas cabeças se virando para olhar para nossas costas enquanto continuávamos andando.

— Fiquem de olhos abertos — eu lhes digo, quando sinto seus ombros pressionados contra os meus. — Temos que ir o mais rápido que pudermos, mas tenham cuidado. Não tropecem. — À esquerda de minhas costas, sinto Carmel se abaixar e pegar o que deve ser um galho grosso no chão. — A boa notícia é que não andamos em círculos. Então não devemos estar muito longe da saída.

— Que notícia maravilhosa — Carmel murmura com sarcasmo e, apesar de tudo, eu sorrio. Ela fica tão brava sempre que está com medo.

Começamos a nos deslocar, movendo-nos como uma unidade, hesitantes a princípio, depois mais rápido. Mas não rápido o bastante para parecer que estamos apressados. Nada agradaria mais a essas coisas do que nos perseguir.

— Mais um ali — diz Thomas, mas eu mantenho a atenção no cara de olhos brancos. — Merda, mais outro.

— E mais dois do meu lado — avisa Jestine. — É rápido demais para acompanhar. Eles aparecem de repente, no canto do meu olho.

Enquanto avançamos, finalmente tenho que olhar para a frente, tirando a atenção de Johnny Olhos-de-Leite. Espero que outra pessoa fique de olho nele, mas, quando vejo os outros três corpos, dois pendurados em árvores à nossa frente e um junto a um tronco mais distante, sei que simplesmente não temos olhos suficientes.

— Isso não vai funcionar — diz Jestine.

— Quanto falta para o fim da floresta? — pergunta Carmel. — Não podemos correr?

— Eles iriam nos pegar, um por um. Não quero virar as costas para eles — diz Thomas.

Mas virar as costas é inevitável. A questão é como fazer isso. Será que eu tento abrir um caminho? Ou vamos todos juntos? O trio de coisas mortas à nossa frente me olha com globos oculares pretos. Suas faces sem expressão parecem estar me desafiando. Nunca vi corpos parecerem tão *ávidos*, como cachorros esperando para ser soltos da correia.

Carmel grita; ouço um golpe seco do bastão que ela tem nas mãos e um esqueleto cai ao nosso lado. O círculo se rompe quando ela recua. Ela golpeia de novo, descendo o bastão sobre a coluna da coisa e a quebrando. É só quando vejo o corpo atrás de Thomas e sinto o toque esponjoso de uma mão morta em volta de minha garganta que me dou conta de nosso erro. Todos nós baixamos a guarda. Todos nós viramos as costas.

Escapo dos dedos que tentam romper minha traqueia e levanto o cotovelo de qualquer jeito para empurrá-lo. O athame está em minha mão em um instante; a lâmina entra no corpo atrás de mim e ele soa como se tivesse se despedaçado. Quando apunhalo o esqueleto que Carmel derrubou, ele se liquefaz e desaparece no chão.

Menos dois, mais vinte e cinco na fila. Olho para as árvores; há corpos por todo lado. Eles não parecem se mover, não correm, só *estão* lá e, cada vez que afastamos os olhos, aparecem mais perto. Carmel está soltando gemidos e grunhidos constantes enquanto vira o bastão para cima de tudo que chega perto. Ouço Jestine e Thomas, dois cantos em línguas diferentes, e não tenho ideia do que eles estão fazendo. Minha faca entra pelo buraco escuro de um globo ocular e o corpo se desintegra em uma nuvem de algo que parece solo granuloso.

— São muitos — Carmel grita. Querer acabar com todos eles é ilusão.

— Corram! — grito, mas Jestine e Thomas não se movem. A voz de Thomas é uma sucessão rápida de sons. O dialeto me faz lembrar de Morfran, do obeahman. É puro vodu. Três metros à frente dele, um corpo semiapodrecido dobrado sobre um galho baixo cai de repente. No segundo seguinte, ele não é nada mais que uma pilha de vermes rastejantes.

— Boa, Thomas — digo e, quando ele dá uma olhada para trás, outro corpo surge à sua frente, rápido demais para ser visto, e afunda os dentes na carne de seu pescoço. Ele grita.

Jestine grunhe alguma coisa em gaélico e vira o braço na frente do peito; o corpo solta Thomas e cai, se retorcendo.

— Corram! — ela grita e, dessa vez, nós corremos, nossas pernas abrindo caminho entre folhas caídas e samambaias. Fico na frente tanto quanto posso, enfiando a lâmina em tudo que aparece. À minha esquerda, Carmel está canalizando sua Princesa Guerreira interior e usando o bastão muito efetivamente com um dos braços. O outro braço segura Thomas. O sangue escurece toda a metade superior de sua blusa. Ele precisa de ajuda. Não vai conseguir continuar correndo. Mas há uma nova luz à frente e uma interrupção nas árvores. Estamos quase fora.

— Cas! Cuidado!

Viro a cabeça ao ouvir o alerta de Jestine, bem a tempo de ver os olhos brancos onde eu mais temia que eles estivessem. A cinco centímetros de meu rosto, e estou preso embaixo dele.

O peso é inesperado. É como um rolo compressor. E, apesar da força nele, seus braços são borrachentos e moles; meu nariz está perto demais de seu pescoço. Ouço seus dentes fechando em minha orelha, e a pele em volta do nó da corda é inchada e preta, como um pneu inflado demais. Durante a queda, o athame ficou entalado em um ângulo ruim. Não consigo enfiá-lo na barriga da coisa e só tento evitar que perfure a minha. Quando empurro a cabeça dele com a outra mão, ele vira e morde meus dedos. Dentes musgosos se enterram até o osso e, por reflexo, eu fecho a mão em torno de sua mandíbula. Meus dedos empurram algo mole e granuloso. Sua língua apodrecida.

— Continuem correndo! — Jestine grita, e seu pé bate com força no tórax do morto.

Ele não rola de cima de mim, mas, nessa fração de segundo, consigo manobrar a faca. Quando ele me pressiona outra vez, a lâmina entra direto sob seu esterno e ele se dissipa em uma nuvem da coisa mais malcheirosa que já senti.

— Você está bem? — Jestine pergunta. Confirmo com a cabeça enquanto ela me puxa para cima, mas, depois de ter tocado a língua e sentido aquele cheiro de gás de decomposição, tenho vontade de vomitar. Nós cambaleamos e corremos. As árvores se abrem em um dia claro e uma campina verde, onde Carmel está ajoelhada ao lado de Thomas, que está caído. Do outro lado da clareira, vejo Gideon de pé com duas outras pessoas diante de um longo carro preto.

23

É como ter um pesadelo e cair da cama. Saímos da floresta do Suicídio aos tropeções, esfarrapados e sangrando e quase de joelhos. E desabamos sobre uma camada de dez centímetros de grama macia, apertando os olhos contra o sol quente, olhando para rostos calmos e condescendentemente tranquilizadores.

O athame ainda está em minha mão; olho de volta para as árvores, esperando ver uma fileira de rostos pálidos entre os troncos, nos encarando como prisioneiros dentro de uma cela. Mas são apenas árvores, folhas e musgo. No instante em que saímos de seus limites, eles recuaram, para retornar ao lugar onde estavam enforcados, ou deitar em pilhas.

— Parece que tinha razão, sr. Palmer — alguém diz. — Ele conseguiu. — Olho para o carro. O homem que está falando é um pouco mais baixo e mais jovem do que Gideon. Não sei dizer exatamente quanto mais jovem. Seu cabelo é loiro, com mechas cinzas, de modo que todo o conjunto liso acaba parecendo prateado. Ele usa uma camisa preta abotoada na frente e calça preta. Pelo menos não está com uma túnica marrom, balançando um incensório.

— Não se preocupem — diz ele, caminhando em nossa direção. — Eles não atravessam para a campina.

O tom despreocupado me irrita, e Carmel segura meu braço quando estou prestes a dizer a esse palhaço onde ele pode enfiar sua campina.

— Ele ainda está sangrando — diz ela. Olho para Thomas. Ele está respirando bem, e o sangue que sai entre os dedos pressionados de

Carmel é um fio lento, não um jato arterial. Acho que a maior parte da exaustão dele é consequência daquela maldição fodida que ele conjurou na floresta e não da mordida do morto, mas eu não diria isso a Carmel neste instante por nada deste mundo. Ela está pronta para cuspir fogo.

Ao nosso lado, o homem está com as mãos nos ombros de Jestine, olhando para ela com afeto.

— Você se saiu bem — diz ele, e ela baixa a cabeça brevemente. — Nenhum arranhão.

— Ele precisa de um médico — interrompo, e, quando o sr. Imbecil não responde, Jestine repete por mim.

— Ele ainda está sangrando. O dr. Clements está aqui?

— Está — ele responde, mas não parece ter muita pressa em relação a isso. Quando sorri, me faz lembrar uma cobra que se estica logo antes de comer o rato. — Não se preocupe. O prédio não fica longe. Vamos cuidar de seu amigo bruxo. E de você. — O olhar dele baixa para as feridas abertas em meus dedos e eu juro que vejo os cantos de sua boca se contraírem. — Meu nome é Colin Burke. — Ele tem o desplante de estender a mão para mim. Carmel dá um tapa nela, deixando uma trilha vermelha na palma.

— Não ligo para o seu nome — ela sibila. — E não ligo para quem você é. Se não arrumar ajuda para ele, vou pôr fogo na merda do seu prédio. — Boa, Carmel. Burke não parece muito perturbado, mas Gideon finalmente interfere, dizendo-lhe para lhe entregar Thomas. Ele o ajuda a se levantar e o apoia até o carro, evitando meus olhos enquanto isso.

— Ponha alguma coisa embaixo para proteger o assento — diz Burke, e eu estou *por um fio* de dar um soco na cara dele. Mas Thomas precisa de ajuda, então calo a boca e caminho para o carro.

A viagem é curta, por uma estrada parte pavimentada e parte terra, cortando pelo meio das árvores do outro lado da campina, mas o cara que está dirigindo definitivamente não tem pressa. Ele não disse nada para ninguém, e eu desconfiaria de que é apenas um motorista, se não fosse pela sensação de que ninguém aqui é "apenas" alguma coisa. Dou uma olhada para Jestine. Ela tirou uma toalha da mochila para Carmel pressionar o pescoço de Thomas. Há pregas de preocupação em sua testa.

Chegamos ao alto de uma colina suave e o carro reduz a velocidade. Enfiada em um pequeno vale verde está o que deve ser a Ordem. Parece um daqueles resorts pretensiosos e exclusivos de Aspen, um conjunto de alguns prédios de madeira vermelhos e painéis solares e paredes inteiras de janelas de vidro fumê. Deve valer muitos milhões de dólares, mas ainda é mais discreto do que uma fortaleza ou um mosteiro de pedras cinzas. Thomas deve ter percebido meu espanto, porque se esforça para levantar do colo de Carmel e espiar pela janela. O sangramento quase parou. Ele vai ficar bem, desde que não pegue uma infecção daqueles incisivos mortos.

— Bem-vindos — um cara diz para nós ao abrir a porta do carro que estacionou diante do prédio principal. Ele é jovem e bem-arrumado, em um terno preto, parecendo ter saído das páginas da revista GQ. Poderia ser gêmeo do motorista. É meio perturbador, como se eles fossem androides. Aposto que o cozinheiro também é igual a eles.

— Robert, por favor, chame o dr. Clements — diz Burke. — Avise a ele que vai precisar fazer alguns pontos. — Robert sai em busca do médico e Burke vira-se para mim. — Membros júnior — ele explica. — Eles aprendem a Ordem por observação e cumprem seu tempo prestando serviços.

— Faz sentido — digo, e encolho os ombros. Também é completamente sinistro e acho que ele sabe disso.

Enquanto olho em volta, é como se tivesse levado um banho de água fria. Não sei o que eu esperava, mas não era isso. Eu pensei... acho que pensei que ia chegar e encontrar mais Gideons. Homens idosos em blusões confortáveis, falando à minha volta como avôs. Em vez disso, encontro Burke, e a animosidade instantânea e mútua transita entre nós em uma corrente estática. Gideon, por outro lado, continua sem olhar para mim. Ele está com vergonha, e tem razão para estar. Todos saímos inteiros, mas poderia não ter sido assim.

— Ah, dr. Clements. — Agora sim é o que eu estava esperando. Um homem de barba e cabelos grisalhos em um blusão bordô e calça bege. Ele caminha direto para Thomas e levanta gentilmente a toalha manchada de vermelho, revelando um corte irregular em forma de meia-lua. Meu estômago se contorce quando imagens de Will e Chase, e imagens imaginadas de meu pai, passam por trás de meus olhos. Malditas feridas de mordidas.

— Vai precisar de limpeza e pontos — diz ele. — Com um emplastro de ervas deve curar bem, praticamente sem cicatriz. — Ele põe a toalha de novo sobre o ferimento e Thomas a segura. — Dr. Marvin Clements — ele se apresenta, dando-lhe um aperto de mão. Quando ele me cumprimenta, vira minha mão e examina os dedos. — Seria bom uns pontos aqui também — diz.

— Eu estou bem — respondo.

— Pelo menos vamos limpar — ele determina. — Isso é pútrido. — Ele se vira, segura Thomas pelo braço e o conduz para dentro. Eu vou também, com Carmel logo atrás. Jestine fica com Burke, o que não me surpreende.

Depois que Thomas é tratado e minha mão é desinfetada com iodo, somos levados para um conjunto de quartos dispostos em torno de uma área comum. Tomo um banho rápido e nervoso e refaço o curativo da mão. Não confio nem um pouquinho neste lugar, e a ideia de deixar Thomas e Carmel sozinhos mesmo por vinte minutos me deixa tenso.

O quarto em que eles me puseram é espaçoso, equipado com uma pequena lareira e uma cama grande com cobertores que parecem caros. Me faz lembrar um alojamento de caça que vi em um filme. Só faltam as cabeças empalhadas nas paredes.

— Acho que, se tivesse cabeças empalhadas neste lugar, elas seriam humanas — brinca Thomas. Ele e Carmel entram no quarto de mãos dadas.

— Não duvido. — Eu sorrio. Há janelas abertas na parede e claraboias ao longo do arco do teto. Deve haver um milhão de janelas cobrindo todo o conjunto, mas isso não o faz parecer aberto, ou iluminado. Faz parecer observado.

Gideon bate na porta aberta e Thomas vira depressa demais; faz uma careta e leva a mão ao curativo recente.

— Sinto muito, rapaz — Gideon diz e dá uma batidinha em seu ombro. — O dr. Clements faz um cataplasma de meimendro excelente. A dor vai passar em uma hora. — Ele indica Carmel com a cabeça, esperando uma apresentação.

— Gideon, Carmel... Carmel, Gideon — digo.

— Então você é o Gideon — diz ela, apertando os olhos. — Era trabalho demais pegar o carro e nos encontrar em sei lá que merda de Loch? — Ela lhe dá as costas, indignada, sem esperar uma resposta.

— Não acredito que você nos mandou para lá — falo, e ele me encara sem piscar. Parece solene, talvez pesaroso, mas não mais envergonhado, se é que alguma vez esteve de fato.

— Eu avisei você — ele responde. — Decida-se, Theseus. Ou você é uma criança, ou não.

Ele sempre tem um maldito argumento.

— Eu não queria que você viesse aqui. Queria manter minha promessa para seus pais e afastar você do perigo. Mas você é bem filho do seu pai. Sempre acaba indo atrás do que não deve. Tem uma inclinação para a ruína.

A voz dele é afetuosa, quase sentimental. E ele está certo. Isto foi minha decisão. Sempre foi, desde o começo, quando peguei o athame aos catorze anos.

— Colin quer falar com você — ele avisa, e põe a mão no ombro de Thomas para indicar que tem que ser sozinho. Provavelmente teria posto a outra mão no ombro de Carmel, se não se importasse de levar uma mordida. De qualquer modo, ele não vai deixá-los a sós. Então acho que não preciso me preocupar, por enquanto.

—∞—

Uma mulher me conduz pelos corredores e subindo uma escada para onde Burke está esperando. É a primeira mulher que vejo aqui, e é um certo alívio saber que há mulheres, ainda que esta seja ligeiramente sinistra. Ela tem uns cinquenta anos, com um estiloso cabelo curto loiro-claro. Quando nos encontramos do lado de fora do quarto que eles me deram, ela sorriu e me cumprimentou com a cabeça, com a polidez treinada e indiferente de uma matrona da sociedade. Passamos por salas com amplas portas duplas abertas, e em todas há uma lareira acesa. Em uma delas, à esquerda, há um grupo de pessoas sentadas em um círculo. Quando passamos, todos se viram para olhar. E eu quero dizer todos eles. Juntos. Tipo, ao mesmo tempo.

— Hum... o que eles estão fazendo? — pergunto.

— Rezando. — Ela sorri. Quero perguntar para quê, mas tenho medo de que ela diga que estão rezando para o athame. É difícil pensar em Jestine sendo criada por essas pessoas. Todos eles são sinistros. Até o dr. Clements, quando lavou e enfaixou minha mão, olhou para o sangue como se fosse o Cálice Sagrado. Ele provavelmente vai queimar os curativos em um braseiro de sálvia ou coisa assim.

— Chegamos — diz minha escolta. E só fica ali parada, ao lado da porta, mesmo eu fazendo gestos para indicar que ela pode ir. Gente estranha.

Quando entro na sala, Colin Burke está de pé perto de outra lareira. Está com as mãos unidas em triângulo e as pontas dos dedos pressionados, naquele mais desonesto dos gestos, e as chamas cintilam em vermelho-laranja em suas faces. No mesmo instante, eu penso em Fausto.

— Então você é Theseus Lowood — diz ele e sorri.

— Então você é Colin Burke — digo. Dou de ombros. — Na verdade, nunca ouvi falar de você.

— Bem... — Ele se afasta do fogo e para ao lado de uma poltrona alta de couro. — Algumas pessoas guardam seus segredos melhor que outras.

Ah. Então é assim.

Ponho o polegar e o indicador no queixo, pensativo.

— Já ouvi esse nome antes. Burke. Um assassino serial inglês, não é? — Viro a palma da mão para cima. — Algum parentesco?

Por trás do sorriso ameno, ele está rangendo os dentes. Ótimo. No entanto, no fundo de minha cabeça, estou pensando que não devia fazer esse cara se tornar um inimigo. Que eu vim aqui em busca da ajuda dele. Mas a parte da frente de minha cabeça me diz que nenhuma ação minha poderia fazer com que ele seja mais inimigo do que já é.

Burke abre os braços e sorri. É um gesto desconcertante, apaziguador. Caloroso e quase genuíno.

— Estamos muito satisfeitos por tê-lo aqui, Theseus Cassio Lowood — diz ele. — Desejamos seu retorno há muito tempo. — Ele sorri de novo, ainda mais caloroso. — O guerreiro volta para casa.

Toda essa adulação fingida. Não é suficiente para me fazer esquecer que ele é um idiota. Mas tenho que admitir que é um idiota carismático.

— Satisfeitos? — pergunto. — Então você não deve saber por que estou aqui.

Burke baixa a cabeça, quase pesaroso, e levanta os olhos, cinza como seus cabelos.

— Você teve um dia difícil de viagem. Podemos conversar sobre isso depois. No jantar, talvez. Preparei uma refeição de boas-vindas, para dar aos outros membros a oportunidade de conhecê-lo. Todos eles estão curiosos.

— Escute — digo. — Isso é... é muita gentileza sua e tudo o mais. Mas não tenho tempo...

— Eu sei por que você está aqui — ele me corta. — Aceite o meu conselho. Venha ao jantar. E deixe os outros tentarem convencê-lo a não morrer.

Há um monte de respostas sarcásticas empilhadas em minha língua. Mas eu consigo enfiá-las para dentro.

— Como quiser. — Sorrio. — Você é o anfitrião.

Caminhando com Thomas, Carmel e Gideon para a sala de jantar, mantenho os olhos nas paredes. Realmente há cabeças nas paredes, de alce, urso e algum tipo de bode. Elas me fazem pensar na piada que Gideon fez sobre haver olhos se movendo nos quadros em minha casa.

— Por que estamos fazendo isso? — Carmel pergunta, olhando para a cabeça de bode. — Eu não confio neste lugar. E todos esses animais abatidos estão me dando vontade de virar vegana.

Gideon sorri.

— Estamos fazendo isso para que Colin possa desempenhar o papel de líder sensato. Ele quer matar você, Theseus. — A voz natural com que ele diz isso faz eu me contrair. — Ele quer matar você e pegar o athame para Jestine. Fundi-lo e forjá-lo de novo com o sangue dela. Na mente dele, isso vai purificá-lo.

— Então não devíamos estar fugindo? — Carmel pergunta. — E para que oferecer esse jantar a ele?

— Nem todos na Ordem estão convencidos. Eles respeitam as tradições, e isso inclui a linhagem de sangue do guerreiro original. Vão ficar do seu lado, se você jurar manter a antiga tradição.

— E se eu não fizer isso?

Gideon não diz nada. Chegamos à sala de jantar, que não é maior que as outras salas. Há, claro, uma lareira nela, e um candelabro cintila sob o teto alto, refletindo a chama amarela. Pelo menos doze pessoas estão sentadas à mesa, sendo servidas por mais uns membros júnior com jeito de androides. Jestine não está à vista. Provavelmente está escondida sob guarda, como um tesouro. Quando eu entro, todos se levantam. Burke está entre eles e consegue parecer estar sentado à cabeceira, mesmo a mesa sendo redonda.

O homem mais perto de mim estende a mão e sorri. Eu o cumprimento e ele se apresenta como Ian Hindley. Tem cabelos castanhos com entradas na frente e bigode. Seu sorriso parece sincero e eu me pergunto se ele está do meu lado. Enquanto avanço, apertando mãos e ouvindo nomes, não sei dizer quais deles querem me ver morto agora e quais vão querer só mais tarde.

Sou acomodado ao lado de Burke e a comida chega quase de imediato. Medalhões de filé e um tipo de molho de amoras. De repente, sou inundado por conversas informais. Alguém até me pergunta da escola. Eu achei que seria tenso demais para comer. Mas, quando olho para baixo, meu prato está vazio.

A conversa é tão boa, tão agradável, que não percebo a hora em que ela muda para a tradição. O assunto chega devagar e mansamente.

As palavras sobre a moralidade do athame, e a intenção de sua criação, vibram em meus ouvidos como o zumbido de abelhas. É interessante. É outra perspectiva. É razoável. Se eu fizer esse juramento, eles ficarão do meu lado. Se eu fizer esse juramento, Anna continuará no Inferno.

Meu olhar começa a percorrer a mesa, os rostos risonhos e sorridentes, as roupas sinistramente semelhantes. Gideon está conversando amigavelmente com eles. Thomas também, e até Carmel, ambos com os olhos um pouco vidrados. À minha direita está Burke, e o peso de seu olhar fixo não desgrudou de meu perfil.

— Eles acham que me ganharam — digo, virando para ele. — Mas você sabe, não é?

De repente, a mesa fica em silêncio. Como se eles não estivessem conversando de fato.

Burke faz uma encenação muito boa de olhar em volta com ar pesaroso.

— Eu esperava que conhecer a Ordem, e ouvir o seu propósito, o impedisse de cometer esse erro — diz ele.

— Não faça isso — diz uma voz feminina, e eu olho para o outro lado da mesa e vejo a mulher de cabelos grisalhos que andou comigo mais cedo e cujo nome eu sei agora que é Mary Ann Cotton. — Não profane a si mesmo, ou à Biodag Dubh. — Ah, Mary Ann. Eu e a Bidak Du estamos muito bem.

— É um belo culto que vocês têm aqui, Burke — digo.

— Somos uma Ordem Sagrada — ele me corrige.

— Não. Vocês são um culto. Um culto britânico conservador e protocolar, mas ainda assim é um culto. — Eu me viro para o resto deles e puxo o athame do bolso, tiro-o da bainha e deixo-os ver a luz da lareira refletida na lâmina. — Isto é meu — digo, acima de seus suspiros malucos. — Era do meu pai antes de mim, e do pai dele antes disso. Vocês o querem de volta? Eu quero uma porta para o outro lado, para libertar alguém que está onde não deveria estar.

O silêncio é tão grande que posso ouvir Gideon e Thomas arrumarem os óculos. Então, Burke fala.

— Nós não podemos simplesmente tomar o athame de volta. — Quando o dr. Clements protesta, fazendo uma última súplica pela antiga linhagem de sangue, ele levanta a mão e a interrompe. — A Biodag Dubh servirá para sempre ao seu sangue. Até que esse sangue seja extinto.

Pelo canto do olho, vejo a mão de Carmel segurar a cadeira, sempre pronta para bater com alguma coisa.

— Esse não é o caminho — diz Gideon. — Você não pode simplesmente assassinar o guerreiro.

— Não tem direito de falar, sr. Palmer — diz um membro de cabelos pretos muito curtos. Ele é o mais jovem, provavelmente o mais recente. — Não faz parte da Ordem há décadas.

— Que seja — Gideon continua. — Mas não podem me dizer que nenhum de vocês pensa o mesmo. A linhagem de sangue existe há milhares de anos. E vocês vão acabar com ela só porque o Colin quer?

Há um efeito cascata de pessoas olhando umas para as outras, incluindo Thomas, Carmel e eu.

— Ele está certo — diz o dr. Clements. — Nossa vontade não importa.

— O que você sugere, então? — pergunta Burke. — Que abramos a porta e permitamos que uma assassina morta volte para o mundo? Acha que isso está de acordo com a vontade do athame?

— Deixemos o athame escolher — Clements diz de repente, como se houvesse tido uma inspiração. Ele olha para todos na mesa. — Abra a porta e deixe Jestine ir com ele. Deixe ambos irem. O guerreiro que retornar é o digno portador da Biodag Dubh.

— E se nenhum deles retornar? — alguém pergunta. — O athame estará perdido!

— E se ele puxar a menina morta de volta? — pergunta outra pessoa. — Ela não pode permanecer aqui. Isso não pode ser permitido.

Thomas, Carmel e eu nos entreolhamos. A resistência veio dos apoiadores mais leais de Burke, mas o resto da mesa parece estar com o dr. Clements. A cara de Burke é a de alguém pronto para a briga, mas, no segundo seguinte, seu rosto se amolece no sorriso amistoso e ligeiramente constrangido de um homem que dá o braço a torcer.

— Então assim será — diz ele. — Se Theseus Cassio estiver disposto a pagar o preço.

Lá vamos nós.

— O que isso vai custar?

— Custar? — Ele sorri. — Muito. Mas vamos chegar a isso em um momento. — Inacreditavelmente, ele pede café. — Quando o athame foi criado, os que o criaram sabiam como abrir uma porta para o outro lado. Mas essas magias foram perdidas há séculos. Há dezenas de séculos. Agora, a única maneira de abrir a porta está em suas mãos.

Olho para a lâmina.

— A porta só pode ser aberta por meio da Biodag Dubh. Pois é, você tinha a chave todo o tempo. Só não sabia como virá-la na fechadura.

Estou ficando cansado de ouvir as pessoas falarem sobre a faca como se ela não fosse uma faca. Como se fosse um portal, ou uma chave, ou um par de sapatos de rubi.

— Só me diga o que vai custar — falo.

— O preço — diz ele e sorri. — O preço é o sangue da sua vida, fluindo das suas entranhas.

Em algum lugar à minha volta, Thomas e Carmel puxam o ar. Burke faz cara de pesar, mas eu não acredito nem por um minuto.

— Se você insistir — diz ele —, podemos fazer o ritual amanhã à noite.

24

O sangue da minha vida, fluindo das minhas entranhas. Ah, só isso? É o que eu devia ter dito. Eu não devia tê-lo deixado ver o medo me causando arrepios. Não devia ter apertado a boca. Dei a ele satisfação demais, por saber que eu estava apavorado e que não ia voltar atrás. Porque eu não vou. Nem mesmo com Thomas e Carmel me olhando com olhos arregalados.

— Gente, eu sabia desde o começo que podia acabar assim — digo. — Que eu podia ter que caminhar por uma linha fina entre respirar e não respirar se quisesse salvá-la. Todos nós sabíamos.

— É diferente quando é só uma possibilidade — responde Carmel.

— Ainda é só uma possibilidade. Tenham alguma fé. — Minha boca está seca. Quem eu estou tentando convencer? Eles vão praticamente me estripar amanhã para abrir a porta. Para o Inferno. E, depois que eu a abrir com sangue, vão jogar Jestine e a mim através dela.

— Tenham alguma fé — Carmel repete e cutuca Thomas para ele dizer alguma coisa, mas ele não vai dizer. Ele está do meu lado nisso. Até o fim.

— Talvez não seja uma ideia tão boa — ele murmura.

— Thomas.

— Eu não te contei tudo que meu avô falou — diz ele. — Eles não estão apoiando você. Todos os amigos dele, os voduístas, não estão cuidando de você. — Ele dá uma olhada para Carmel. — Estão cuidando só de nós dois.

Um som de desgosto e decepção sai de meu nariz e garganta, mas não é real. Não estou surpreso. Eles deixaram bem clara, desde o início, sua posição a respeito de trazer Anna de volta.

— Eles acham que é fora da sua jurisdição — Thomas prossegue. — Que isso é assunto da Ordem.

— Você não precisa explicar — digo. Além do mais, isso é só uma desculpa. Ninguém além de nós quer Anna no mundo. Quando eu a puxar para fora do Inferno, vai ser para uma sala cheia de gente que a quer mandar de volta direto para lá. É melhor que ela esteja pronta para lutar. Em minha mente, eu a vejo explodindo dentro da sala como uma nuvem negra e levantando Colin Burke no ar pela nuca.

— Podemos encontrar outro jeito de ajudar a Anna — diz Carmel. — Não me faça ligar para a sua mãe.

Eu dou um meio sorriso. Minha mãe. Antes de eu partir para Londres, ela me fez prometer que ia lembrar que sou seu filho. Eu sou. Sou o filho que ela criou para lutar e fazer o que fosse certo. Anna está presa na câmara de tortura do obeahman. E eu não posso deixar que isso fique assim.

— Vocês podem ir procurar o Gideon? — peço. — Eu quero que… Vocês fariam uma coisa por mim?

A expressão no rosto deles me diz que ainda esperam que eu mude de ideia, mas os dois concordam com a cabeça.

— Quero que vocês estejam lá, para o ritual. Quero que sejam parte dele. — Como alguém do meu lado. Talvez só como testemunhas.

Eles começam a voltar pelo corredor, e Carmel me diz mais uma vez para pensar bem; que eu tenho uma escolha. Mas não é realmente uma escolha. Então eles se afastam e eu me viro para andar pelos corredores deste acampamento de verão de lavagem cerebral druídica infestado de lareiras. Quando dobro uma esquina para um longo corredor vermelho, ouço a voz de Jestine.

— Oi, Cas, espere. — Ela corre até mim. Seu rosto está sério e sem energia. Sem o sorriso autoconfiante, ela mudou completamente. — Eles me contaram o que você falou — diz ela, um pouco corada. — O que você decidiu.

— O que *eles* decidiram — eu a corrijo. Ela olha para mim sem se alterar, esperando, mas não sei o quê. Amanhã à noite ela e eu iremos para muito longe daqui, para o outro lado, e só um de nós deve voltar. — Você sabe o que isso significa, não é?

— Acho que não significa o que você pensa que significa — ela responde.

— Caramba — protesto e continuo a andar. — Não tenho tempo para enigmas. E nem você.

— Você não pode estar bravo comigo — diz ela. O velho sorriso presunçoso está de volta enquanto Jestine acompanha meu passo. — Não faz nem quatro horas que eu salvei a vida do seu melhor amigo. Se não fosse eu, aquele morto teria mastigado a carótida dele antes que você conseguisse piscar.

— O Thomas me disse para não confiar em você. Mas eu não achei que você fosse motivo para preocupação. Ainda não acho. — Ela se incomoda com isso, como eu sabia que faria. Mesmo ela sabendo que é mentira.

— Nada disso foi minha escolha, está bem? Você, entre todas as pessoas, deveria saber como é.

Ela está inquieta enquanto anda. Apesar de toda a sua fala durona, deve estar apavorada. Seu cabelo está solto sobre os ombros em cordões úmidos e ondulados. Ela deve ter tomado banho. Quando molhado, o cabelo inteiro parece dourado-escuro. O vermelho se mistura, escondido.

— Pare de olhar para mim desse jeito — ela protesta. — Como se eu fosse tentar te matar amanhã.

— Você não vai? — pergunto. — Eu achei que essa fosse a ideia.

Ela aperta os olhos.

— Isso deixa você nervoso? Imaginar quem venceria? — O rosto dela é duro como aço, e, por um segundo, acho que estou olhando para uma pessoa totalmente louca. Mas então ela sacode a cabeça e sua expressão frustrada se parece muito com a de Carmel. — Nunca lhe ocorreu que talvez eu tenha um plano?

— Nunca me ocorreu que você não tivesse — respondo. Mas o que ela chama de plano eu chamo de objetivo. — Nunca lhe ocorreu que isso pode ser só um pouquinho injusto? Eu ali sangrando com as entranhas para fora.

— Ha — ela ironiza. — Você acha que vai ser o único? O sangue só compra uma passagem.

Paro de andar.

— Meu Deus, Jestine. Diga que não.

Ela sorri e dá de ombros, como se estivesse acostumada a ser sangrada como um porco semana sim, semana não.

— Se você for, eu também vou.

Ficamos parados em silêncio. Eles pretendem que um de nós volte com o athame. Mas e se nenhum de nós o trouxer de volta? Parte de mim se pergunta se eu poderia simplesmente perder o athame lá para sempre, e deixá-los sem ele; sem um modo de abrir o portal e sem um propósito. Talvez então eles apenas desaparecessem e tirassem suas garras de Jestine. Mas, mesmo enquanto penso isso, a outra parte de mim sussurra que o athame é meu, esse maldito vínculo de sangue cantando em meus ouvidos, e, se a Ordem tem suas garras em Jestine, o próprio athame tem suas garras em mim.

Sem uma palavra, começamos a caminhar juntos pelo longo corredor. Estou tão sufocado e irritado com este lugar; tenho vontade de abrir as portas fechadas com um chute e interromper um círculo de oração, talvez fazer malabarismos com o athame e algumas velas só para ver a expressão horrorizada no rosto deles e ouvir seus gritos de "Sacrilégio!".

— Isso vai parecer estranho — diz Jestine —, mas posso ficar com vocês esta noite? Não vou conseguir dormir muito e... — ela olha em volta com ar de culpa — ... este lugar está me assustando agora.

Quando entro com Jestine, Thomas e Carmel ficam surpresos, mas não parecem hostis. Provavelmente estão bastante agradecidos por Thomas ainda ter sua carótida inteira. Gideon está na área comum com eles, sentado em uma poltrona de encosto alto. Ele estava olhando para o fogo antes de entrarmos e não parece muito determinado agora que estamos aqui. A luz do fogo penetra em todas as rugas de seu rosto. Pela primeira vez desde que cheguei, ele aparenta a idade.

— Vocês conversaram com a Ordem sobre estar presentes no ritual? — pergunto.

— Sim — Carmel responde. — Eles vão nos preparar. Mas não sei que utilidade eu posso ter. Ainda não consegui encaixar aulas extras de bruxaria em minha agenda.

— Bruxa ou não, você tem sangue — intervém Gideon. — E, quando a Ordem preparar a porta amanhã, vai ser o feitiço mais forte que alguém já tentou talvez nos últimos cinquenta anos. Todos nós teremos que pagar, não só Theseus e Jestine.

— Você vai entrar — Thomas me diz, um pouco atordoado. — Eu acho que não tinha pensado nisso. Achei que nós só íamos puxá-la de volta. Que você ia ficar aqui. Que nós estaríamos aqui.

Sorrio.

— Pare com essa cara de culpa. Um morto acabou de tentar te comer. Você já fez bastante. — Mas isso não adianta nada; posso ver em seus olhos. Ele ainda está tentando pensar em fazer mais.

Todos eles olham para mim. Há medo neles, mas não terror. E não há hesitação. Parte de mim quer socar a cabeça deles e chamá-los de burros e viciados em adrenalina. Mas não é isso. Nenhum deles estaria aqui se não fosse por mim, e não sei se isso é certo ou errado. Tudo que sei é que estou agradecido. É quase impossível pensar que, menos de um ano atrás, talvez eu estivesse sozinho.

Gideon disse que seria bom dormirmos um pouco, mas nenhum de nós seguiu o conselho. Nem ele mesmo. Ele passou a maior parte da noite na poltrona, cochilando um pouco, despertando a cada estalo mais alto do fogo. Deitamos onde deu, sem sair da sala, em um dos sofás ou encolhidos em uma cadeira. A noite passou silenciosa, cada um de nós com seus próprios pensamentos. Acho que desmaiei por algumas horas por volta de três ou quatro da manhã. Quando acordei, era como se o tempo não tivesse passado, porém o fogo estava apagado e uma luz enevoada entrava pela fileira de claraboias perto do teto.

— A gente devia comer alguma coisa — Jestine sugere. — Vou estar nervosa demais mais tarde e não estou a fim de ser sangrada com o estômago vazio. — Ela se alonga e as articulações de seu pescoço estalam em uma longa sequência de sons. — Não era uma cadeira confortável. Querem ir procurar a cozinha?

— O chef talvez ainda não esteja lá tão cedo assim — diz Gideon.

— Chef? — exclama Carmel. — Quero que o chef se foda. Vou pegar o que tiver de mais caro naquela cozinha, dar uma mordida e jogar o resto no chão. Depois vou quebrar alguns pratos.

— Carmel — Thomas começa. Ele se interrompe quando ela o encara e sei que está lendo os pensamentos dela. — Não desperdice comida, pelo menos — ele murmura por fim, e sorri.

— Vão indo, vocês três — diz Gideon, me segurando pelo braço. — Nós já vamos.

Eles concordam e saem. Quando viram no corredor, ouço Carmel murmurar que odeia este lugar e que espera que Anna possa implodi-lo como fez com a casa vitoriana. Eu sorrio. Mas, então, Gideon pigarreia.

— O que foi? — pergunto.

— São as coisas que o Colin não contou a você. Coisas em que talvez você não tenha pensado. — Ele encolhe os ombros. — Talvez apenas intuições inúteis de um velho.

— Meu pai sempre confiou nas suas intuições — digo. — Acho que você sempre o ajudou.

— Até o momento em que não pude mais — ele fala.

Acho que não deveria me surpreender por ele ainda trazer isso na cabeça, embora o que aconteceu não tenha sido sua culpa. Ele vai se sentir do mesmo jeito em relação a mim, se eu não voltar. Talvez Thomas e Carmel também, e também não vai ser culpa deles.

— É sobre a Anna — ele diz de repente. — Algo em que eu estive pensando.

— O que é? — pergunto, e ele não responde. — Fale, Gideon. Foi você que me pediu para esperar.

Ele respira fundo e esfrega os dedos na testa. Está tentando decidir como, ou por onde, começar. Vai me dizer mais uma vez que eu não deveria fazer isso, que ela está onde deveria estar, e eu vou lhe dizer mais uma vez que vou fazer e que é melhor ele largar do meu pé.

— Acho que a Anna não está no lugar certo — diz ele. — Ou, pelo menos, não exatamente.

— Como assim, não exatamente? Você acha que o lugar dela é do outro lado, no Inferno, ou não?

Gideon sacode a cabeça, em um gesto desanimado.

— Tudo o que qualquer pessoa sabe sobre o outro lado é que não sabe nada. Escute. A Anna abriu uma porta para o outro lado e arrastou o obeahman com ela. Para onde? Você disse que parecia que eles estavam presos lá, juntos. E se você estiver certo? E se eles estiverem presos lá, como uma rolha no gargalo de uma garrafa?

— Se eles estiverem — sussurro, embora eu saiba.

— Então talvez você precise refletir sobre o que escolheria — Gideon responde. — Se houver uma maneira de separá-los, você vai puxá-la de volta ou vai deixá-la seguir em frente?

Deixá-la seguir em frente. Para onde? Para algum outro lugar sombrio? Talvez algum lugar pior? Não há nenhuma resposta sólida. Ninguém sabe. É como a conclusão de uma história de fantasma ruim. O que aconteceu com o cara com um gancho no lugar da mão? *Ninguém sabe.*

— Você acha que ela merece estar onde está? — questiono. — E estou perguntando para você. Não para um livro, ou uma filosofia, ou a Ordem.

— Não sei quem decide essas coisas — diz ele. — Se há um julgamento de um poder maior ou só a culpa presa dentro do espírito. Não somos nós que decidimos.

Caramba, Gideon. Não foi isso que eu perguntei. Estou prestes a lhe dizer que esperava uma resposta melhor quando ele continua:

— Mas, pelo que você me contou, essa menina já teve a sua cota de tormento. Se eu fosse nomeado seu juiz, não poderia condená-la a sofrer mais.

— Obrigado, Gideon — digo, e ele se cala quanto ao resto. Nenhum de nós sabe o que vai acontecer esta noite. Há uma estranha sensação de irrealidade, misturada a negação, como se nunca fosse acontecer, como se estivesse muito longe, quando o tempo restante é mensurável em horas. Como pode ser que, dentro desse pequeno intervalo de tempo, eu talvez a veja outra vez? Eu talvez possa tocá-la. Talvez possa tirá-la do escuro.

Ou mandá-la para a luz.

Chega. Não complique as coisas.

Caminhamos lado a lado para a cozinha. Carmel foi fiel à sua palavra e quebrou pelo menos um prato. Faço um gesto de aprovação com a cabeça e ela fica vermelha. Ela sabe que não representa nada e que não faz a menor diferença para a Ordem se ela quebrar doze conjuntos de pratos inteiros. Mas essas pessoas a fazem se sentir impotente.

Quando começamos a comer, é surpreendente a quantidade que conseguimos consumir. Gideon faz molho holandês e prepara ovos benedict fantásticos com uma pilha enorme de linguiças. Jestine cozinha seis das maiores e mais vermelhas toranjas que eu já vi, com mel e açúcar.

— Temos que manter o máximo possível de olhos atentos na Ordem — diz Thomas, entre as mordidas. — Não tenho um pingo de confiança neles. A Carmel e eu podemos vigiar enquanto ajudamos a preparar o ritual.

— Não se esqueça de ligar para o seu avô também — diz Gideon, e Thomas olha para ele com surpresa.

— Você conhece o meu avô?

— Só de reputação — responde Gideon.

— Ele já sabe — diz Thomas, baixando os olhos. — Vai deixar toda a rede de vodu a postos. Eles vão estar do outro lado do mundo cuidando da nossa proteção.

Toda a rede de vodu. Mastigo minha comida em silêncio. Seria bom ter Morfran do meu lado. Seria como ter um furacão guardado na manga.

Em apoio à rebelião de Carmel, deixamos a cozinha em um completo caos. Depois de nos arrumarmos, Gideon levou Thomas e Carmel para conhecer os membros da Ordem. Jestine e eu decidimos caminhar pelo terreno, para xeretar e talvez apenas passar o tempo.

— Eles não vão demorar para vir atrás de um de nós — digo, enquanto caminhamos junto às árvores, ouvindo o sussurro da água corrente de um riacho nas proximidades.

— Para quê? — Jestine pergunta.

— Bom, para nos instruir sobre o ritual — respondo, e ela sacode a cabeça.

— Não espere demais, Cas. Você é só o instrumento, lembra? — Ela quebra um graveto de um galho baixo e cutuca meu peito com ele.

— Então eles só vão nos empurrar para dentro sem informação nenhuma e torcer para sermos bons em improvisar? — Encolho os ombros. — Isso é idiota. Ou lisonjeiro.

Jestine sorri e para de andar.

— Você está com medo?

— De você? — pergunto, e ela sorri outra vez. Há um começo de adrenalina correndo em nosso sangue, uma tensão inquieta em nossos músculos, minúsculos peixinhos prateados em alta velocidade por nossos capilares. Quando ela gira o graveto em direção à minha cabeça, eu o vejo vindo de um quilômetro de distância e a desequilibro com o dedo do pé. Sua resposta é um cotovelo rápido em minha cabeça e uma risada, mas seus movimentos são sérios. Ela é treinada e ágil, bem treinada. Tem contra-ataques que nunca vi antes, e, quando me acerta na barriga, faço uma careta, embora ela esteja encenando os golpes. Mas ainda consigo empurrá-la para trás e bloqueio mais do que ela acerta. O athame continua no meu bolso. Isso não é nem metade do que eu posso fazer. Sem ele, porém, ficamos quase de igual para igual. Quando paramos, nosso pulso está acelerado e o pico de adrenalina se dissipou. Isso é bom. É ruim quando ele não tem para onde ir, como ao acordar de um pesadelo.

— Você não tem muito problema para bater em meninas — diz ela.

— Você não tem muito problema para bater em meninos — revido. — Mas isto não é real. À noite vai ser. Se você me deixar do outro lado, eu estou morto.

Ela concorda com a cabeça.

— A Ordem da Biodag Dubh recebeu uma missão. Você a corrompe trazendo de volta uma assassina morta.

— Ela não é mais uma assassina. Nunca foi de fato. Era uma maldição. — Por que é tão difícil entender isso? Mas o que eu esperava? Não dá para apagar o culto do cérebro de uma pessoa em alguns poucos dias. — O que você sabe sobre isso? Quero dizer, o que você realmente sabe? O que você viu? Você viu alguma coisa? Ou só engole o que te disseram?

Ela me encara com ar ressentido, como se eu estivesse sendo injusto. Mas Jestine provavelmente vai tentar me matar, e me matar *com um senso de justiça*, então que se foda.

— Eu sei muito. — Ela sorri. — Você pode achar que eu sou só um drone desmiolado, mas eu aprendo. Eu escuto. Eu investigo. Muito mais do que você. Você por acaso sabe como o athame funciona?

— Eu apunhalo. As coisas vão embora.

Ela ri e murmura alguma coisa baixinho. Acho que percebo as palavras "instrumento cego". Ênfase no "cego".

— O athame e o outro lado estão ligados — diz ela. — Ele vem de lá. É assim que ele funciona.

— Você está dizendo que ele vem do Inferno? — falo. Em meu bolso, o athame se agita, como se seus ouvidos fossem ativados pelo assunto.

— Inferno. Abadom. Aqueronte. Hades. O outro lado. Esses são só nomes que as pessoas dão ao lugar para onde as coisas mortas vão. — Jestine sacode a cabeça. Seus ombros se curvam, com súbita exaustão. — Nós não temos muito tempo — diz ela. — E você ainda está me olhando como se eu fosse roubar o seu dinheiro do lanche. Eu não quero você morto, Cas. Nunca ia desejar isso. Eu só não entendo por que você quer as coisas que quer.

Talvez tenha sido uma briguinha à toa que tivemos, mas a fadiga dela é contagiosa. Gostaria que Jestine não estivesse envolvida nisso. Apesar de tudo, eu gosto dela. Mas não adianta desejar o que não pode ser. Ela se aproxima e seus dedos traçam a linha do meu queixo. Eu os afasto, mas com delicadeza.

— Me conte sobre ela, pelo menos — diz Jestine.

— O que você quer saber? — pergunto e olho para as árvores.

— Qualquer coisa. — Ela encolhe os ombros. — O que faz essa menina ser tão especial? O que fez você ser tão especial para ela, a ponto de ela se mandar para o nada por sua causa?

— Não sei. — Por que eu disse isso? Eu sei. Soube no momento em que ouvi o nome de Anna e na primeira vez em que ela falou. Soube quando saí da casa dela com o meu corpo inteiro e intacto. Foi admiração, e compreensão. Eu nunca tinha sentido nada assim, nem ela.

— Então me conte como ela era, a aparência dela — diz Jestine. — Se vamos sangrar até a morte procurando por ela, eu gostaria de saber quem estamos procurando.

Levo a mão ao bolso, pego minha carteira e tiro a fotografia de jornal de Anna quando estava viva.

— Ela é bonita — Jestine comenta depois de alguns momentos. Bonita. É o que todos dizem. Minha mãe disse isso, Carmel também. Mas, quando elas disseram, foi como um lamento, como se fosse uma pena que essa beleza estivesse perdida. Quando Jestine disse, pareceu desdenhoso, como se fosse a única coisa simpática que ela pôde pensar em dizer. Ou talvez eu só esteja na defensiva. Seja como for, estendo a mão para pegar a foto de volta e a guardo outra vez na carteira.

— A foto não faz justiça a ela — digo. — Ela é feroz. Mais forte que qualquer um de nós.

Jestine dá de ombros, como se falasse: "Se você diz..." Isso me irrita mais um pouco. Mas não importa. Em algumas horas, ela vai ver Anna por si mesma. Ela vai vê-la vestida de sangue, os cabelos flutuando como se estivessem suspensos em água, os olhos pretos e brilhantes. E, quando ela vir, vai perder o ar.

25

Jestine estava errada. A Ordem veio levar um de nós. Eles a levaram, um pouco antes do pôr do sol. Duas mulheres se aproximaram sem dizer uma palavra. Não eram muito mais velhas do que nós, ambas com cabelos soltos e muito pretos. Jestine as apresentou como Hardy e Wright. Acho que membros júnior são chamados pelo sobrenome. Ou é isso, ou os pais delas são uns babacas.

Gideon veio me buscar não muito depois. Ele me encontrou andando sob os postes de luz pela trilha pavimentada. Chegou na hora certa. A adrenalina tinha subido de novo e eu estava a um fio de começar a correr a esmo. Ele me levou de volta ao prédio e até seu quarto, onde fileiras de velas brancas já tinham queimado até o toco e três das réplicas do athame descansavam sobre o veludo vermelho.

— E aí? — digo, assim que ele fecha a porta. — O que você pode me dizer sobre esse ritual?

— Posso dizer que vai começar logo — ele responde. Vago. É como se eu estivesse conversando com Morfran.

— Onde estão a Carmel e o Thomas?

— Eles vão estar lá — diz ele. Um sorriso quebra a solenidade de seu rosto. — Aquela menina. — Ele ri. — Ela é pavio curto. Nunca ouvi uma língua como a dela. Normalmente eu diria que ela é insolente, mas, dadas as circunstâncias… foi muito agradável ver o rosto de Colin mudar para aquele tom de vermelho. — Ele levanta uma sobrancelha para mim. — Por que você não tentou ficar com ela?

Carmel, antagonizando Burke o dia inteiro. Eu gostaria de ter visto.

— O Thomas chegou primeiro — respondo e sorrio.

Nossos sorrisos desaparecem lentamente e eu olho para as velas cada vez menores. As chamas flutuam sobre os pavios, tão pequenas. É estranho pensar que elas podem reduzir o pilar de cera a nada. Gideon vai até o armário e desliza a porta para abri-la. A princípio parece que ele está pegando uma pilha de cortinas vermelhas, mas, quando as estende na cama, vejo que são túnicas cerimoniais, como a que ele estava usando na foto roubada.

— Ah — digo. — Eu estava me perguntando quando as túnicas e incensórios iam aparecer.

Gideon estica as duas túnicas, puxando os capuzes e as mangas. Estou usando uma camiseta verde e jeans. Estou bem assim. As túnicas parecem pesar uns dez quilos.

— Usar uma dessas vai me ajudar com o feitiço? — pergunto. — Você sabe que a maior parte da cerimônia é só cerimônia, né?

— A cerimônia é só cerimônia — ele repete, mais ou menos como minha mãe faz. — Não, isso não vai ajudar você. É só tradição.

— Então esqueça — falo, olhando para a corda simples que é amarrada na cintura. — Um cu para a tradição. Além disso, a Anna ia estourar de rir.

Ele curva os ombros e eu me preparo para o impacto. Ele vai gritar agora, sobre como eu nunca levo as coisas a sério, sobre como nunca demonstro respeito. Quando vira para mim, dou um passo para trás, e ele me segura pelo ombro.

— Theseus, se você sair por aquela porta agora, eles vão deixar você ir embora.

Olho para ele. Seus olhos estão brilhando, quase tremendo por trás dos óculos de armação fina. Eles vão me deixar ir embora, ele disse. Talvez sim, talvez não. Burke provavelmente iria atrás de mim segurando um castiçal se eu tentasse, e toda a coisa se transformaria em um jogo Detetive na vida real. Eu me solto dele, delicadamente.

— Diga para a minha mãe... — começo e paro. Minha mente está vazia. O rosto dela flutua em meu pensamento por um segundo e desaparece. — Não sei. Diga algo bom.

— Olá — diz Thomas e espia pela porta. Quando o resto dele também entra, e Carmel atrás, não consigo conter um sorriso. Eles estão vestidos com túnicas vermelhas longas, o capuz para trás e as mangas sobrando nas mãos.

— Estão parecendo monges no Natal — digo. A ponta do tênis Converse de Thomas aparece por baixo. — Vocês sabem que não precisam vestir isso, não é?

— A gente não queria, mas o Colin teve um chilique. — Carmel vira os olhos. — Elas são pesadas. E coçam.

Atrás de nós, Gideon tira sua túnica do cabide e a veste. Ele aperta a corda na cintura e ajeita o capuz nas costas. Depois, pega uma das réplicas da faca no veludo vermelho e a prende na corda.

— Vocês também vão precisar de uma — ele diz para Thomas e Carmel. — Elas já foram afiadas.

Eles se entreolham, mas nenhum dos dois perde a cor quando se aproximam e pegam uma faca.

— Falei com meu avô — conta Thomas. — Ele disse que nós somos idiotas.

— Nós?

— Bom, principalmente você. — Nós sorrimos. Eu posso ser um idiota, mas Morfran estará de guarda. Se Thomas precisar de proteção, ele pode enviá-la do outro lado do oceano.

Eu pigarreio.

— Escutem, eu... não sei se vamos estar em forma quando voltarmos. Se eles tentarem fazer alguma coisa com a Anna...

— Tenho certeza de que a Anna pode estraçalhar a Ordem — diz Thomas. — Mas, só como precaução, eu sei alguns truques para segurá-los um pouco.

Carmel sorri.

— Eu devia ter trazido o meu bastão. — Uma expressão estranha passa pelo seu rosto. — Alguém já pensou em como vamos levar a Anna de volta para Thunder Bay? O passaporte dela deve estar vencido.

Eu rio, e os outros também. Até Gideon.

— Vocês dois, é melhor irem — diz ele e acena na direção da porta. — Nós vamos logo em seguida.

Eles concordam e tocam meu braço quando passam.

— Eu preciso te pedir que cuide da segurança deles se...? — pergunto a Gideon depois que eles saem.

— Não se preocupe — ele responde e põe a mão em meu ombro, pesadamente. — Eu prometo.

No espaço de um dia, este lugar envelheceu um século. A eletricidade foi trocada por luz de velas. Elas tremeluzem nas paredes dos corredores e refletem na superfície de pedra dos pisos. Os trajes formais de trabalho também se foram; todos que passam por nós estão de túnica, e toda vez que passamos eles fazem um gesto de bênção e oração. Ou talvez seja uma maldição, dependendo da pessoa. Eu não faço nada em resposta. Só tem um gesto de mão que me vem à cabeça, e ele não é apropriado.

Gideon e eu nos movemos pelo labirinto de passagens e salas conectadas até nos encontrarmos diante de altas portas duplas de carvalho. Antes que eu tenha tempo de perguntar onde a Ordem guarda o aríete, as portas se abrem por dentro e revelam uma escada de pedra que desce em espiral para a escuridão.

— Tocha — Gideon diz, ríspido, e uma das pessoas perto da porta lhe entrega uma. A luz revela degraus de granito belamente entalhados. Imaginei que eles fossem escuros e molhados, primitivos.

— Cuidado — digo, quando Gideon começa a descer.

— Eu não vou cair — ele responde. — Por que acha que eu peguei esta tocha?

— Não é isso. Eu estava pensando que você podia tropeçar na túnica e quebrar o pescoço.

Ele resmunga alguma coisa sobre ser perfeitamente capaz, mas pisa com atenção. Eu o sigo e faço o mesmo. Com ou sem tocha, os degraus dão vertigem. Não há corrimão e eles viram em curvas fechadas uma atrás da outra, até que meu senso de direção está detonado e eu não tenho mais ideia de quanto descemos. O ar é progressivamente mais frio e úmido. Parece que estamos entrando pela garganta de uma baleia.

Quando chegamos à base da escada, temos que rodear uma parede, assim a luz de velas nos atinge de repente quando entramos no grande espaço circular. Há velas alinhadas em três fileiras nas paredes: uma de velas brancas, uma de velas pretas. A fileira do centro é uma combinação de ambas. Elas estão em prateleiras escavadas na pedra.

As pessoas de túnica estão de pé no centro em um semicírculo à espera do momento de se fechar. Apenas os membros mais graduados da Ordem estão presentes e eu olho para seus rostos, todos velhos e anônimos, exceto Thomas e Carmel. Gostaria que eles tirassem o capuz. Ficam estranhos com o cabelo escondido. Burke, claro, está de pé no meio como um pilar. Ele não faz nenhuma encenação de amabilidade desta vez. Sua expressão é dura à luz das velas, e esse é o jeito como vou me lembrar dele. Como um imbecil.

Thomas e Carmel estão na ponta do semicírculo, Thomas tentando não parecer deslocado e Carmel não dando a mínima para como ela parece. Eles sorriem com nervosismo para mim e eu passo os olhos pelos outros membros da Ordem. Há uma faca afiada cintilando no cinto de cada um deles. Olho para Gideon. Se isto der errado, é bom que tenha algum truque na manga, ou ele, Thomas e Carmel acabarão como Júlio César antes que ele possa dizer duas palavras.

Thomas me encara, e nós olhamos para cima. O teto não é visível. É alto demais para ser alcançado pela luz das velas. Olho para Thomas de novo e ele levanta as sobrancelhas. Nós odiamos este lugar. Parece que está debaixo de tudo. Sob a terra. Sob a água. Um péssimo lugar para morrer.

Ninguém disse nada desde que Gideon e eu chegamos. Mas sinto o olhar deles em meu rosto e passando de relance pelo punho da faca em meu bolso traseiro. Eles querem que eu a pegue. Querem vê-la, enchê-la de aahs e oohs outra vez. Pois podem esquecer, seus trouxas. Eu vou passar pelo portal, encontrar minha garota e voltar. Aí vamos ver o que vocês têm a dizer.

Minhas mãos começaram a tremer; eu as aperto com força. Atrás de nós, passos ecoam na escada. Jestine está sendo conduzida por Hardy e Wright, mas "conduzida" é a palavra errada. Escoltada é melhor. Para a Ordem, este show é todo para ela.

Eles a deixaram vir sem a túnica vermelha também. Ou talvez ela a tenha recusado. Quando a encaro, ainda há uma pontada persistente no fundo de mim dizendo que ela não é minha inimiga, e é difícil não confiar nessa intuição depois de tanto tempo, mesmo que pareça maluca. Ela entra no círculo e suas escoltas recuam e vão embora pela escada. O círculo de pessoas de túnica se fecha atrás dela, deixando-nos sozinhos no centro. Ela cumprimenta a Ordem, depois olha para mim, tenta sorrir e vacila. Está com uma blusa branca sem mangas e calça preta de cintura baixa. Não há talismãs visíveis, ou medalhões, ou joias. Mas sinto um cheiro de alecrim. Ela foi ungida para proteção. Há uma faixa enrolada em sua perna que parece conter uma faca e outra similar presa na outra coxa. Lara Croft daqui a pouco aparece para reivindicar os direitos pelo look.

— Não podemos mesmo fazê-lo mudar de ideia? — pergunta Burke, sem um pingo de sinceridade.

— Vamos logo com isso — murmuro. Ele sorri sem mostrar os dentes. Algumas pessoas não conseguem fazer nenhuma expressão que não seja desonesta.

— O círculo já foi formado — ele diz, mansamente. — O portal está livre. Tudo que falta é abri-lo. Mas primeiro vocês precisam escolher sua âncora.

— Âncora?

— A pessoa que servirá como sua ligação com este plano. Sem ela, vocês não poderiam encontrar o caminho de volta. Vocês dois precisam escolher.

Minha mente pensa em Gideon. Então, eu olho para a esquerda.

— Thomas — digo.

Os olhos dele se arregalam. Acho que ele está tentando parecer lisonjeado, mas só consegue parecer nauseado.

— Colin Burke — Jestine diz ao meu lado. Nenhuma grande surpresa nisso.

Thomas engole em seco e dá um passo à frente. Ele pega a réplica do athame no cinto e segura a lâmina. Quando puxa o gume de encontro à palma da mão, consegue não fazer careta, mesmo com o sangue que flui e escorre pela lateral do pulso. Ele limpa o athame na túnica e torna a guardá-lo no cinto, depois mergulha o polegar no sangue que se acumula em sua palma. O líquido é quente quando ele desenha uma meia-lua em minha testa, logo acima da sobrancelha. Aceno para ele com a cabeça enquanto ele recua. Ao seu lado, os olhos de Carmel estão muito abertos. Ambos achavam que eu escolheria Gideon. Eu também achei, até abrir a boca.

Eu me viro; Burke e Jestine repetem o ritual. O sangue dele é reluzente e carmesim contra a pele dela. Quando ela olha para mim, tenho que controlar a vontade de limpar seu rosto. Ela engole fundo e seus olhos brilham. A adrenalina está sendo liberada em nosso sangue, tornando o mundo mais nítido, mais claro, mais imediato. Não é igual a quando eu manejo o athame, mas é próximo. A um sinal de Burke, o resto da Ordem pega suas facas. Carmel está só meio passo atrás deles quando todos deslizam a faca pela palma da mão; os olhos dela se apertam na rápida sensação de ardência. Então todos eles, inclusive Thomas e Burke, viram as mãos, deixando o sangue pingar no chão e salpicar o mosaico de ladrilhos assimétricos amarelo-claros. Quando os pingos caem, as chamas das velas brilham mais forte e a energia, como ondas sob intenso calor, fluem para o centro e reverberam para fora. Eu posso senti-la, sob meus pés, alterando a superfície. É difícil descrever. É como se o chão sob meus sapatos estivesse se tornando *menos.* Como se estivesse ficando mais fino, ou perdendo uma dimensão. Estamos de pé sobre uma superfície que não é mais superfície.

— Está na hora, Cas — diz Jestine.

— Hora — repito.

— Eles fizeram a parte deles, pavimentando o caminho. Mas não podem abrir a porta. Isso você mesmo tem que fazer.

A magia está fluindo pela minha cabeça em uma corrente desvairada. Olhando para o círculo, mal posso distinguir Carmel e Gideon dos outros. Sob o capuz, o rosto deles está embaçado. Então avisto Thomas, tão nítido que poderia estar brilhando, e meu estômago desce um pouco da garganta. Meu braço se move; não percebo que estou pegando o athame até ele estar em minha mão, até eu estar olhando para ele, as chamas das velas reluzindo em laranja sobre a lâmina.

— Eu tenho que ir primeiro — diz Jestine. Ela está de pé bem na minha frente, com meu athame apontado para sua barriga.

— Não. — Eu recuo, mas ela agarra meu ombro. Não sabia que era isso que eles queriam dizer. Achei que ia ser Burke. Achei que seria um corte raso no braço. Não sei o que pensei. Não pensei nada; eu não queria pensar. Recuo mais um passo.

— Se você for, eu vou — diz Jestine entre dentes semicerrados. Antes que eu possa reagir, ela segura minha mão que segura o athame e o enfia fundo na lateral de seu corpo. Fico olhando a lâmina entrar como em um pesadelo, devagar, mas tão facilmente, como se estivesse deslizando por água. Quando ela sai, está brilhando com um vermelho translúcido.

— Jestine! — grito. A palavra morre alta em meus ouvidos. As paredes não produzem nenhum eco. Seu corpo se dobra e ela cai de joelhos. Está segurando o corte; muito pouco sangue escorre entre seus dedos, mas eu sei que é pior que isso.

Seu sangue da vida.

Enquanto observo, ela perde uma dimensão, torna-se menos, como o ar à nossa volta e o chão sob nossos pés. Ela se foi, atravessou. O que ficou é oco, nada mais do que um marcador de espaço.

Olho para ela, hipnotizado, e viro o athame para dentro. Quando ele rompe minha pele, o mundo gira. É como se minha mente estivesse sendo puxada por um buraquinho estreito. Aperto os dentes e enfio com mais força, pensando em Jestine, pensando em Anna. Meus joelhos batem no chão e a luz se apaga.

26

Não há nada bom aqui. Nunca houve. Minha face está pressionada contra uma superfície que não é nem quente nem fria, nem embotada nem afiada. Mas é dura. Em tudo que meu corpo toca, ele está a ponto de estilhaçar. Isto foi um erro. Este não é o nosso lugar. Onde quer que seja, é a falta de tudo. Nem luz, nem escuridão. Sem ar ou gosto. É um nada, um vazio

Eu não quero mais pensar. Meus olhos podem explodir e sair rolando. Posso quebrar o crânio contra o fundo e ouvir as metades vazias, balançando como a casca descartada de um ovo.

(Cas, abra os olhos.)

Meus olhos estão abertos. Não há nada para ver.

(Você tem que abrir os olhos. Você tem que respirar.)

Este lugar é o que existe atrás da loucura. Não há nada bom aqui. Fora de tudo. Se você comer frustração, ela o sufoca. Este lugar existe na sequência de um grito.

(Escute a minha voz. Escute. Eu estou aqui. É difícil, mas você tem que *dar forma*. Na sua mente. Dê forma na sua mente.)

A mente está se desenrolando. Não consigo segurá-la. Veio tão longe só para escapar e se desfazer. Há coisas de que as pessoas precisam. Ar. Água. Risos. Força. Respirar.

Respirar.

— Isso — diz Jestine. — Vá devagar. — Seu rosto se materializa como névoa em um espelho e o resto do mundo vem em seguida, completando-se como um desenho que a gente pinta número por número. Estou deitado no que parece pedra em uma câmara gravitacional, alta densidade contra meu crânio, apertando meus ombros. Deve ser assim que um peixe se sente ao ser içado para um cais, com a madeira pressionando suas brânquias e seus olhos quando nada nunca os havia pressionado antes. As brânquias pulsam inutilmente. Meus pulmões puxam inutilmente. Algo está se movendo para dentro e para fora deles, mas não é ar. Não há sensação de nutrição chegando ao meu sangue. Eu aperto o peito.

— Não entre em pânico. Só continue respirando. Não importa se é real ou não. Vá se acostumando aos poucos. — Jestine segura meus braços; ela parece tão quente, mais quente do que qualquer coisa de que eu me lembre. Não sei há quanto tempo estamos aqui. Parecem horas. Parece um segundo. Talvez sejam a mesma coisa.

— Tudo tem a ver com a mente — diz ela. — É só isso que nós somos. Olhe. — Ela toca minha barriga e eu faço uma careta, prevendo a dor. Mas não sinto nada. A ferida não está lá. Deveria estar lá. Deveria haver um buraco rasgado em minha camiseta e o sangue espalhado em um círculo. A faca devia estar se projetando de dentro de mim.

— Não, você não precisa disso — diz ela. Olho para baixo outra vez. Onde não havia nada, agora há um pequeno rasgo e uma mancha úmida escura. — Você não precisa disso — ela repete. — Isso ainda existe. Lá. Do outro lado, nosso corpo está sangrando. Se não voltarmos antes que ele se esvazie, estaremos mortos.

— Como fazemos para voltar?

— Olhe para trás.

Atrás de mim, há pedra. Estou deitado de costas. Mas viro a cabeça ligeiramente.

Thomas. Eu o vejo. E, se focar minha visão, a janela se alarga e revela o resto da sala. Os cortes na pele dos membros da Ordem ainda estão abertos, gotejando lentamente para o chão. Nossos corpos estão lá, o meu e o de Jestine, encolhidos no lugar onde caíram.

— Estamos do outro lado do espelho — digo.

— De certa forma. Mas, na verdade, ainda estamos lá. Ainda estamos vivos. A única coisa que veio, fisicamente, foi o athame.

Baixo os olhos. Ele está na minha mão e não há sangue na lâmina. Eu o aperto e a ação traz a emoção em uma onda. A sensação de familiaridade neste lugar de nada quase me faz querer enfiá-lo na barriga outra vez.

— Você tem que se levantar agora. — Jestine fica em pé. Ela é muito mais brilhante do que tudo em volta. Me estende a mão, e atrás de sua cabeça há um céu preto infinito. Nenhuma estrela. Nenhuma borda.

— Como você sabe tudo isso? — pergunto. Faço um esforço e me levanto sem ajuda. Onde quer que estejamos, não há nenhuma regra de perspectiva. Parece que posso enxergar até o infinito e, no entanto, apenas alguns metros em cada direção. E não há luz. Pelo menos não luz como a reconheceríamos. As coisas simplesmente são. E o que elas são é pedra lisa, paredes esculpidas em penhascos de algo que poderia ser cinza e poderia ser preto.

— A Ordem mantém registros de quando eles obtiveram o metal para o athame. A maior parte se perdeu, e o que resta é fragmentado, mas eu estudei cada pedacinho.

— Você vai tentar se livrar de mim aqui, Jestine?

Ela olha para baixo e para o lado. Não vejo nada atrás dela, mas, se eu olho para trás e vejo Thomas, ela deve ver Burke. Ele é sua âncora.

— Se você morrer aqui, então este é o seu lugar.

— Este pode ser mesmo o lugar de alguma coisa?

— Não estou aqui para ajudar você a tirar a garota. Tenho meu próprio plano.

Aperto o athame com mais força. Pelo menos Anna é "a garota" agora, e não "a assassina morta".

— Quanto tempo temos? — pergunto.

— Até o tempo acabar. — Jestine encolhe os ombros. — É difícil dizer. O tempo não é o mesmo aqui. Não há nenhuma regra. Eu não uso relógio, mas, se usasse, ficaria com medo de olhar para ele. Os ponteiros provavelmente estariam girando sem controle. Quanto tempo você acha que passou desde que começou a sangrar?

— Isso importa? Eu estaria errado, não estaria?

Ela sorri.

— Exatamente.

Olho em volta. Este lugar parece o mesmo em todas as direções. Mais estranho ainda é o fato de que, apesar de saber que estou morrendo em algum lugar atrás de mim, não há sensação de urgência. Eu poderia ficar parado na mesma posição durante dias, procurando em volta passivamente por Anna até ser tarde demais, até meu corpo do outro lado ter sido enviado para casa e enterrado. É um ato de vontade fazer minhas pernas se moverem. Tudo aqui é um ato de vontade.

Quando ando, a pedra espeta meu pé como se eu não estivesse usando sapatos. Aparentemente, os sapatos da mente têm uma sola muito ruim.

— Isto é inútil — digo. — Ela não está em lugar nenhum. Não há lugar nenhum para ela estar. É só um espaço vazio.

— Se você estiver procurando por ela, vai virar uma esquina e ela estará lá — responde Jestine.

— Não há esquinas para virar.

— Há esquinas em toda parte.

— Eu odeio você. — Franzo a testa para Jestine e ela sorri. Ela também está procurando, os olhos virando de um lado para outro desesperadamente. Tenho que me lembrar de que ela foi escolhida e isso é culpa da Ordem, não dela. Que ela está caída sangrando ao meu lado. Ela só pode estar com medo. E está se revelando uma guia melhor do que eu poderia ter imaginado.

Uma parede aparece de repente diante de nós, uma parede de pedra preta e porosa que goteja água, como o leito de rochas ao longo da estrada no caminho para Thunder Bay. Viro a cabeça e vejo outras paredes à esquerda e à direita. Elas se estendem atrás de nós por quilômetros, como se estivéssemos andando em um labirinto. Só que não estávamos até agora. Viro mais para trás, para olhar Thomas pela janela. Ele ainda está lá, minha âncora. Devemos continuar andando ou virar? É este o caminho? O rosto dele não reage a essas perguntas. Seus olhos estão fixos em meu corpo, vendo o sangue saturar minha camiseta.

Estamos passando por algo, largado no chão. É uma carcaça, sendo diligentemente trabalhada por insetos. O pelo do que quer que isto seja já foi branco, mas, se não fosse pela presença de quatro patas, poderia ser qualquer coisa. Um cachorro, talvez, ou um gato grande. Poderia ter sido um bezerro pequeno. Passamos sem comentar, e tento não olhar para o movimento por baixo da pele. Isso não importa. Não é o que procuramos.

— O que diz ali? — Jestine pergunta e aponta para a parede à frente. Não é de fato uma parede, mas uma formação de calcário, branca e erodida, suficientemente baixa para passar por cima. Há palavras em tinta preta molhada nela: "MARINETTE DOS BRAÇOS SECOS". Ao lado, há o que parece um desenho rudimentar: os ossos escurecidos de braços e dedos e uma grossa cruz preta. Eu não sei o que isso significa. Mas desconfio de que Morfran saberia.

— Nós não devíamos ir por aí — digo.

— Só há um caminho para ir. — Jestine dá de ombros.

À frente, a parede muda, novamente de rocha molhada porosa para pedra sem cor. Quando chegamos mais perto, eu pisco e ela se torna translúcida, como cristal ou vidro grosso e empoeirado. Há uma massa clara no centro, algo congelado ou preso. Passo a mão na pedra, sentindo a poeira granulosa deslizar contra minha palma. Meu movimento revela um par de olhos, grandes e amarelados e cheios de ódio. Continuo limpando o vidro, deslizando a mão para baixo, e vejo que a frente da camisa branca ainda tem as manchas do sangue de sua esposa. A crista do cabelo de sua viúva está desgrenhada e suspensa na rocha. É Peter Carver. O primeiro fantasma que eu matei.

— O que é isso? — pergunta Jestine.

— Só um espantalho — respondo.

— Para você ou para ela?

— Para mim. — Olho para o rosto congelado e lembro do jeito como ele me caçou, de como ele veio atrás de mim pelo chão, sua barriga deslizando e as pernas se agitando inutilmente. Uma rachadura se forma no vidro.

— Não tenha medo — diz Jestine. — Ele é só um espantalho, como você disse. Seu espantalho.

A rachadura é uma fratura fina como um fio de cabelo, mas está se estendendo. Enquanto observo, ela corre para cima, percorrendo a mancha de sangue na camisa como um relâmpago.

— Foco — sussurra Jestine. — Antes que você deixe ele sair da pedra.

— Não consigo — digo. — Não sei do que você está falando. Só temos que ir. Temos que continuar andando. — Eu me afasto. Minhas pernas pesadas se movem mais depressa do que posso controlar. Viro uma esquina, depois outra. Parece que estou correndo, e isso é burrice. A última coisa de que precisamos é nos perder. A última coisa de que precisamos é não prestar atenção e o caminho virar para dentro de uma caverna. Minhas pernas diminuem o ritmo.

Não há nenhum som de nada raspando atrás de nós. Peter Carver não está se arrastando às nossas costas. Eu posso até ter imaginado a rachadura na pedra.

— Acho que não aconteceu nada — digo, mas ela não responde. — Jestine? — Olho em volta. Ela não está aqui.

Sem pensar, volto pelo caminho de onde vim. Eu não devia ter corrido. Não devia tê-la deixado na frente de Carver, achando que era ela quem tinha que fazer alguma coisa quanto a ele. O que deu na minha cabeça?

— Jestine! — grito, e gostaria que minha voz ecoasse nas pedras em vez de cair surda. Nenhum som volta, nem o meu grito, nem a resposta dela.

Ela não está aqui. E nem Peter Carver. Ambos se foram.

— Foi aqui — digo a mim mesmo. E foi. Mas voltar do jeito que eu fiz não funcionou. Nenhuma das paredes parece igual a como era quando passei pela primeira vez. — Jestine!

Nada. Por que ela não falou que não podíamos nos separar? Por que ela não me seguiu? Minha barriga dói. Ponho a mão nela e sinto a umidade quente. A ferida está atravessando.

Eu não preciso disso. Deixei isso para trás. Preciso de foco. Tenho que encontrar Anna, e Jestine.

Algumas respiradas fundas e minha mão volta seca. O vento passa por minhas faces, a primeira sensação desse tipo desde que cheguei aqui. Ele traz um barulho. Uma risada feminina histérica que não parece nem um pouco com Jestine ou Anna. Odeio este lugar. Até o vento é maluco. Passos soam atrás de mim, mas não há nada quando me viro. O que estou fazendo aqui? É como um esquecimento. Sinto uma pressão contra o ombro; estou apoiado na lateral do rochedo. Quando o vento traz a risada outra vez, fecho os olhos até sentir seu cabelo roçar meu rosto.

Ela está meio dentro e meio fora da pedra. Seus olhos não têm sangue, mas ela se parece muito com Cait Hecht.

— Emily Danagger — sussurro, e ela sorri sem humor enquanto se dissolve para trás. No instante em que ela se vai, seus passos soam atrás de mim, se aproximando depressa. Saio correndo sem nem pensar. Contorno formações rochosas que parecem colunas vertebrais fossilizadas e tropeço em pedras que não estavam lá antes de eu bater nelas. Só mais um espantalho, fico dizendo a mim mesmo, mas não sei por quanto tempo corro antes de o vento mudar de uma risada para um murmúrio áspero e ininteligível. Sinto uma vontade tão grande de pressionar as mãos sobre os ouvidos que, a princípio, nem percebo a outra coisa que o vento traz: um cheiro forte de fumaça doce. A mesma fumaça que se espalhou sobre a minha cama no outono passado. A mesma fumaça que meu pai sentiu logo antes de morrer. É o obeahman. Ele está aqui. Ele está perto.

No mesmo instante, minhas pernas parecem quilos mais leves. O athame canta na minha mão. O que foi mesmo que Jestine disse? Se eu estiver procurando por ela, vou virar uma esquina e ela estará lá. Mas e ele? Eu deveria estar assim tão ansioso? De qualquer modo, o que ele poderia fazer comigo neste lugar?

Acontece exatamente como ela falou. Uma esquina de pedra e lá está ele, no final do labirinto de paredes, como se os caminhos estivessem me conduzindo para ele.

O obeahman. O athame gira habilmente entre meus dedos. Estive esperando por isso. E não tinha me dado conta até agora. Olhando para ele, para suas costas encurvadas, com o mesmo casaco comprido verde-escuro, os mesmos dreadlocks apodrecidos pendendo sobre os ombros, meu estômago se contorce como uma enguia. Assassino.

ASSASSINO. Você comeu meu pai em uma casa em Baton Rouge. Você roubou o poder da faca e pegou todos os fantasmas que eu achava que estava mandando embora.

Mas, mesmo enquanto meu cérebro grita essas coisas, meu corpo permanece escondido atrás da parede de pedra, semiagachado. Eu queria ter perguntado a Jestine o que poderia acontecer conosco aqui. Será que é como dizem dos sonhos? Que, quando se morre neles, morre-se na vida real? Deslizo para mais perto da borda, deixando um pedacinho de olho aparecer na quina da pedra. Se isso for possível, o obeahman é maior do que eu me lembrava. Suas pernas parecem mais compridas e há mais curvaturas em suas costas. É como vê-lo por um espelho de parque de diversões, alongado e não natural. Ele ainda não me viu, nem sentiu meu cheiro ou me ouviu. Só está ali inclinado sobre uma pedra plana e baixa, seus braços se movendo como uma aranha na teia, e eu poderia jurar que cada braço tem uma articulação a mais.

Lembro do feitiço com o tambor lapão e de como Anna parecia assustada. Ela falou que este era o mundo dele.

O obeahman puxa alguma coisa com força. Ele estica e sacode; parece um barbante branco, do tipo que um açougueiro usa para amarrar um pedaço de carne para assar. Quando ele puxa o barbante outra vez, levanta o braço e eu conto distintamente quatro articulações.

A pressa pode ser um erro. Preciso saber mais. Olhando em volta para as paredes do labirinto, vejo degraus entalhados na pedra à direita. Eu não os notei quando passei. Provavelmente porque eles não estavam ali antes. Subo em silêncio e, quando chego ao topo, me apoio nas mãos e rastejo até a borda. Tenho que enterrar os dedos na rocha para me impedir de me jogar lá de cima.

É Anna sobre a pedra. Ele a tem deitada ali, como sobre uma laje mortuária. O corpo dela está todo amarrado com barbante branco, manchado de sangue escuro em alguns pontos. O movimento que eu o vi fazendo com os braços era para costurar a boca e os olhos dela.

Não posso olhar, mas meus olhos não se fecham enquanto ele amarra os nós e corta o barbante com os dedos. Quando ele endireita o corpo e examina seu trabalho, uma das mãos segura a cabeça dela por baixo como se fosse de uma boneca. Ele se inclina perto do rosto dela, talvez para sussurrar, ou para beijar sua face. Depois, seu braço cheio de articulações se ergue no ar e vejo que os dedos se transformaram em pontas afiadas, antes de ele os descer com força e enfiá-los na barriga dela.

— Não! — O grito é arrancado de dentro de mim quando o corpo dela se contrai, sua cabeça se sacode para a frente e para trás, os olhos costurados para impedir as lágrimas, a boca costurada para impedir ruídos.

O obeahman vira o rosto para cima. A expressão de choque é inconfundível, embora os olhos dele sejam costurados também, dois traços cruzados em linha preta. As cruzes negras parecem pairar sobre o rosto em um rabisco psicodélico, e os olhos por trás se expandem e sangram. Não era assim antes, quando ele era apenas um fantasma. O que ele é agora?

Agito a faca e ele ruge com um som que só máquinas fazem; não tem nenhuma emoção discernível, então não posso saber se está com medo, com raiva ou apenas louco. Mas a visão do athame o faz recuar e ele se vira e desaparece entre as pedras.

Não perco tempo. Desço da pedra como um caranguejo, com medo de tirar Anna do meu campo de visão e ela ser engolida por este lugar, como aconteceu com Jestine. Minha aterrissagem não tem nenhuma elegância, dura e basicamente sobre o quadril e o ombro. Dói, muito, e há um ponto sensível em minha barriga que arde como se houvesse uma escoriação feia.

— Anna, sou eu. — Não sei mais o que dizer. Minha voz não parece aliviar sua mente. Ela continua se debatendo e os dedos se movem convulsivamente ao lado do corpo, rígidos como um feixe de varetas. Então ela cai para trás e fica deitada, imóvel.

Olho em volta e respiro fundo. Não há cheiro ou sinal do obeahman e a passagem por onde ele desapareceu entre as rochas não existe mais. Ótimo. Espero que ele fique perdido para sempre. Mas não acho que isso vá acontecer. Este lugar parece ser o lugar dele. É como se aqui ele estivesse confortável como um cachorro em seu próprio quintal.

— Anna. — Meus dedos passam de leve sobre o barbante e eu penso em usar o athame. Mas, se ela se debater de novo, eu posso cortá-la. Sangue escuro, quase preto, está se espalhando em volta da ferida que ele fez em sua barriga, manchando o barbante e o tecido branco do vestido. É difícil para mim engolir, ou pensar. — Anna, não... — Eu quase disse "Anna, não morra", mas isso é ridículo. Ela já estava morta quando a conheci. Foco, Cas.

E então, quase que por meu desejo, o barbante se solta. Ele se desenrola do corpo dela, como se nunca tivesse estado lá, e o sangue vai embora junto. Até mesmo o barbante costurado em ziguezague sobre suas pálpebras e lábios desliza e desaparece, sem deixar nenhuma marca. Os olhos se abrem e focam em mim, cautelosos. Ela se ergue sobre os cotovelos e puxa o ar pela boca. Seus olhos estão fixos à frente. Não estão em pânico. Não estão atormentados. Estão vazios e não parecem me ver. O nome dela. Tenho que dizer o nome dela. Tenho que dizer algo, mas há alguma coisa diferente nela, algo desconectado. É como se esta fosse a primeira vez que a vi, descendo a escada em um vestido vermelho pingando sangue. Eu estava perplexo. Não conseguia desviar o olhar. Mas não estava com medo. Desta vez eu estou; tenho medo de que ela não seja a mesma. De que ela não me entenda, ou não saiba quem eu sou. E talvez parte de mim tenha medo de que, se eu me mover depressa demais, aqueles seus dedos de granito se lancem contra meu corpo e espremam as palavras da minha garganta.

O canto de sua boca se contrai.

— Você não é real — diz ela.

— Você também não — respondo. Anna pisca uma vez e vira para mim. No instante antes de eu a olhar de frente há um breve pânico, mas, quando seus olhos viajam de minha barriga para meu peito, há tanto ceticismo neles e tanta esperança silenciosa que tudo que consigo pensar é: *Essa é a minha menina, essa é a minha menina, essa é a minha menina*. Seus olhos param em meu queixo e uma das mãos se levanta, pairando sobre minha camisa.

— Se isto for um truque — ela diz e começa a sorrir —, eu vou ficar muito, muito brava.

— Anna. — Enfio o athame na bainha em meu bolso e estendo a mão para puxá-la da laje, mas os braços dela me envolvem e apertam. Eu apoio sua cabeça em meu ombro e só fico ali parado; nenhum de nós quer se soltar.

Ela não tem temperatura; as regras deste lugar a eliminaram. Sinto o desejo da pressão de sua pele fria, do jeito como me lembro. Mas imagino que já deveria estar feliz por ela continuar com o número certo de articulações.

— Acho que não importa se você é real — ela fala, junto ao meu ombro.

— Eu sou real — sussurro em seu cabelo. — Você me disse para vir. — Os dedos dela afundam em minhas costas, puxando minha blusa. Seu corpo se contrai em meus braços, e, a princípio, penso que ela está com náusea. Mas ela se afasta e olha para mim.

— Espere — diz Anna. — Por que você está aqui? — Os olhos dela me examinam com aflição e seus punhos fechados parecem pedras em meu peito. Ela está em pânico. Acha que eu posso estar morto.

— Não estou morto — digo. — Eu juro.

Anna desce da pedra, inclinando a cabeça com desconfiança.

— Então como? Não há nada aqui que não esteja morto.

— Na verdade, há duas coisas — respondo, apertando a mão dela. — Eu e a menina irritante que nós temos que encontrar.

— O quê? — Anna sorri.

— Não importa. O que importa é que estamos indo embora. — Só que eu não sei de fato como fazer isso. Não há uma linha amarrada em minha cintura para eu dar um sinal e ser puxado de volta. Precisamos de Jestine.

Os olhos de Anna estão brilhantes e seus dedos traçam o contorno de meus ombros, ainda esperando que eu desapareça de repente.

— Você não devia ter vindo — diz ela, tentando parecer brava, mas sem conseguir.

— Você me disse para vir. Você me disse que não podia ficar aqui.

Ela pisca para mim.

— Eu disse? Não parece ser tão ruim aqui neste momento.

Eu quase dou risada. Neste momento não parece. Quando ela não está sendo queimada, cortada ou amarrada com barbante de açougueiro, não parece tão ruim.

— Você tem que voltar, Cassio — Anna sussurra. — Ele não vai me largar. — Através de seus olhos brilhantes, posso ver o que este lugar lhe fez. Ela parece menor. Há felicidade em seu rosto por me ver, mas ela não acredita de fato que eu possa tirá-la daqui.

— A escolha não é dele — respondo.

— É sempre a escolha dele — ela corrige. — Sempre o prazer dele.

Eu a aperto com mais força. Faz mais de seis meses que ela está aqui, mas o que isso significa? O tempo não existe. Até eu já estou aqui por tempo demais. Parece que andei por aquele labirinto com Jestine durante uma hora, depois mais uma hora sem ela. E não é verdade. Não está nem perto da verdade.

— Como isso aconteceu? — pergunto. — Como ele venceu você?

Ela se afasta e puxa a barra do vestido branco com uma das mãos. A outra está firmemente presa a mim e eu também não a solto.

— Eu luto e perco, todas as vezes, de novo e de novo, para sempre. — Seu olhar perde o foco, sobre meu ombro, e eu me pergunto o que ela vê. Se eu olhasse na mesma direção, poderia não ver a mesma coisa. Seus olhos se aguçam. — Prometeu no rochedo. Você conhece a história? Todo dia ele é castigado por ter dado o fogo aos mortais, amarrado a uma pedra com uma águia comendo seu fígado. Eu sempre achei que esse era um castigo ruim. Que ele acabaria se acostumando com a dor e a águia teria que inventar alguma nova tortura. Mas a gente não se acostuma. E ele inventa.

— Eu sinto muito, Anna — digo, mas as palavras ricocheteiam. Ela não está reclamando. Em sua cabeça, não houve nenhum crime. Ela acha que isso é castigo. Que isso é justiça.

Ela observa meu rosto.

— Quanto tempo faz? Eu não me lembro direito de você. A lembrança é de muito longe, como se eu conhecesse você quando estava viva. — Ela sorri. — Acho que esqueci o que é o mundo.

— Você vai se lembrar.

Ela sacode a cabeça.

— Ele não vai me largar. — O movimento é estranho. Não se encaixa; parece deslocado, e me faz pensar em quanto dano foi feito.

Eu a ajudo gentilmente a se levantar.

— Temos que ir. Temos que encontrar minha amiga Jestine. Nós... — Faço uma careta quando uma dor aguda aferroa minha barriga. Então ela se vai e eu respiro outra vez.

— Cas. — Anna está olhando fixamente para minha blusa.

Não preciso olhar para saber que o sangue está começando a aparecer. Não sei se isso significa que não estou me concentrando o bastante para esquecê-lo ou se o tempo está ficando curto. Mas prefiro não arriscar.

— O que você fez? — ela pergunta e pressiona a mão contra minha barriga.

— Não se preocupe. Só temos que encontrar a Jestine e vamos embora daqui.

Algo bate em meu ombro. Quando me viro, lá está Jestine, parecendo tão autoconfiante como sempre.

Há cortes e lacerações na ponta e nos nós da maioria de seus dedos. Riscos de sangue sujam suas faces e testa como uma pintura de guerra, provavelmente de esfregar as mãos cortadas no rosto.

— Por onde você andou? — pergunto. — O que aconteceu?

— Eu estava resolvendo nossos problemas — diz ela e enfia a mão no bolso. O gesto produz uma careta de dor, mas, quando ela puxa a mão de volta, está absolutamente radiante. Ela abre os dedos e vejo lascas irregulares de prata reluzente em sua palma. — Dois bolsos cheios — ela conta. — Encontrei um veio. Do metal. O mesmo metal que está na lâmina da Biodag Dubh. — Ela os guarda de novo. Dois bolsos cheios. O suficiente para a Ordem forjar um novo athame. Algo dentro de mim estremece, um ciúme quieto e rosnante. — Agora a Ordem vai ter o guerreiro que deseja. E vão deixar você e o seu athame em paz.

Eu não contaria com isso, tenho vontade de dizer, mas ela faz um sinal com a cabeça indicando minha blusa.

— O ferimento está começando a aparecer. Eu sinto o meu também. Acho que essa é nossa deixa para ir embora. — Os olhos dela deslizam para Anna e elas se observam no mesmo nível. Jestine dá um sorriso presunçoso. — Ela é igual à fotografia.

Ponho o braço em volta de Anna, em um gesto protetor.

— Vamos sair daqui.

— Não — diz Anna, e, quando ela fala, o obeahman ruge, um rangido mecânico agudo que ecoa de toda parte, como se ele estivesse diretamente acima, ou abaixo de nós.

Jestine se encolhe e puxa do bolso uma faca curta e o que parece um cinzel. Ambos estão lascados e amassados. Devem ter sido o que ela usou para extrair o metal da rocha.

— O que é isso? — ela pergunta, com as armas improvisadas prontas.

— O obeahman — explico. — O fantasma que a Anna arrastou para cá no outono passado.

— Não é um fantasma — Anna diz alto. — Ele não é mais um fantasma. Não aqui. Aqui ele é um monstro. Um pesadelo. E ele não vai me largar.

— Você fica dizendo isso o tempo todo — falo.

— Aonde ele vai, eu vou. — Ela fecha os olhos, frustrada. — Não sei explicar. É como se eu fosse um deles agora. Um dos seus. Vinte e cinco mortos assassinos. Quatro inocentes sofredores. Nós o vestimos como correntes. — Os dedos pálidos e frágeis descem por seus braços e se limpam no tecido da saia. É um gesto de limpeza traumático. Mas, quando ela vê Jestine observando, volta as mãos para os lados do corpo.

— Ele está preso a ela — diz Jestine. — Se nós a puxarmos para o outro lado, ele vai junto. — Ela suspira. — O que vamos fazer? Você não vai estar muito em forma para mandá-lo de volta quando chegarmos em casa. Imagino que a Ordem possa contê-lo, talvez prendê-lo ou bani-lo por um tempo.

— Não — Anna insiste. — Ele é mais forte que isso.

Meus ouvidos praticamente se fecharam enquanto elas continuam falando. Vinte e cinco mortos assassinos. Estão todos aqui, trancados dentro dele. Todos que eu matei. O caronista de cabelo brilhantinado. Até Peter Carver. Foi por isso que eu o vi na pedra, e foi por isso que Emily Danagger me perseguiu pelos rochedos. Nenhum deles foi para onde deveria ir. Ele estava espreitando como um tubarão, de boca aberta, esperando para engoli-los inteiros.

— Anna — eu me ouço dizer. — Quatro inocentes sofredores. O que você quis dizer com isso? Quem são eles?

Os olhos dela se movem para os meus. Há arrependimento neles. Ela não pretendia dizer isso. Mas disse.

— Dois garotos que você conhece — ela fala devagar. — Um homem que você não conhece. — Ela baixa os olhos. Will e Chase. O homem que morreu no parque.

— São três. Quem é o quarto? — pergunto, embora eu já saiba. Preciso ouvir. Ela levanta os olhos novamente e respira fundo.

— Você é muito parecido com ele — ela diz.

Meus punhos se apertam, e, quando eu grito, é com toda a força dos pulmões, para que o som vá suficientemente longe nesta merda de lugar para aquele maldito ouvir.

27

— Ei — diz Jestine. Ela me segura pelos ombros e dá uma sacudida. Eu a afasto. — Agora não é hora de fazer nada estúpido.

O caralho que não é. Ando de um lado para o outro pelas malditas pedras, apertando os dentes cada vez que meu pé bate na superfície dura. As vibrações de dor sobem até meus joelhos. O que eu tenho? A faca na mão. A raiva na garganta. Este corpo, sangrando em outra dimensão. Eu me viro para Anna. Os olhos dela percorrem a paisagem, observando o modo como a pedra parece sugerir tons de vermelho e eletricidade. A rocha captando minhas intenções. As bordas estão ficando mais ásperas.

— Nós temos como vencê-lo?

Os lábios dela se separam em surpresa, mas algo se move em suas íris. Algo rápido, e escuro, de que eu me lembro, e faz meu pulso acelerar.

Jestine me empurra o ombro.

— Não, não temos! Não aqui. Ela não conseguiu, e, pelo que entendi, ela é uma fantasma fodona. — Ela dá uma espiada em Anna, que permanece muito quieta, com os cabelos escuros descendo pelos lados do rosto. — Claro que não dá para eu ver isso agora. Mas, mesmo que nós pudéssemos vencê-lo, não temos tempo. Você não sente? Não ouve? O Colin disse que a minha respiração está ficando mais lenta. O que o Thomas está dizendo para você?

— O Thomas não está me dizendo nada — respondo. E é verdade. Não ouvi nem um pio dele desde que atravessamos. Se eu olhasse para trás agora, poderia vê-lo, mas não olho. A respiração de Jestine está ficando mais lenta. A minha deve estar também. Mas o tempo é diferente aqui. Aqui, talvez tenhamos horas. E eu não vou sair enquanto isto não estiver acabado.

— O que é isto? — pergunto a Jestine, segurando a faca diante de seus olhos.

— Você está louco? — Ela afasta minha mão como se fosse uma ameaça. — Nós não temos tempo.

— Só me diga — falo, e levanto o athame outra vez. — Aqui é o lugar de onde ele veio. Então, aqui, ele é só uma faca? Ou ainda posso usá-lo?

Jestine olha para além da lâmina, para os meus olhos. Eu não vacilo e ela desvia primeiro.

— Eu não sei o que é isso — responde ela. — Mas ele está ligado à magia da Ordem. É sempre mais do que só uma faca.

— Eu sinto também — diz Anna. — Não zumbe como antes, mas... ele sentiu. Foi por isso que fugiu.

— Ele tem medo do athame?

— Não. — Ela sacode a cabeça. — Não medo. Talvez nem esteja surpreso. Talvez apenas excitado.

Cas? Está me ouvindo? Acabou o tempo. Volte para cá.

Agora não, Thomas. Ainda não.

— Jestine — digo. — Não se arrisque. Volte. A Anna e eu vamos depois, se pudermos.

— Cas — ela começa, mas eu dou um passo para trás e seguro a mão de Anna.

— Não vou sair daqui até acabar com ele — digo para ambas. — Até que ele esteja sozinho e destruído. Não posso deixar os outros aqui com ele por mais tempo. Não Will e Chase, ou aquele pobre homem que estava correndo no parque. Não o meu pai. — O canto de minha boca se curva para baixo e eu olho para Anna. — Nem mesmo aquele imbecil do Peter Carver. Vou libertar todos. E você também.

— Mais uma vez — diz ela e, quando seus olhos encontram os meus, ela é a menina de que eu me lembro. Sua mão pressiona minha barriga. Sim, eu sei. Temos que nos apressar.

— Foda-se — diz Jestine. — Se você ficar, eu fico. De repente eu posso ser útil. Tenho cinzéis, e mágica. — Ela enxuga a testa com a parte externa do pulso. — Mas vamos logo com isso. — Acena com a cabeça para Anna. — É bom que você colabore. Algo me diz que não vamos ter tempo para salvar donzelas em apuros.

Anna franze a testa.

— Donzelas? Experimente ser retalhada, queimada e lançada contra as pedras umas mil vezes. Aí nós vamos ver quem é a donzela.

Jestine inclina a cabeça para trás e ri loucamente; seu riso soa pelo ar morto sem nenhum eco.

— Enfrentá-lo de um para um não vai dar certo. Nem sei se ele pode nos matar aqui, mas, no confronto direto, ele poderia nos incapacitar, arrancar nossa coluna vertebral como se estivesse desossando um peixe. E isso seria o suficiente. Ficaríamos caídos aqui até o nosso corpo acabar de sangrar no chão daquele poço fundo. E, então, ele nos teria. — Jestine cruza os braços.

— Então temos que ir juntos — diz Anna. — Você sabe lutar?

Jestine me indica com a cabeça.

— Posso dominar o Cas com muita facilidade.

— Isso deveria me impressionar? — Anna pergunta, inclinando a cabeça, e Jestine ri.

— Cas, a sua garota tem a língua afiada. — Ela se aproxima mais um passo e aperta os olhos. — E parece ter recuperado a sanidade de forma muito repentina e suspeita.

— É o propósito — Anna responde. — Não há propósito aqui. Não há razão. É tudo desconectado. Se eu tivesse que descrever este lugar com uma só palavra, seria essa. Ter um propósito me faz ficar bem de novo.

Ela olha para mim. Jestine não a conhece suficientemente bem para reconhecer a sombra naquele olhar, mas eu conheço. Ela não está bem. Mas está fazendo o que tem que ser feito e vestindo as máscaras. Haverá mais tempo, depois, para consertá-la e fazê-la esquecer. Eu digo isso a mim mesmo. Mas, para ser totalmente sincero, não tenho ideia do que pode ser feito para remover tudo isso.

Cas. Você tem que voltar agora.

Não, Thomas. Agora não. Meus olhos percorrem a paisagem ampla e desolada. Ela parece plana, com algumas elevações mínimas aqui e ali. A falta de distância e perspectiva faz minha cabeça rodar. Mas é mentira. É tudo mentira. Ele está por aí e tem muitos lugares para se esconder.

— Ele não vai vir até nós — digo. — Acho que ele sabe o que eu quero.

— Bom, nós não podemos só ficar parados aqui — diz Jestine. Ela pisca depressa e sua cabeça se move em uma sacudida rápida. Burke deve estar em seu ouvido.

— Talvez ele venha — diz Anna. — Se nós deixarmos ele nos caçar.

— Parece divertido — Jestine murmura com ironia. Ela olha para mim. — Imagino que uma presa solitária seja mais atraente que um rebanho. Se eu gritar, venham correndo. — Ela respira fundo e vira para se afastar de nós.

— Não — digo. — Se você nos perder de vista, pode nos perder completamente. Este lugar pode levar você.

Ela sorri sobre o ombro.

— Este lugar nos leva para onde queremos. Nós vamos estar procurando por ele, e ele vai estar procurando por nós, então vamos dar de cara uns com os outros. Você está sempre perdido aqui, Cas. De um jeito ou de outro.

Dou um sorriso sem vontade. Eu não a perdi antes. Ela desapareceu de propósito, para ter tempo de encontrar o maldito veio de metal. Certo. Eu deveria imaginar.

— Não corra riscos — digo a ela. — Se tiver que voltar, volte.

— Não seja dramático — ela zomba. — Sou sua amiga, mas não vou morrer por você. Eu não sou o Thomas. E não sou *ela*. — Seus passos caem duros sobre a pedra plana enquanto ela se afasta, assobiando uma melodia que parece a do Hortelino Troca-Letras quando ele sai atrás de coelhos. Quando Anna e eu nos entreolhamos, sei que, atrás de nós, Jestine desapareceu.

Caminhando pelo Inferno com Anna, sinto que deveria lhe dizer de uma vez tudo que quis lhe falar nos últimos seis meses. A sensação é a de que estamos vivendo uma hora extra, embora eu esteja aqui para levá-la para casa. Nunca esperei de fato vê-la de novo. Era só um sonho. Uma busca, como um cavaleiro atrás do Cálice Sagrado. Mas agora estou aqui, com um buraco na barriga que começa a latejar, tentando atrair o assassino do meu pai para a luta. O surrealismo deste momento provavelmente está fazendo meu cérebro sangrar em vários pontos.

— Não vou lhe dizer que você não deveria estar fazendo isso — diz Anna. — Tentar libertar o seu pai. Sei que eu faria o mesmo, se fosse o meu.

— É isso que eu estou tentando fazer? Libertá-lo?

— Não é?

Acho que sim. Estou tentando libertar todos eles. Will e Chase — eles teriam ficado presos aqui para sempre se eu não tivesse vindo procurar Anna, e essa ideia faz meu estômago se contorcer. E meu pai. Eu achava que Anna já tivesse feito isso seis meses atrás, quando arrastou o obeahman para cá.

Algo se move no canto de nossa visão e nós damos um pulo. Mas não é ele. É algo a distância, pendurado nos galhos de uma árvore solitária. Continuamos andando, caminhando sem caminhar, porque não podemos saber de fato, olhando em volta, se fizemos algum progresso. A paisagem muda o tempo todo; formações rochosas surgem e desaparecem. É como estar em uma esteira enorme. Agora, estamos olhando para uma espécie de cânion, talhado profundamente nas pedras. Há o que parece ser um rio preto e oleoso cortando o fundo dele.

— Você... falou alguma vez com ele? Com o meu pai?

Anna sacode a cabeça de leve.

— Ele é só uma sombra aqui, Cassio. Todos eles são.

— Mas você acha que ele sabe onde está? Acha que ele soube todo o tempo?

— Eu não sei o que eles sabem — diz ela. Mas desvia o olhar. Ela não sabe. Mas acha que ele sabe.

À frente, os cânions surgem mais próximos, rápido demais para o ritmo em que estamos nos movendo. Eu odeio este lugar. Ele deixaria um professor de física totalmente louco no espaço de três segundos. Onde está ele? Onde está Jestine? A dor em minha barriga piorou e está começando a ficar mais difícil andar. Se a respiração de Jestine já estava lenta, talvez ela já nem esteja mais aqui. Acho que eu espero que ela não esteja. Ao meu lado, Anna fica tensa enquanto examina a paisagem. Mas ainda não há nada.

— Escute — digo. — Depois que isto terminar, supondo que eu ainda esteja vivo para voltar, quero levar você comigo. Eu vim aqui buscar você, e o Thomas e a Carmel também vieram. Nós queremos que você volte. — Engulo em seco. — Eu quero que você volte. Mas a escolha é sua.

— Eu ainda vou estar morta, Cassio.

— Eu também, um dia. Isso não importa. — Toco o ombro dela e nós paramos, para nos olhar de frente. — Não importa.

Ela pisca, lentamente, demoradamente, seus cílios pretos contra as faces claras.

— Tudo bem — diz ela, e eu respiro. — Eu vou voltar.

O grito do obeahman corta o silêncio e vibrações ressoam pelos nossos pés.

— Aí está ele.

28

A silhueta distante andando no fundo do cânion poderia ser qualquer um. Mas não é. É o assassino do meu pai, o carcereiro do meu pai. Ele me venceu uma vez, com uma maldição que quase me matou. Vai ser diferente agora. Desta vez, vai ser definitivo.

Seus passos soam em nossos ouvidos, altos demais para estarem tão longe. Conforme ele se aproxima, nossa posição muda; os penhascos se deslocam em um piscar de olhos. Estávamos olhando para baixo. Agora, ele está logo à nossa frente.

— O que é isso nos braços e pernas dele? — pergunto.

— Articulações emprestadas. Força emprestada. — Os olhos de Anna são de aço. Ela não pisca com a aproximação.

As articulações extras dão a ele um andar desajeitado. Antes, seus movimentos eram rígidos, quase arrastados. Agora, suas pernas se lançam como se estivessem montadas nos ângulos errados. Ele chega perto da parede e sorri quando se segura à pedra com as mãos e sobe pela face rochosa, desafiando a gravidade. Quando gira o corpo e desliza para a frente mais rápido, de quatro, dou um passo para trás mesmo contra a vontade.

— Exibicionista — digo, pretendendo que saia sarcástico, mas soa agudo e nervoso, quase um guincho. É como Anna disse. Ele é o que quiser ser aqui. Provavelmente pode virar a cabeça trezentos e sessenta graus. Eu gostaria de poder dizer ao meu pai como estou seguindo bem o seu conselho de sempre ter medo.

— Vou tentar segurá-lo — diz Anna, e seu cabelo fica preto e começa a se levantar. O branco some de seus olhos e veias pretas se estendem sob a pele. O vestido torna-se vermelho, encharcando lenta e deliberadamente.

O obeahman desceu da parede e caminha rapidamente sobre pernas desconjuntadas. Seus olhos costurados estão fixos em mim. Ele não quer mais Anna. Ele já a tem. Eu sou a última ponta solta.

— Ele vai quebrar meus braços primeiro — Anna diz.

— O quê?

— Só estou lhe contando — ela responde, como se fosse natural. — Vou tentar segurar os braços dele e ele vai quebrar os meus. Não consigo vencê-lo. Não conte comigo. Não sei se você consegue. — Ela me olha e a expressão em seu rosto é fácil de ler. Lamento. Desejos vazios de mais tempo ou melhores chances.

Queria que Thomas e Carmel estivessem aqui. Não, não queria. Só queria que houvesse um plano, ou uma armadilha, como da última vez. Seria bom ter algum tipo de vantagem, além daquela que está bem segura em minha mão. Anna avança.

— Você não está com medo? — pergunto.

— Já fiz isso antes — ela responde e consegue até sorrir. E então ela se vai, encurtando a distância, seus movimentos mais rápidos do que eu me lembro. Ela acerta um soco e os dentes dele deixam um corte vermelho em seu braço. Ela não faz careta, nem grita. O modo como está lutando é robótico. Ela sabe que vai perder e está acostumada com isso. Nem sequer sente a dor.

— Não fique parado aí! Vá ajudá-la! — Jestine grita para mim, enquanto passa correndo para entrar na briga. Nem imagino de onde ela veio. É como se tivesse saído de dentro das pedras. Mas não importa; ela não hesita. Esquiva-se de um dos braços e enfia a ponta de seu cinzel no ombro dele. Anna segura a cabeça do obeahman, mas não com muita firmeza.

Minhas pernas estão paralisadas. Olhando para as duas, eu não sei o que fazer, onde atacar. Nenhum dos movimentos delas tem qualquer efeito. Devíamos ter ido embora. Saído daqui quando podíamos. Dentro de minha cabeça, Thomas está falando comigo, sua voz urgente. Não posso prestar atenção nem olhar para trás. Em vez disso, vejo o obeahman quebrar o braço de Anna como se fosse um graveto, empurrá-la e mandá-la rolando pelo chão. Jestine ele só afasta com o ombro como se fosse uma amolação com que não precisasse se preocupar. Nem por um momento ele parou de olhar para mim. Encaro o lugar onde os olhos dele deveriam estar, observando o movimento dos pontos negros e o lento fio de sangue. Tenho medo dele. Sempre tive medo dele. Ele sacode a cabeça e desarticula a mandíbula. Estará em cima de mim em segundos para arrancar pedaços de minha carne como fez com os outros, e meu pai e eu ficaremos aqui para sempre.

Cordões de cabelo preto se erguem por trás de seus ombros e, no instante seguinte, o braço de Anna surge na frente dele e agarra sua mandíbula, fechando o punho sobre os dentes e apertando com força. O obeahman guincha e sua língua preta chicoteia enquanto ela o vira, em fúria.

— Fique longe dele — ela rosna, e esmaga seu corpo contra a rocha. A força é suficiente para arrancar pedregulhos. Ela faz de novo, e de novo, batendo-o na pedra. Escuto articulações quebrando.

Ouço Jestine dizer "Puta que pariu" em uma voz ofegante.

O obeahman é como um animal raivoso. Seus dedos se aguçam em pontas e ele rasga o peito e os ombros dela, cortando o músculo até o braço cair de lado e ele conseguir apoiar os pés no chão. Ainda assim, Anna não para. Ela liberta o ombro e soca a cabeça dele contra a pedra com tanta violência que a qualquer momento espero que estoure como uma melancia. Mas isso não acontece. E o único sangue que lhe escorre pelo queixo é dos cortes que seus dentes estão deixando na palma da mão dela, que ainda segura sua mandíbula. Ela cai de joelhos e finalmente o solta. Ele enfia as garras nas costas dela, fazendo-a desabar no chão.

Impossível, eu penso, enquanto ele caminha calmamente em minha direção, com o sangue de Anna pingando dos dedos. Eu quero matá-lo mais do que qualquer coisa, por ela, por meu pai. Mas parece impossível. Ele está mais perto agora. Perto o suficiente para eu sentir o cheiro de sua fumaça.

Jestine se levanta do chão, para atrás do obeahman, grita "Leithlisigh!" e bate com a mão na nuca dele. Ele cai para a frente, mas não antes de agarrá-la com o braço e atirá-la com muita força no chão de pedra. Eu grito seu nome, mas o som dos ossos dela estalando é mais alto que minha voz.

Eu corro e a puxo de baixo do braço dele. Há sangue em seus dentes e escorrendo do canto da boca. Suas pernas vêm arrastadas atrás, pulando no chão como borracha.

— É isso — ela geme. — Isso é tudo. — Ela levanta a cabeça e nós olhamos para o obeahman. Qualquer que tenha sido o feitiço, ele ainda está dobrado no chão. E há algo mais: há sombras em volta dele agora, e o efeito é quase como vê-lo se mover rápido demais para os olhos enxergarem. Às vezes há um braço extra visível, ou uma cabeça que não é dele. Acho que vejo o Caronista do Distrito 12, ainda de camiseta branca e jaqueta de couro. E então ele se vai. Mas é isso que está acontecendo. Ele está se separando.

— O que você fez? — Olho para Jestine. Há gotas de suor em sua testa e a pele ficou azulada. Anna conseguiu levantar e vem se ajoelhar ao nosso lado.

— É uma maldição — diz Jestine, cuspindo sangue queixo abaixo. — Ele está desestabilizado agora. Eu achei que poderia fazer mais, mas… — Ela tosse. — Acabou para mim. Estou morrendo. E não quero morrer aqui. — Há tanta surpresa em sua voz. Quero fazer alguma coisa, mantê-la aquecida ou deter o sangramento. Mas não há nada que eu possa fazer. Por dentro, ela deve estar como se tivesse levado uma marretada.

— Volte — digo, e ela concorda. Ela vira de lado e, quando olha para o chão, sei que não é pedra que está vendo, mas Colin Burke. Ela volta os olhos para Anna, vê as veias pretas e sorri. Olha para mim, mais uma vez, e dá uma piscada. Depois suas sobrancelhas se juntam e ela fecha os olhos. Parece que ela cai, e atravessa, e desaparece, como se nunca tivesse estado lá.

Atrás de nós, o obeahman ainda se contorce, com as mãos pressionadas na cabeça, tentando não se desfazer. Olho para o braço quebrado de Anna, para seus cortes e o sangue descendo pelo vestido.

— Não se machuque mais — digo a ela.

— Não vai fazer diferença depois — ela responde, mas continua ajoelhada no mesmo lugar quando me afasto.

O athame está à vontade na minha mão. Não espero nada. Não sei o que vai acontecer. Só sei que vou cortá-lo e descobrir.

Quando me aproximo, seu cheiro enche minhas narinas, a fumaça enjoativa e, sob ela, o odor azedo de coisas mortas e podres. Está na ponta de minha língua dizer algo, lançar um último comentário sarcástico, mas não o faço. Em vez disso, apoio o pé sobre sua barriga e o viro de costas só o suficiente para poder enfiar o athame fundo em seu peito.

Nada acontece. Ele grita, mas já estava gritando. Puxo a faca e faço outro corte, mas então seus dedos se fecham em volta de meu braço e apertam. Os ossos rangem sob a pele quando ele fica em pé e me levanta junto. Sombras de espíritos ainda aparecem e desaparecem no ar. Olho com mais atenção, procurando o rosto do meu pai. Paro de olhar quando os dentes do obeahman se enterram em meu músculo. Meu braço flexiona e se contrai instintivamente, mas é como se fossem asas de borboleta contra uma escavadeira. Ele puxa a cabeça para trás e boa parte de meu ombro se desprende e vai com ele.

Entro em pânico. Todos os meus membros atacam ao mesmo tempo, e faço esforços desesperados para alcançar o athame com o braço bom. Quando consigo pegá-lo, só golpeio o ar. Quero que ele saia daqui. Não quero vê-lo engolir pedaços de mim.

Um dos cortes solta um braço. Não o dele, o de outro alguém, um dos fantasmas presos, mas é o obeahman que grita quando esse corpo se retorce e é arrancado, saindo pelo buraco no peito dele. Nós nos separamos um pouco e me vejo olhando para a sombra do rosto conhecido de Will Rosenberg enquanto ele espirala para cima. Por um instante louco, ele olha em minha direção e eu me pergunto o que ele vê e se entende. Sua boca se abre, mas nunca saberei se ele queria falar. A sombra vai embora, desaparece no nada. Foi-se para onde quer que Will deveria ter ido antes que o obeahman pusesse as garras nele.

— Eu sabia, seu merda — digo, algo sem sentido assim. Eu não sabia de nada. Não tinha a menor ideia, mas agora eu sei, e corto o ar em volta dele, acima dele, a lâmina voando e se enfiando em seus ombros, sua cabeça, olhando para os espíritos enquanto eles se soltam e voam. Às vezes dois de uma vez. O grito dele está em meus ouvidos, mas estou procurando meu pai. Não quero perder quando ele aparecer. E quero que ele me veja. Quando rolo e desvio, estou no piloto automático; é só questão de tempo até eu errar. A distração do vislumbre de uma cauda preta é suficiente para me fazer perder o ritmo, e o pulso do obeahman acerta meu esterno como um aríete, esmagando meu peito. E então há apenas ar e dor e o chão duro de pedra.

Anna está gritando. Abro os olhos. Ela está lutando com ele. Está perdendo, mas fazendo tudo o que pode para segurá-lo. Ela devia deixá-lo vir. Há muito sangue em minha garganta para eu falar. Não posso lhe dizer nada. Só saem cuspidas e borrifos. Jestine está morta. E eu estou morto. Acabou.

Mas eu poderia voltar. Poderia fazer o que Jestine fez e morrer com Thomas, Carmel e Gideon. A sala ainda teria o calor de velas acesas. Minha cabeça gira um pouco, pensando nisso. Se eu virar só mais uns centímetros, posso ver Thomas, ver toda a sala e, se pressionar até o vidro estilhaçar, estarei de volta.

— Cassio, saia daí!

Anna, não consigo respirar. Ela ainda está lutando, com um só braço, se recusando a cair. Quantos fantasmas eu libertei naqueles segundos? Três? Talvez cinco? Será que um deles era meu pai? Não saberia dizer. Eu me pergunto quanto será que conta o fato de eu ter feito o melhor que podia. Imagino se ele sabe que estou aqui.

CAS!

Meu corpo estremece. Essa foi forte. Direto no meio dos olhos: a voz de Thomas disparando minhas sinapses.

Volte! Você tem que voltar! Não tem mais sangue em você. Seu coração está ficando lento! O sangue está ficando lento! Nós vamos parar com isso, está ouvindo? Eu vou parar com isso!

Não tem mais sangue em mim. Engraçado, Thomas. Porque há sangue até demais ainda entrando em meus pulmões. Galões de sangue me enchendo, como um navio indo a pique. Só que... não há.

Não de verdade. E eu estou lúcido, apesar de não ter respirado decentemente pelo que parece uma hora inteira.

Olho para Anna, usando o braço quebrado agora como se não se importasse se ele rasgar completamente. Porque ela não se importa. Porque não importa. Nada disso importa, nem os restos rasgados de meu ombro, ou meu peito esmagado. O obeahman chuta uma das pernas de Anna para o lado na altura do joelho e ela cai.

Eu me ergo apoiado nos cotovelos e cuspo sangue na pedra. A dor diminuiu, ainda forte, mas não mais intensa. Ela parece... sem importância. Dobro os joelhos, puxo as pernas sob mim e levanto. Quando olho para meu braço bom, eu sorrio. Viu isso, pai? O athame jamais deixou a minha mão.

O obeahman vê quando me levanto, mas eu mal percebo. Estou ocupado demais observando os fantasmas que tentam se libertar de seu corpo, rastreando seus movimentos para ver por onde há mais deles saindo. As vibrações da faca estão cantando em meu pulso. Entrar. Sair. Cortar.

Quando mergulho para a frente, ele não está preparado. O primeiro corte pega um fantasma saindo de sua perna esquerda. Eu chuto e o faço cair sobre um joelho, depois me levanto e corto suas costas curvadas, separando outro espírito antes de me afastar com um pulo. Mais dois se retorcem e saem girando de seu peito e ele grita, como música em meus ouvidos. Um braço com quatro articulações vira em busca de minha cabeça; eu desvio e corto sob suas costelas, depois uma vez mais atrás da cabeça. Sem tempo para pensar, sem tempo para olhar. Só tirá-los dali. Libertá-los.

Mais dois. Depois mais um. A voz do meu pai está em meu ouvido. Cada conselho que ele já me deu passa pela minha mente e me faz mais rápido, me faz melhor. Era isso que eu tinha que fazer, o que esperei. Foi para isso que treinei.

— Não é como eu achei que seria — digo, pensando se ele pode me ouvir, se saberá o que quero dizer. Não é como achei que seria. Achei que haveria raiva. Mas há apenas triunfo. Ele e Anna estão comigo. A lâmina cintila e o obeahman não pode nos deter. Cada vez que um fantasma voa, o obeahman fica mais bravo, mais irritado. Ele tenta tampar o buraco em seu peito, pressionando os dedos para dentro da ferida. Mas os fantasmas só a abrem mais.

Anna luta comigo, puxando-o para o chão. Eu corto, conto e os vejo voar. Os últimos o deixam como um vendaval; eles irrompem de seu peito, forçando a ferida a se alargar. Ele está deitado na pedra, quase partido ao meio, vazio de tudo a não ser ele mesmo.

Tudo aconteceu tão rápido. Meus olhos percorrem o vazio que deveria ser o céu, mas não há ninguém lá. Meu pai não está lá. Eu não o vi, no meio de tudo aquilo. Tudo que resta é o filho da puta que o levou de nós.

Dou um passo à frente e me ajoelho. Então, sem realmente saber por quê, deslizo o athame pelos pontos em seus olhos.

As pálpebras se abrem. Os olhos ainda estão lá, mas podres e pretos. As íris adquiriram um tom amarelo não natural, quase iridescente, os olhos de uma serpente. Eles viram para mim e me encaram com uma expressão incrédula.

— Vá para onde for o seu Inferno — digo. — Você devia ter ido para lá dez anos atrás.

— Cas — Anna diz, e segura minha mão.

Nós nos levantamos e recuamos. O obeahman observa, suas pupilas pontos insanos no meio da íris amarela. A ferida em seu peito não está mais aumentando, mas as bordas estão secando, e, enquanto olhamos, a secura se espalha, transformando a carne e as roupas em um marrom cinzento antes de se decompor. Olho em seus olhos até a podridão os consumir. Por um segundo, ele fica deitado ali como uma estátua de cimento contra a pedra e, então, desmorona e suas partes se dispersam por todas as direções, até desaparecer.

29

Não vi o meu pai.

Depois que percebi que o sangue não importava, tudo aconteceu muito rápido. Eu só cortei e cortei, sem pensar. E eles todos saíram. À nossa volta, tudo parece vazio.

— Não está vazio — diz Anna, embora eu tenha certeza de que não disse nada em voz alta. — Você o libertou. Você deixou ele seguir em frente. — Ela põe a mão em meu ombro e eu baixo os olhos para o athame. A lâmina está muito brilhante, mais brilhante do que qualquer outra coisa aqui.

— Ele seguiu em frente — digo. Mas parte de mim esperava que ele ficasse por perto. Mesmo que fosse apenas por tempo suficiente para que eu o visse. Talvez para lhe dizer… não sei o quê. Talvez apenas para lhe dizer que estava tudo bem.

Anna passa os braços pela minha cintura e apoia o queixo em meu ombro. Ela não diz nada reconfortante. Não me fala algo que não sabe com certeza. Ela apenas está aqui. Isso é suficiente.

Quando tiro os olhos do athame, tudo está diferente. Agora que o obeahman se foi, a paisagem está mudando. Ela se enruga e se remodela à nossa volta. No alto, o vazio escuro e descolorido está mais brilhante. Parece mais claro, e posso até distinguir o tênue cintilar de estrelas. As pedras também se foram, assim como os penhascos. Não há mais bordas afiadas. Não há mais borda nenhuma. Estamos juntos no meio de algo que se encontra em seu início.

— Temos que ir — murmuro. — Antes que o Thomas exploda a minha cabeça.

Anna sorri. A deusa escura se foi, voltando para dentro da pele. Ela é apenas Anna, olhando para mim com curiosidade em seu vestido branco simples.

— O que vai acontecer agora? — ela pergunta.

— Algo melhor — respondo e seguro sua mão. Ela está linda aqui. Seus olhos faíscam e o sol aquece a cor de seu cabelo para um castanho chocolate brilhante.

— Como nós vamos voltar? — ela quer saber. Não respondo. Em vez disso, olho sobre seu ombro para a paisagem em mutação. Não sei se vou conseguir lembrar como foi ver isto. Se vou conseguir lembrar como foi assistir à criação. Talvez tudo vá desvanecer, como um sonho depois de acordar.

O mundo atrás dela se ergue do meio da névoa, ainda que nunca tenha havido névoa nenhuma. Ele surge sobre nós, acima e em volta de nós, como uma aquarela se derramando por uma página em branco. O sol brilha sobre a grama verde espessa, grama sobre a qual eu poderia cair e dormir por horas. Talvez dias. Há árvores a distância, e à margem delas está a casa vitoriana, a casa de Anna, branca, alta e intacta. Nunca foi assim quando ela vivia lá. Nunca, jamais foi assim. Tão brilhante e ereta sob o sol. Nem mesmo quando era recém-construída.

— Cas? É o Thomas? Nós temos que nos apressar? — Ela olha em meus olhos e começa a seguir sua direção. Eu seguro suas mãos.

— Não — digo. — Não olhe.

Ela não olha. Seus olhos se alargam e ela escuta, confiando em mim, com medo do que poderia ver se olhasse. Mas não posso esconder a sensação da brisa quando ela se move por nossa roupa. Não posso abafar o som de coisas aconchegantes, passarinhos cantando e insetos zumbindo nas flores perto da casa. Então ela olha. Seu cabelo cai sobre os ombros e eu espero sentir seus dedos se soltando dos meus a qualquer segundo. Este é o lugar dela. Seu outro lado. A contaminação do obeahman se foi. Aqui é onde ela deve ficar.

— Não.

— O quê?

— Este não é o meu lugar. — Ela aperta minha mão, com mais força do que antes. — Vamos voltar.

Eu sorrio. Ela atravessou da morte para me chamar. Eu atravessei para o Inferno para encontrá-la.

— Anna!

Nós dois nos voltamos na direção do som da minha voz. Há uma silhueta na porta aberta da casa vitoriana.

— Cas? — ela pergunta, incerta, e a figura sai para a luz. Sou eu. Sou impossivelmente, completamente eu. Anna sorri e puxa minhas mãos. Uma pequena risada escapa de sua garganta.

— Venha — ele chama. — Achei que você podia querer dar um passeio.

Ela hesita. Quando se vira um pouco e me vê, o eu real, ela parece confusa e fecha os olhos muito apertados.

— Vamos embora — diz ela. — Este lugar mente. Por um minuto eu... eu não lembrei onde estávamos. Não lembrei que você estava aqui. — Ela olha para a casa vitoriana outra vez e, quando fala, sua voz é distante, já quase lá. — Por um minuto eu achei que estivesse em casa.

— Venha — o outro eu chama de novo. — Antes de termos que ir encontrar Thomas e Carmel.

Olho para trás. A sala iluminada pelas velas ainda está ali. Vejo Thomas, ajoelhado no chão, suas mãos trabalhando freneticamente. Não tenho muito tempo. Mas tudo está acontecendo muito depressa.

Se eu soltar as mãos de Anna, ela vai me esquecer. Ela vai se esquecer de tudo, exceto do que está ali do outro lado deste campo. Tudo terá desaparecido. Seu assassinato e sua maldição. Ela vai viver para sempre a vida que deveria ter tido. A vida que poderíamos ter tido juntos, se tudo tivesse sido diferente. Este lugar mente. Mas é uma mentira boa.

— Anna — digo. Ela se vira de novo para mim, mas seus olhos estão arregalados e em conflito. Eu sorrio e solto uma de suas mãos para deslizar meus dedos pelos seus cabelos. — Tenho que ir.

— O quê? — ela pergunta, mas não respondo. Em vez disso, eu a beijo, uma vez, e tento dizer nesse único gesto tudo o que ela esquecerá assim que se virar. Digo a ela que a amo. Que sentirei sua falta. E então eu a deixo ir.

30

Percebo o som de algo se estilhaçando e a sensação de bater em alguma coisa, tudo sem me mover. Meus olhos se abrem e eu vejo uma sala cheia de velas acesas e túnicas vermelhas. Em meu corpo, não sinto praticamente nada além de dor. Thomas, Gideon e Carmel estão no mesmo instante em cima de mim. Ouço suas vozes como três grasnidos distintos. Alguém está aplicando pressão em minha barriga. Outros membros da Ordem ficam em volta parecendo inúteis, mas, quando Gideon grita, há algumas movimentações vermelhas. Pelo menos alguns deles saíram correndo para tomar alguma providência. Olho para o teto, que é alto demais para enxergar, mas sei que está lá. Não preciso olhar para a direita ou esquerda para saber que voltei sozinho.

Esta situação é vagamente familiar. Estou deitado em uma cama com um acesso intravenoso no braço e pontos na barriga, tanto internos como externos. Minhas costas estão apoiadas por quatro ou cinco travesseiros e há uma bandeja com comida intocada na mesinha de cabeceira. Pelo menos não há gelatina verde nela.

Eles dizem que fiquei inconsciente por uma semana e que minha sobrevivência ficou por um fio durante a maior parte desse tempo. Carmel diz que eu desafiei os limites das transfusões de sangue e que dei muita sorte de a Ordem ter praticamente uma sala de emergência totalmente funcional montada no porão. Quando acordei, fiquei surpreso ao ver a cabeça de fios arruivados e mechas cinzas caída de sono ao lado da minha cama. Gideon trouxe minha mãe de avião para Glasgow.

Há uma batida na porta e Thomas, Carmel e minha mãe entram. Minha mãe aponta imediatamente para a bandeja de comida.

— É melhor você comer aquilo — ela diz.

— Estou pegando leve com o meu estômago — protesto. — Ele acabou de ser golpeado por uma faca, coitado.

Não tem graça, os olhos apertados dela me dizem. Está bem, mamãe. Pego a tigela de purê de maçã e engulo tudo, só para fazê-la sorrir, o que ela faz, relutante.

— Nós decidimos que vamos todos ficar aqui até você estar bem para viajar — diz Carmel, sentando-se ao pé da cama. — Vamos voltar juntos, bem a tempo para o começo das aulas.

— Aee, Carmel — diz Thomas, levantando uma das mãos. Ele dá uma olhada para mim. — Ela está tão entusiasmada para ser uma veterana do último ano. Como se já não reinasse sobre a escola inteira. Eu mesmo não estou com pressa. Talvez a gente pudesse dar mais uma voltinha pela floresta do Suicídio no caminho de volta, só por diversão.

— Nossa, você é tão engraçado — Carmel diz, sarcástica, e dá um empurrão nele.

Mais uma batida à porta e Gideon entra com as mãos nos bolsos e se senta na cadeira. Noto o olhar constrangido que ele lança para minha mãe. Não sei se as coisas voltarão a ser as mesmas entre eles depois disso. Mas vou fazer o melhor que puder para explicar que não foi culpa de Gideon.

— Eu estava falando com Colin Burke ao telefone — Gideon nos conta. — Parece que Jestine está indo muito bem. Já está andando.

Jestine não morreu. Os golpes que ela recebeu do obeahman não foram mais fatais que os meus. E ela veio embora antes de mim, então não perdeu tanto sangue. Também foi, aparentemente, mais cuidadosa com o lugar onde fez seu corte, porque não causou tantos danos internos quanto eu. Talvez um dia eu consiga que ela me revele todos os seus segredos. Ou talvez não. A vida é mais interessante com áreas nebulosas.

O silêncio paira no quarto. Estou consciente há três dias, mas eles continuam pegando leve comigo e não me fizeram muitas perguntas sobre o que aconteceu lá. Mas sei que estão loucos para saber. Não tenho problema nenhum em contar. Só que é divertido esperar e ficar imaginando qual deles vai ser o primeiro a não aguentar mais.

Olho em volta para seus rostos incomodamente curiosos. Nenhum deles faz nada além de me dar um sorriso de lábios fechados.

— Bom, vou ver o jantar para o resto de nós — minha mãe diz, e cruza os braços. — Você ainda vai continuar com comida pastosa por um tempo, Cas. — Ela dá um tapinha no ombro de Thomas ao sair. Sem dúvida ela sabe que eu o escolhi para ser minha âncora. Se já gostava dele antes, agora deve estar a ponto de adotá-lo.

— Você a viu, pelo menos? — Thomas pergunta, e eu sorrio. Até que enfim.

— Sim, eu a vi.

— O que… o que aconteceu? Era o obeahman? — ele faz a pergunta com muita hesitação. Os olhos de Carmel se arregalam, me observando para notar qualquer sinal de estresse, pronta para pular em cima de Thomas e acabar com as perguntas. Pode ser bobo, mas eu gosto da preocupação deles.

— Era o obeahman — respondo. — Você estava certo, Gideon. Eles estavam presos juntos naquele lugar. — Ele concorda com a cabeça e seus olhos se obscurecem. Imagino que não quisesse de fato estar certo. — Mas ele está acabado agora. Eu acabei com ele. E libertei os outros. Todos os outros que foram ficando presos nele ao longo dos anos. Todos aqueles fantasmas. O Will e o Chase. — Sorrio para Carmel. — E o meu pai. — Gideon fecha os olhos. — Não conte para a minha mãe ainda — peço. — Eu vou contar para ela. Mas… eu não o vi. Não falei com ele. É difícil explicar.

— Não se preocupe — diz ele. — Conte a ela quando achar que deve.

— E a Anna? — Thomas pergunta. — Ela estava bem? Você a libertou também?

Eu sorrio.

— Espero que sim. Acho que sim. Acho que ela vai ficar bem agora. Acho que será feliz.

— Fico contente — diz Carmel. — Mas você vai ficar bem?

Ela põe a mão no meu joelho e o aperta sobre o lençol. Respondo que sim com a cabeça. Vou ficar bem.

— E a Ordem? — pergunto a Gideon. — Jestine trouxe metal de lá para forjar outro athame. Eles te contaram isso?

— Eles mencionaram — Gideon confirma. — Ela sempre foi uma menina inteligente.

— Outro athame? — diz Thomas. — Eles podem fazer isso?

— Não tenho certeza. Parece que eles acham que sim.

— Ah não — Carmel geme, com ar exausto. — Isso quer dizer que nós vamos ter que eliminar a Ordem inteira? Não que eu me importe, mas... sério?

— Se eles me quisessem morto, tiveram uma oportunidade excelente para isso — digo. — Eu estava basicamente morto naquele chão. Eles podiam simplesmente ter me deixado lá. Me negado atendimento. — Olho para Gideon, e ele move a cabeça, concordando. — Acho que não tenho mais que me preocupar com eles. Eles vão ter o seu athame. E o seu instrumento — acrescento, com desgosto. — Eles vão sair do meu pé.

— Eles têm o que queriam — Gideon concorda. — E parecem ter ido embora. Só ficamos nós aqui. A Ordem partiu no momento em que Jestine melhorou o suficiente para ser removida. — Noto que Gideon se refere à Ordem como se não fosse um membro. Ótimo. Ele se recosta na poltrona e cruza as mãos sobre o peito. — Parece, Theseus, que o seu caminho está livre.

Eu sorrio e me lembro de meus últimos momentos com Anna. Lembro do jeito como ela me beijou, e de como pude sentir seu sorriso, mal contido em suas faces. Lembro que os lábios dela estavam tão inacreditavelmente quentes.

Thomas e Carmel estão de pé ao lado de minha cama, olhando para mim com hematomas e cicatrizes no pescoço. Talvez, de algum lugar, meu pai esteja me olhando também. Quem sabe olhe para mim enquanto brinca com um gato preto que adora arrancar os pelos da própria cauda. O sorriso se alarga em meus lábios.

Meu caminho está livre.

Agradecimentos

A garota dos pesadelos deve muito à minha editora, Melissa Frain. Ela realmente arrasa. Obrigada, Mel, por ter um ótimo olho e me dar tanto apoio. Agradeço também à minha agente, Adriann Ranta, que continua a navegar pelas águas editoriais por mim e a me explicar o que é o quê. Obrigada a Seth Lerner e ao artista Nekro por mais uma capa maravilhosa. E a toda a equipe da Tor Teen, por fazer o que precisa ser feito para que um livro seja um livro.

Além disso, o mundo precisa de leitores, então obrigada a todos eles, e aos resenhistas, professores, bibliotecários e blogueiros que continuam a difundir o amor pelos livros.

Um agradecimento rápido aos meus pais, em particular ao meu pai desta vez, que nunca duvida e impulsiona as vendas em lugares como Minot, Dakota do Norte. Obrigada, pai!

E, por fim, aos suspeitos de sempre: Ryan VanderVenter, Missy Goldsmith, Susan Murray e Dylan Zoerb, só porque não poderiam faltar.

Para saber o que aconteceu antes nesta história, confira:

ANNA VESTIDA DE SANGUE

Impresso no Brasil pelo Sistema Cameron da Divisão Gráfica da
DISTRIBUIDORA RECORD DE SERVIÇOS DE IMPRENSA S.A.